"海岸线"美文典藏

蓝色记忆

欧定敬　著

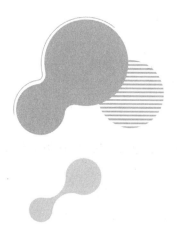

海峡出版发行集团
海峡文艺出版社

图书在版编目(CIP)数据

蓝色记忆/欧定敬著. —福州:海峡文艺出版社,
2023.7
("海岸线"美文典藏)
ISBN 978-7-5550-3382-0

Ⅰ.①蓝… Ⅱ.①欧… Ⅲ.①散文集－中国－当代 Ⅳ.①I267

中国国家版本馆 CIP 数据核字(2023)第 136500 号

蓝色记忆

欧定敬 著

出 版 人 林 滨
责任编辑 蓝铃松
出版发行 海峡文艺出版社
经 销 福建新华发行(集团)有限责任公司
社 址 福州市东水路 76 号 14 层
发 行 部 0591－87536797
印 刷 福州印团网印刷有限公司
厂 址 福州市仓山区十字亭路 4 号金山街道燎原村厂房 4 号楼
开 本 720 毫米×1010 毫米 1/16
字 数 310 千字
印 张 24.5
版 次 2023 年 7 月第 1 版
印 次 2023 年 7 月第 1 次印刷
书 号 ISBN 978-7-5550-3382-0
定 价 78.00 元

如发现印装质量问题,请寄承印厂调换

目

录

4

6

开 场 白

列位看官，在下欧个把于 4 月 23 日（恰好是世界读书日，好记）参加过一场沙龙之后，忽然起兴，意欲赶潮流加入全民"博"起行列。想到不如做到，急猴猴（谁让俺就这属相）上网申请获准。于是，就有了欧个把的这一"博"。

细想来，这一"博"也是水到渠成的事儿。欧个把写日记的毛病在 20 多年前首发，因看电视连续剧《霍元甲》看得热血沸腾，"昏睡百年，国人渐已醒"，不写观后感都不行。这观后感便是欧个把的日记开篇，荡气回肠，绝对主旋律。立志坚持不懈，大侠霍元甲毒都能戒，靠的不就是个毅力么！博客是网络形态的日志，有着自说自话的日记本所不具备的即时传播和互动功能。为自己写，给朋友读，是欧个把的博客主张。

有必要交代一下"欧个把"的由来。由蜀入闽，水土不服，积习难改，食肉好辣，不喜海鲜（尤其不耐烦剥壳的），不喜西餐，自谓"土人"，与大学同学及第一个工作单位的年轻人之间也以"土人"相称，亲切无比。"欧个把"则发端于到第二个工作单位后一拨青年畅游武夷期间的麻将桌上（卫生麻将，特此声明）。在下手气不错，屡屡开"金"抢"金"，不免沾沾自喜，口中念念有词："这一盘，'金'还是有个把的。"遂得"欧个把"光荣称号。

8 年前，读过陈村的一本小书《看来看去》之后，也学他在电脑

1

上记了几篇流水账，题为《流水日志》。惜乎那时节尚无博客这一"后起之秀"，不然欧个把就早"博"啦。

2006 年 4 月 25 日

温　暖

那一段赋闲时光里，许巍的《时光·漫步》专辑直抵我的内心。

很多事来不及思考/就这样自然发生了/在丰富多彩的路上/注定经历风雨/让它自然地来吧/让它悄然地去吧/就这样微笑地看着自己/漫步在这人生里/穿过幽暗的岁月/也曾感到彷徨/当你低头的瞬间/才发觉脚下的路/心中那自由的世界/如此的清澈高远/盛开着永不凋零/蓝莲花

听者有心。发现"温暖"是专辑的高频词。温暖春天、阳光温暖、相互温暖、无尽温暖，等等。人在本质上是孤独的，孤独的人渴望温暖，幽暗岁月中人渴望尤甚。许巍让我感到温暖。

惊鸿一般短暂，像夏花一样绚烂。绽放之后是凋残。繁华是一场梦一场云烟一场空。是是非非。纷纷扰扰。天上的星星像地上的人群一样拥挤，地上的人群像天上的星星一样疏远。

回首那一段冷暖自知的幽暗岁月，记取那一个个温暖的人。

仗义执言，不惜犯上，滴水之恩涌泉相报的好兄弟。我把你手书的赠联"有情真豪杰，无过即神仙"挂在书房了。

祸起萧，墙墙倒众人推。流言漫天，谣言四起。幸灾乐祸，落井下石。这样的氛围气候之下，用眼神、电话、短信、邮件传达信任关怀的人们呵，我读出了你们的善良和定见。

门庭若市转为门前冷落。逆潮流而动，在异样目光监视下进来喝茶叙话的兄弟姐妹呵，你们的勇气和真诚非比寻常。

我在位时，与我保持距离；我下台后，反来邀我搞酒的怪人呵，我被你们的傻气灌醉。

从北京寄来《思念依然无尽——回忆父亲胡耀邦》《当年事》让我一读的朋友，你的心意我懂得，随书所附表达信念上支持的两封手札，我将珍藏一生。

来自华东同行的问候和理解，我一一收到，感念你们。关心我的境遇，语我以"低调""挺经""外圆内方""小弟弟精神"的长者、同学、朋友，我感怀于心。

知我懂我爱我信我的人们呵，正是你们给予我的温暖，助我内心强健，伴我度过艰难时世。

"人的一生，是在定义你的性格。"人生在世，拥有温暖的性格，温暖值得珍惜善待的所有人，善莫大焉。我会修炼自己，追寻这样一种境界。

两个多月前，终于洗清名誉，离开是非之地。

把《清醒纪》里的一段话送给曾予我温暖的所有人——

即便离开。也是要记挂着彼此的好。时时想念。这就是留给自己在动荡世间的，一簇簇温暖火焰。有情有义。心有留恋。

2006 年 4 月 28 日

四十惑不惑

那天阳光明媚。三个老男人品着工夫茶，很悠哉地海阔天空。不知怎的，牵扯出四十岁的话题。室内似乎风云变色，连空气都凝重起来。

M兄慨然：我都四十大几了，怎么还有很多困惑，好像还越来越多。

F君正好在四十坎上，面色严峻：今年，我必须决定未来的人生方向。

欧个把处于"奔四"的关键时段，对男人四十的问题自然不敢忽视。前几天正好看到晚报上登了一篇《四十岁前必须弄清的十件事》，于是现学现卖，将要点复述出来。M、F微微颔首，焦虑有所缓解。

哪十件事对四十岁的人很要紧呢？

首先，要干净彻底地消灭当伟大人物的梦想。这种梦想有两大危害：一是让你无法心甘情愿地做好手边的小事；二是让你总是对自己失望。

其次，要认清一个事实：所谓生活，就是频繁地与身边有限的几个人接触——上司、同事、伴侣、子女和邻居。你要集中精力处理好和他们的关系。从这个意义上讲，社会复不复杂与你无关。

再次，不应该再为人生观的问题而苦恼，不要再追问"人活着有什么意义"，即使喝醉了也不要问！

还有，尽快遗忘暂时无法克服的坏情绪；有勇气承认自己不勇敢、不聪明；自己肯定干不了的事，要学会有礼貌地说"不"；入睡前不该对当天没干好的事表示懊悔，而是要想着明天能把什么事干好；每天获取新闻，不关心世界变化的人很难真正关心自己……

年岁不饶人呵。三十岁以前，斗志昂扬，80分打通宵不成问题；人过三十，"铁人"不"铁"，顶多熬到半夜一两点，哈欠连天，撤吧撤吧。"奔四"阶段，发现引以为豪的好记性不灵了，要用记事本提醒了。听说每天一个苹果改善记忆力，不爱吃水果的土人也准备试试看了。四十岁让人着慌，让人很没有脾气。像高更那样自动失业去画画而且画出大名堂的"中年革命"比较少见，人是社会人，大多数没法完全按自己的意愿和喜尚而活，能求个满意解已是不错。

四十岁意味着中年的到来。"人到中年万事休"未免失之悲观、武断，中年的调调在董桥笔下低吟——"中年最是尴尬。天没亮就睡不着的年龄。只会感慨不会感动的年龄；只有哀愁没有愤怒的年龄。中年是吻女人额头不是吻女人嘴唇的年龄。""中年是下午茶：这顿下午茶是搅一杯往事、切一块乡愁、榨几滴希望的下午。""中年是杂念越想越长、文章越写越短的年龄。""中年是危险的年龄：不是脑子太忙、精子太闲；就是精子太忙、脑子太闲。中年是一次毫无期待心情的约会：你来了也好，最好你不来！""数卷残书，半窗寒烛，冷落荒斋里'。这是中年。""中年是未能免俗，聊复尔耳的年龄。"贾平凹四十岁跟一位禅师学禅，归来手书一条幅挂在书房里："见山是山，见水是水，见山不是山，见水不是水，见山还是山，见水还是水。"有点儿玄乎，又有点儿螺旋式上升否定之否定的味道。

孔夫子害人不浅，"三十而立，四十而不惑"地"论语"一通，搞得我等每到一个节骨眼上就心里发虚。三十那年，我一想到身在草莽无所建树，当立未立，顿感好羞愧好失败。转眼"奔四"而去，心里又一阵发紧：到时候惑也不惑？好在他老人家的另一句"论语"给出了一条底线，让我感到还有希望："年四十而见恶焉，其终也已。"意思是一个人活到四十岁还被别人厌恶的话，这人就"完了"，没救了。

我这人不缺乏自省意识，自忖算个厚道人，向来与人为善，毛病虽多却从无伤人害人之主观故意，被人厌恶的可能性不大，四十岁时起码不至于"完了"。以自己的悟性，估计到时候还会惑着。惑着就惑着吧，只要一心向善，不断修身养性，总有改善的可能。不惑那是圣人标准，早早消灭了当伟人圣人的梦想，坦然达观地看待自身和身边的人，"不干人，不屈己"，下半生顺乎其道地度过。

2006 年 4 月 30 日

美丽的阴谋

4月29日晚6时。欧个把手捧鲜花，第一个走进晓澳海天酒楼30号包间。

小范围的朋友聚会。组织者C小姐通知时没说主题，我一看这日子就猜到了，好不容易憋住，想看看到时候有几个明白人。酒楼迎宾问我：是H小姐订的吧？一愣，旋即想到，今天的当然主角寿星L的太太正是姓H，点头称是。管她俩葫芦里装什么药，反正我有备而来。

等他们登场亮相的当儿，把花放好，抽烟喝茶。电视里正放肥皂剧，居然蹦出一句好哲学的台词："真正的朋友，都是识于微时。"经典。这帮朋友的相识相知，都始于寒微、微贱之时，一起吃食堂，喝小酒，畅想未来。当年微时，常把"苟富贵，无相忘"挂在嘴边，相互支持鼓励走过了十来年。L曾说过一句挺吓人的话："我们不是夫妻，胜似夫妻。"并进一步阐释歪理邪说："我们这帮人在一起玩了十几年，好几个的老婆、老公都迟于我们的交往，资历太浅。所以说，我们的关系不是夫妻，但胜似夫妻。"

最贪吃的欧个把电话催来了L，对进门的L指指那束睡莲，说："生日快乐。平安健康。"L惊诧道，你怎么会记得。我嘿嘿一笑。单身汉时，在他的宿舍里一起看电视剧《过把瘾》，打电子游戏"魂斗罗"打到深更半夜，长年固定的80分搭档，我怎可能不记得。C小姐也手持鲜花进来，发现已有一束，就明白我的明白。我说："你一通知今天聚会我就猜到了，憋住没点破。只是你组织的怎么酒楼又说是 H 小姐订的？"

C 笑得灿烂，揭开谜底——是 H 想给 L 一个惊喜，请 C 提前好几天出面召集几位好友聚聚，包括通知 L，但不说有什么主题。先通知 L，L 说好呵，要不定周六晚上吧，他来买单。C 故意问为什么定那天呢？L 说那天大家都比较有空吧。C 说那到时候两人一起买单吧。L 坚持还是他来。C 说不要争了，到时候两人一起买。其实意指他们夫妻俩一起买。两位忙碌的哥们儿陆续到来。一个在家熨了一下午夏天穿的衣服，三十几件。一个因为公务不得不应付那几位难缠的老头，连声说我们老了千万别那样，要保持厚道呵。忙晕了的两位进来才明白今晚的主题，抱歉抱歉。听了 C 的揭秘，众皆称赞 H 有心 L 有福。L 佯装生气："阴谋呵，阴谋！"我说，就算是阴谋，那也是一个美丽的阴谋。"苦大仇深"的哥们儿说："你小子别身在福中不知福，掉到蛋糕里都不知甜。我那老婆在我生日的第二天才想起来，哎呀，昨天是你生日我都忘了给你捞面吃了，今天补呵。我那个气呵，我当然知道自己哪天生日。不吃了！找了这样的老婆，我才会自己熨一下午衣服。"

L 不宜显得太幸福，故意说："所有人都到了，她还没到，明明是工作比我更重要嘛。"正说话间，生日宴的策划人 H 拎着一大盒蛋糕翩然而至。

我们没吃就已知道，这蛋糕一定甜美。

2006 年 5 月 1 日

标准好男人

金土这人，好得让人挑不出什么毛病。

他有酷似乒乓球国手马琳的帅哥外型，性情温良恭俭让，从没见过他动怒或与人相争。人到中年，事业有成，家庭和睦，住着可以眺望西湖的大房子。本以为他的美满生活就像他家阳台上的摇摇椅一样舒适安逸哩，没曾想老爷子的肿瘤改变了他规划的人生轨迹。

大转移。曾在福建成长，后来又在福建工作多年，即将举家迁往上海——他的出生地和念大学读研的地方。人生无常，世无定事。年近八旬的老爷子前两年检查出肿瘤，以儿子回上海为条件才肯动刀子。孝子金土别无选择，辞了现职官降两级去往上海兄弟公司。

送别宴上，一拨当年同事举杯叙旧，依依惜别。说起互唤"土人"的来历，曾土埋怨道，都是欧土起的头，这个土那个土的，真难听呵。我笑答：你们该谢我才是，"工"字不出头，你们这几个当年的工程师，被我往出头的"土"字上叫，才有今天的出头之日呐。金土感慨，这次迁移，上为老下为小，折腾自己成全他们。

16年前在东街口公司宿舍，我和金土住楼上楼下，有电灯没电话。第一次去他那儿串门儿，就发现此人很有情调。同样的房间，他的空间就显得开阔敞亮，原来是把公司发的单人床拆除，直接把床板搁地上了。房间像他的着装一样清清爽爽，墙上挂着富于现代感的装饰画，枕边摊着全英文的《中国日报》，三用机里放着英文歌。以雀巢咖啡待客，敬你一支三五烟自己却不抽。我第一次到上海西餐厅吃西餐，就是金土请的客。

那时的金土在恋爱。对象让大家看不懂，说他一个硕士却找个没多少墨水的，是第一次出差三明时认识的宾馆服务员。金土不管旁人言语，只管爱他所爱。这对象就是他现在的太太。那年闹洞房时，金土交代来历，说是他住的宾馆房间马桶堵塞，她拿来刷子疏通。马桶下水通畅了，两人的交往也就开始了。我对大伙说：这可真是千里姻缘一"刷"牵呐。

在屏西宿舍，我与金土夫妇合居两间套。他挑了带阳台的小间，买来涂料油漆，把墙面天花板刷成天蓝，书桌床头柜刷成纯白。其时金土请老总解决两地分居问题，批准她来公司做打字员。两人每日出双入对，恩恩爱爱。周末多是金土掌勺，整出一桌好菜，款待一帮弟兄，猜拳搞酒，搓麻瞎聊，大有人间烟火气。当然，合居也有很不人道的地方，人家小夫妻过生活得压抑着低调着，我得蒙被掩耳抗干扰。

一晃十多年过去，弟兄们各奔前程。金土仍坚守公司，工作生活两不误——业务处长、高级工程师、好老公、好父亲。曾土说，当年做项目，搞预测画曲线都是金土的强项，有人还送他"半仙"绰号。"半仙"却怎么也预测不到，自己人到中年会因为老爷子来个举家大迁移。

世事难料，人生莫测，"尽人事，听天命"罢。干了杯中酒，愿老友金土沪上开辟新天地。

2006 年 5 月 3 日

心　态

有一则短信是这么说的——

警世录：官大官小没完没了，钱多钱少都有烦恼，朋友要真，身体要好；健康是走出来的，疾病是吃出来的，烦恼是想出来的，祸害是说出来的。

民间语文道出朴素真理。"烦恼是想出来的"，说的就是一个心态问题。人生不如意事常八九，碰到麻烦、难题，完全不去想是不可能的，怎么想怎么办才是关键。心态不好，就容易沉湎其间，杂念见长，烦恼丛生，蚂蚁变大象，压得自己艰于呼吸视听，眉间心上，无计相回避。心态不错，就直面它，正视它，解决它；不是自身努力所能决定的事，就看轻它，看淡它，任它由它，是非成败转头空，青山依旧在，几度夕阳红。

得失、宠辱、祸福、利弊、进退、起落、高低、贵贱、炎凉、动静，说到底，是心态决定这一切。人生在世，我们最付不起的代价，正是生活中某种事件对我们的心态所形成的那种漫长主宰。

繁盛过，极端过，动荡过，撕裂过，然后了然，平和宁静安然。风雨侵衣骨更硬，既不妄自尊大，也不妄自菲薄，平常心看待。

青年节，想起原单位那个阿里巴巴一样快乐的青年。这位搞美术的长发青年，性别特征不明显，性格特征很明显，以口头禅"嗯，不错"享誉单位。他白天一副笑模样，晚上搂着定做的同等身高的女人体模特睡觉。革命小酒喝到醉，丢包丢手机无所谓。有一次，全单位去外地开会，火车票发到他手上，他也来一句："嗯，不错。"问他这有什么不错的，他一本正经地回答："是不错嘛。8号呵。座号很不错嘛。"

学学他，不抱怨，不苛求，不奢望，生活满意度会比较高。

2006 年 5 月 4 日

长假盘点

长假最难安排。一想到满世界的熙攘，就不敢妄动。

难安排干脆就不安排，懒得动就自我安慰"生命在于不动"。

个把的长假比较乏味。以蛰伏为基调。许是对现实世界有那么点儿幻灭感，最近转向对虚拟世界着迷，一般下半夜三点过下网，关机睡觉。这一觉不到中午一点醒不过来。川人所谓"挺尸"，大抵如此。最变态的是长假第二天，从睁眼到闭眼都挂在网上，在天涯福州版上发帖子玩。就有人跟帖：晕！今天几乎整版都是楼主的帖子。我答：楼主闲着也是闲着，发帖会友。

现实是逃避不了的。关机状态下没回应的邀约电话、短信会在开机后出现。于是有了两个晚上的饭局和一次晚饭后的谈事。金春华送别老友比较感伤，邦辉陪人做局就比较不爽。应约到上岛咖啡谈事，我准点到，又是比谁都早，王老师从麻将桌上赶来，他吃饭我参观；林老师忙完她的小学"创卫"洗了灰尘才来。喝着卡布基诺听王老师发布宏大愿景，纳闷自己怎的没了几年前那样的激情。

最没负担的是那晚散步到茅兄新居喝茶。茅兄说铁观音越来越喝不起了，价格贵还多是棚茶，改喝普洱吧。见识了他祖上的传家宝宋代砚台，茅说他小时候就用它磨墨写字。俞老师带了二胡来拉，说这客厅演奏的音效挺好。夜阑晒月亮而归。

昨天的亲子游也不是我报的名。长假唯一一天起个大早，带天天去参加。心想目的地闽侯南屿，估计就是旗山脚下那一片。果然。旗山，三年前无证驾驶差点出险的地方，和一些人吃过土鸡土鸭的老地方。又见竹楼，物是人非，心中怅惘。天天胆小，鼓足勇气玩了规定的勇敢者游戏——云梯、攀缘、飞越激流、溜索，有点超越自我的小成就感，惊魂甫定，总结陈词："想的时候比做的时候难。做的比想的要容易。"18个孩子分为两队对抗，老爸为他所在的"冒险队"想的口号"冒险冒险，不畏艰险"他喊得最响，"寻宝"有功奖励棒棒糖下到小溪摸鱼儿带回都令他两眼放光。他收获了单纯的快乐。

前天下午去办公室一趟。洗了茶壶，倒了烟灰，顺便给发财树浇水。到新单位的第一本笔记本已经用完，拿出一本新的供开假后使用。然后下楼理发，剪去烦恼丝。

长假将尽，没来由想起那句名言——"欲除烦恼须无我，各有因缘莫羡人。"

轻声对着夜空说：晚安。

15

2006年5月7日

谁是最可爱的人

几个武人小聚，拉了我这文人作陪。

怕是那种没内容的拼酒，严阵以待。还好，炮火不算猛烈，听来两桩逸事。

1. 数猪奶

当年海岛驻军养猪。田军长工作过细，下到连队视察，行至猪圈，发问了："你们连的母猪长几只奶呵？"那连长军事过硬，吃过猪肉也见过猪跑，哪想到首长会问出这么尖端的问题，当场瞠目结舌。首长不悦："养猪不过关，好好反省反省。"倒霉连长的事迹传开，害得各连紧张，纷纷数猪奶。陈连长交代司务长："军长明天要来，仔细数数猪奶，一头也不许放过。"司务长不敢怠慢，一一点数后报告："全连母猪都是 12 只奶。"第二天，骄阳似火，陈连长胸有成竹地迎接首长。不料田军长压根儿不看猪圈，拉着年轻连长的手亲切地说："小同志，今年多大了？成家了没有呵？我们到树荫底下说话吧。"完全的人文关怀。陈连长暗想，白数了。

2. 想犯病

海岛苦呵，军营里全是绿叶，不见红花。最幸福的就数全军的"爱民连"五连了。军爱民，民拥军，爱来拥去出效果。有一天，渔家姑娘不去出海，来到五连义务劳动——洗被子。大多数同志欢欣鼓舞，赏花嘛。却有几位小同志躲在营房不敢出来，因为随着一床床的被子晾开来，他们昨夜的"地图"走光啦。没被"拥"到的连队闷闷不乐，另外想辙。没病想犯病，犯病就可以住院，住院就有女兵护理，护理就可能日久生情。步兵连帅帅的胡连长比较走运，因为鼻子出问题住进五官科，与漂亮女护士一见钟情，后来喜结良缘。炮兵连陈连长（就是前边说到的那位"白数了"）心想事成，终于拉肚子了，捂着肚子乐陶陶跑进九五医院。谁知医生不作美，听他说了症状，让他住传染科去。传染科都住些什么人哪？肝炎，疟疾，不敢挨不敢碰的主。女护士全蒙着大口罩，戴着白手套，来也匆匆去也匆匆，根本没可能亲密接触。不幸住进传染科，可怜的陈连长开水龙头都不敢用手，改为脚踹。他勉强住了三日，赶紧逃之夭夭。

　　白数了。白住了。最可爱的人。

2006 年 5 月 9 日

洗　心

一场雨水。荡涤尘埃，消减闷热。

晚来风细。从书桌抽屉里找出那张印有《静思语》的字纸。默念。静思。

这是一位法师的体悟。

慧根欠缺之人，对"本来无一物，何处惹尘埃"的境界高山仰止，还是"时时勤拂拭，勿使惹尘埃"罢。

摘录《静思语》数条，可以洗心。

1. 太阳光大，父母恩大，君子量大，小人气大。

2. 原谅别人就是善待自己。

3. 手心向下是助人，手心向上是求人，助人为乐，求人痛苦。

4. 心中常存善解、包容、感恩、知足、惜福。

5. 甘愿做，欢喜受。

6. 脾气嘴巴不好，心地再好也不能算是好人。

7. 做该做的事是智慧，做不该做的是愚痴。

8. 知识要用心体会，才能变成自己的智慧。

9. 要用心，不要操心、烦心。

10. 爱不是要求对方，而是要由自身的付出。

11. 尽多少本分，就得多少本事。

12. 屋宽不如心宽。

13. 一个人的快乐，不是因为他拥有得多，而是因为他计较得少。

14. 人生最大的成就是从失败中站起来。

15. 口说一句好话，如口出莲花；口说一句坏话，如口吐毒蛇。

16. 欣赏别人就是庄严自己。

17. 道德是提升自我的明灯，不该是呵斥别人的鞭子。

18. 君子为目标，小人为目的。

19. 得理要饶人，理直要气和。

20. 改变自己是自救，影响别人是救人。

21. 发脾气是短暂的发疯。

22. 犯错出忏悔心，才能清净无烦恼。

23. 天上最美是星星，人生最美是温情。

24. 君子如水，随方就圆，无处不自在。

25. 稻穗结得越饱满，越会往下垂。一个人越有成就，就要越有谦冲的胸襟。

26. 站在半路，比走到目标更辛苦。

27. 为人处世要小心细心，但不要"小心眼"。

28. 愿要大、志要坚、气要柔、心要细。

29. 君子立恒志，小人恒立志。

30. 难行能行，难舍能舍，难为能为，才能升华自我的人格。

2006 年 5 月 11 日

官人难为

搞过《中国制造》的周梅森这样评说官员——

最优秀的和最无能的，最高尚和最卑劣的，在同堂议事。这个队伍的色彩非常复杂。他们互称同志，在同一面旗帜下开会，最后只是看到一个决策出来了，但不知道这背后的真实逻辑。我知道，决策出台的背后，决策者可能进行了很多协调，承担了很大压力。

官场的语码系统，外界只看到那层壳，看上去一切都很庄严，一到后台看看呢？很可能是哑然失笑。

好的官员我就不说了，只谈谈不好的吧。跑官、送字画、给领导炒菜，那是低级的做法；玩数字，GDP 过多少、财政收入过多少，那是中级的；高级的是什么样呢？揣摩上面意图，需要什么就创造什么。归根到底就是两个字："唯上"。

官员之所以备受瞩目，因为他们握有公共权力，作出公共决策，分配社会价值或利益，这些都影响到公众生活。公众因为切身利益，自然要关注这些从政"治众人之事"的官人们。现实生活中，即便你不想过问政治，政治都可能找到你头上，所以公众对官员有探究的兴趣，那些描摹官场生态的作品——比如刘震云的《官人》《官场》，刘醒龙的《秋风醉了》，钟道新的《权力的成本》，王跃文的《国画》《梅次故事》，张平的《国家干部》——容易风行天下。

记不清是谁说过一句俏皮话："官只要能做下去，就一定能做上去。"这话适用于那些懂得官场规则、深谙为官之道的官人。有一类书生意气的官人，却是会把官往下做了去的。书生气者，认真是也。友人老宋说，数数历代当官的书生，不改其认真而不圆通之秉性的，大致都官运乖蹇，贬黜的贬黜，免职的免职，其结局几乎是十有八九与王羲之相似。

有些书生吃过苦头栽过跟头之后，方才成熟，不再锋芒毕露，不再意气用事，外圆内方，壮志得酬。曾国藩原本对官场习气十分厌恶，不愿为伍，所到之处，常与人发生矛盾，遭受排挤，成为舆论讽喻的对象。他率湘军东征之初，战事上常吃败仗，四处碰壁，然后开悟："以能立能达为体，以不怨不尤为用。立者，发奋自强，站得住也；达者，办事圆融，行得通也。"既要站得住，还要行得通。一位从政的昔日同窗沉寂五年终于起色，觉悟的他变得低调内敛。他说，要考虑大多数人的接受度。观念超前，过于理想化，大家都跟不上你，这个人孤零零地走在所有人的前面，是个思想家。走在队伍靠前位置，有大多数人跟随的，才是政治家。

由此理解了那些"站得住，行得通"的沉静领导。他们虽然坚持原则，但是拒绝用英雄式的强硬态度来达到目的，他们选择自我克制，因此争取到更多的时间去了解复杂问题的真相，设计有效解决方案。他们谦逊，不会高估事情成功的可能性和抬举自己努力的重要性，他们更能忍受挫折，也会用更实际的态度专注于眼前该做的工作。他们执着，把精力集中在理性的能达成的事物上，而非理想化的境界，因此他们可以接受较不完美的结果，进行必要的"妥协"，这正好成为他们最后能够成功的必要条件。

2006 年 5 月 16 日

有一种爱情惊世骇俗

电影《神话》没名堂，主题歌却深入人心。孙楠、韩红版《美丽的神话》，成龙、金喜善版《无尽的爱》，无不凄恻缠绵，余音袅袅。

一弹再三叹，慷慨有余哀。曾看过这样一个故事，当得起人间神话，配得上深情咏唱。

美国人戈登医生，谦和、温存、体贴、优雅、专注，很优秀的脑外科专家，功成名就，拥有一栋面湖的华宅。单身父亲，在华人妻子去世后，再没有结婚，而是从中国领养了一个女儿爱米。他和妻子的合影散布在这座漂亮房子里，每张照片都是爱不能释的相拥相偎，一览无余的水乳交融，无一处不妥帖的温柔亲爱。爱米的临时保姆，一位年轻貌美的中国女留学生（故事的叙述者）倾慕他，在爱米三岁生日的那个夏夜，借酒壮胆，向他示爱，遭到婉拒。在他柔和慈爱的眼神中，有一种凛然不为所动的东西。

他们谈到神话。对神话的理解截然不同。

对他而言，事情在表面是一回事，在表面的背后，是另有一些东西垫底的。神话只是把生活背后的东西外表化了，因此它们其实是一回事。

对她来说，它们太不一样了，神话是虚的，生活是实的，人得活在实在里，看得见，摸得着，有声音，有颜色，有活动……

她问：你是不是觉得，比如爱情，就该像牛郎织女一样专注，生死不能隔，天地不能分才能算合格的吗？

他答：对别人，我不知道，对我，是。不过，合格这个词不大好，它是冰冷的，人为的，这中间其实没有任何人为，没有道德……一切都是自然而然的，毫不勉强的。你明白吗？我只知道听从自己的感情……对生活里发生的事情，尤其是命运，你只能接受，如果可能，平静地接受。

一周之后，她带着忘记这个地方和他的主人，忘记它的美好和奇诡的念头离开。七年之后，她改变了在美国的身份地位和物质待遇，她和美国丈夫的职业都不错，上等公寓，轻车暖裘，生活按部就班。就在她自以为可以把他放下的时候，一则轰动全美的爆炸性新闻给了她当头一棒——一名外科医生心理变态，房中藏匿女尸数年。

就是他！戈登医生。他用特制药水处理爱妻的尸身，将其制成木乃伊，给木乃伊戴上亡妻冥像面具，从石砌冥室请回自己房间，与自己常年共处一室。为此他已遭逮捕，并且要通过专家测试，如被证明有心理变态，将被送往精神病院。养女也将接受专家的心理测试，如有不正常倾向，他将被以虐待罪起诉。现在女尸已被移走，被地方政府下葬在无人知晓的地方，以防被这位痴情变态的丈夫再度劫持。

戈登医生通过律师辩称，这并不是一件蓄意而为的事。他天天去造访冥室，渐渐觉得，他一个活人，天天可以和死去的人在一起，他为什么不能试试让一个死去的人和活着的人在一起。作为丈夫，他依然有照料妻子尸身的义务和权利，而且作为一名医生，他具有照料保存她的能力。这种做法虽然罕见，与社会通常的习惯相悖，但对活在这个地球上的人类而言并非闻所未闻，对历史、对民俗学略具常识的人不难找到类似的例子。这种保存的意识是人无以寄托爱的特别手段，虽然只在极其有限的范围和情形中，但不失某种合理性。戈登医生采用了密不示人的方式，只是为了尊重大众的习惯，而不是在从事罪恶。他这么做实际上并没有妨碍任何人，也没有构成任何公害。对于他的养女，随着她的长大，他早已把事实全对她说了，她完全知道她面对的是什么——这有他女儿的证词作依据。这个所谓奇闻的全部基础仅是习惯而已。法律不应该对习惯进行制裁，即使这个习惯只为最个别的人拥有。

尽管戈登医生把事情据实据理讲得够清楚，但媒体舆论全都在责骂和嘲笑他。这位中国姑娘的丈夫、同事，无一例外地表示了对戈登医生的鄙夷和唾弃。她被吓住了。她说，我从来都是生活在社会的主流里的，我从来都是在这种主流的推动下顺势畅游的正面形象——一个合格的社会产品。因而，这是我第一次站到了主流的对立面，惊心动魄地领略到了社会习惯和大众势力的铺天盖地的力量，那种扫荡一切的，把个体碎为齑粉的力量。

半年之后，结案了。经欧美专家测试，均拿不出戈登医生心理变态的证据。所有认识戈登医生的人，都给了他本人和他非常出色的医疗水平以正面评价。他所在医院拿出了他在妻子过世后所有的手术记录，找不出一点瑕疵。最后，法院只好判他无罪。爱米也经测试被证明是一个心态正常的孩子，而且比同龄孩子更有丰富的想象力和同情心。尽管如此，法院还是认为戈登医生"不具备独立抚养儿童的令人信服的健康的心理习惯"，让社会福利组织领走了爱米。

当倾慕他的中国姑娘找到机会去看他时，已经人去楼空。戈登医生郁郁而终。尽管人们对不起他，却没人听他骂过一句人。他无罪释放后在湖滨的陵园买下一块墓地，让人做成两个相连的墓穴，那是给他和他的亡妻准备的。但是，没人肯把埋葬他妻子的地方告诉他，也不答应他关于移葬妻子的请求，他们心里还是觉得他有罪。他死后，墓穴里就孤零零葬了他一个人。

她来到墓地献上一束白玫瑰。墓碑上刻有戈登医生和他妻子两人的姓名、生卒年份，还有一句话："这个世界不是我们的家园，我们仅是携手路过。"她要替他完成遗愿，设法将他的妻子迁回来，让他们携手同归来处……

今夜，在《美丽的神话》《无尽的爱》曲声中，转述这个发生在现代社会的古典神话，依然心中震颤。

此曲只应天上有，人间能得几回闻。

天长地久有时尽，此恨绵绵无绝期。

这样一种深入骨髓的爱情，极致之爱，永恒之爱，让知会的人为之唏嘘。

2006 年 5 月 19 日

有一种爱情惊世骇俗

本周关键词：珍珠台风　海交会

这一周，本地新闻除了珍珠台风，就是海交会。

结果，珍珠台风没来，海交会我也没去。但这两个关键词的的确确与我发生了关联，还是要记上一记。

原定本周18日、19日两天在马尾办一次培训班。所在单位、马尾主管局、某公司三家联办，面向马尾企业。

16日一上班，就接到某公司光头陈总电话。说问过气象台，珍珠台风预计18日要来，怕会影响办班效果，这个班时间要不要往后推。当然啦，以前学过气象，这台风又是估不准的，也没准不会来。我说，你的考虑有道理，征求一下马尾局意见，因为通知是他们发的。

10分钟后，光头陈总反馈马尾局意见：照办。以前也有刮风下雨办班开会的。何况这次已经发了两遍通知，预通知加正式通知，再改不好。

于是照办。珍珠虽说没来，却带来了强降雨。18日上午开班，仅到38人。下午再来4人，总计42人，比报名人数减少三分之一。原因？大雨让快安的企业报名人员来不了；当天开幕的海交会让这个班流失了5人。

那天，主办三方都在积极清点人数。在师资、场租等因素不变的前提下，每个人所交报名费直接关系到办班收益。想到自己曾写过一篇百字小品《都是利润》，自己现在也向某君看齐了，不禁莞尔。那小品是这样的——某君素喜下馆子，且必入雅座包厢用餐。近来情形有变，自办酒家，总在大厅坐定。问其为何如此。对曰："大厅好呵，看得清楚。这么多人光顾，每个人头都是利润哪!"

以上可见珍珠台风与海交会给我们带来的不利影响。

辩证地来看，尤其是落实到这两个关键词对个人的影响，好消息还是有的。

因为海交会，来了老友 L。他现在是香港某报驻厦记者，采访海交会的前夜，两人品茗叙谈。他说新闻如何独家，我说出版多么崩溃，夜阑方散。恃才傲物的他，曾在内地某通讯社供职，怀才不遇，蹉跎经年，及至转到境外媒体，方才夙愿得偿。他说到新闻策划，说采访连战大陆行如何抓拍抢现场花絮。看着他如今意气舒畅的样子，由衷地为他高兴，想男人终是需要事业支撑与证明的。海交会 80 多项活动，因为涉台，组委会多要求按通稿口径报道。戴着镣铐跳舞，且看这位中国人民大学新闻系毕业的高才生如何出彩。

因为珍珠台风走远，19 日的榕城迎来了湛蓝的天，大有玉宇澄清之感，堪与厦门的海滨晴空媲美。"八郡河山"在天涯福州版发表当日福州美景图片，我跟帖感谢他为我们留住了美好的记忆。有一篇讲"海交会"的帖子，说主要印象是台湾的芒果一粒 30 元，小包方便面一包 5 元，仅见黑人一名。看得我直乐。也许隆重的海交会"功夫在诗外"罢。

20 日晚间。看到天涯福州版给我的两篇帖子同时给了红脸，连忙给斑竹五月三发帖致谢。他是我素昧平生的知音，前些日的《心态》一帖也是他欣赏知会后给了红脸。"给点阳光就灿烂"，这个夜晚，我会甜甜睡去。

2006 年 5 月 21 日

有声胜无声

一个习惯于听着音乐看书写字的人，对他的无声博客总感到缺了点儿什么。访问了一些音画文三合一的漂亮博客，羡煞又不知如何拨弄，憾了多日。

记住今天。他的博客终于打破沉默，发声。

对他来说，有声胜无声。

28

得来费了些工夫。最后试验成功，狂喜。

事出偶然。因为请斑竹白衣替一篇红脸帖配曲，以烘托文字的情境，顺带讨教博客背景音乐如何链接。斑竹热心给予引导。之后，他又向博客帮助自学，又上社区帮助求解，再致电开博的友人，最后在电脑高手的操作下搞定。

这样一来，他可有事干了。喜滋滋依样画葫芦，给好几篇文字配上自以为贴切的音乐。然后，将积攒的文字分门别类。整个晚上，他都乐颠颠地忙活着，好像哥伦布发现新大陆一般。

现在，他在背景音乐中敲字。知会他的访客也可以在乐声中看字了。

他，就是"菜鸟"欧个把。

2006 年 5 月 23 日

幸福像花儿一样

等你老了，头白了，睡思昏沉

请取下这首诗歌在炉火边，慢慢读

回想你过去眼神的柔和

有多少人爱过你，爱你的美丽

假意，或者真心

只有一个人爱你朝圣者的灵魂

爱你衰老了的脸上痛苦的皱纹……

——叶芝《等你老了》

29

部队高干子弟白杨狂热追求文工团的舞蹈演员杜娟，死缠烂打，使出浑身解数。其中一招就是背诵爱尔兰诗人的名作。

由于际遇的安排，追到手了。洞房花烛了，一地鸡毛了。

却不幸福。同床异梦。因为，她不爱他。心里始终装着另一个男人，那位英雄连长。

林彬和杜娟爱得轰轰烈烈，死去活来，结合却不能够。

他总算答应了副司令员女儿郑媛媛。却让她守活寡。制造找到归宿的假象，想让爱人安心过日子。

谁也没放下。谁也没过好。两家子闹离婚。

一部热播的电视剧。幸福像花儿一样。

花开有时，缘浅福薄。

花落谁家？人生长恨。

故事没看全，结局不清楚。离了没？或是谁离了谁没离？又或是谁都没离了？

看到剧终的镜头。她独舞，面无表情。推断有情人没成了眷属。

无论剧里剧外，好像死去活来的爱都难如愿。是规律？是宿命？

到底哪里出了问题？

爱无对错。可是，错位了，极度不对称了，当事人就惨了。

好过难过都得过。这就是生活。

耐人寻味的一个镜头。白杨他爹白部长路遇老情人文工团叶团长。

此时，他和她的表情都不再与职务相对应。两人边走边聊，谈她的高徒他的媳妇。眼神，步调，有着无声的默契。这是一种境界。

他和她都认了命。很遗憾，故事没告诉我过程是怎样的。

此情此景，让我又想起叶芝的诗。

很般配。很美。

2006 年 5 月 25 日

天天的博客处女作

应 9 岁儿子要求，在此发表他的第一篇博客文章。

假如我会七十二变，我会变成……

天天（小名兼网名）

这时，你如果问我想变成什么。我会回答："如果我会七十二变，我会变成一列奔驰的火车，四处穿梭，欣赏美丽的风光。"

十年后，你问我想变成什么。我会回答："我想变成一只小鸟，在蓝色天际里自由地飞翔。"

过了二十年，你又问我想变成什么。我会回答："我想变成一个作家，提笔一挥，就有许多人来观看。"

等我老了，头发白了，我想变成一个快乐的小孩，不管春秋冬夏，都在快乐地玩耍。

如果我还小，我就会天真地说道："我要变成一粒灰尘，去人体里看个究竟。"

随着年龄的变化，我想变成的东西也在变化。总而言之，我想变成的东西，实在太多，太多……

背景提示：

天天近来作文有长足进步，信心大增，渴望发表。老爸的博客他一篇也不放过，懂不懂都要过目。文中"蓝色天际"缘于一则日志的背景音乐，"等我老了，头发白了"则把叶芝的诗句现学现卖。至于

31

"作家"嘛，他认为写博客的都是。《西游记》里的猴哥，他超级崇拜，以"七十二变"为题，理解理解。变成火车的愿望也好理解，不用买票就走遍四方。想变灰尘的愿望，真没想到。他一般是大谈宇宙天体的，原来人的内宇宙他也神往。

人说文章是自己的好，又说孩子是自己的好。

现在面对自己最好的作品的作品，不知该说什么才好。

只好把难题交给列位看官——你们感觉如何？

2006 年 5 月 27 日

短章的力量

因为送天天去参加"班班有歌声"冠军班比赛,第一次走进鳌峰坊福州师范学校。

在一面墙上看到"林则徐读书处"字样。简介说这里就是康熙年间所建鳌峰书院,康熙还赐了匾额"三山养秀"。侯官林则徐以县试第一的成绩入读,在此所受报国教诲,用以砥砺一生。不禁肃然起敬。

校门口黑板上用粉笔书写了韩非子的一句名言:"恃人不如自恃"。天天问,"恃"是什么意思。我说,就是依靠、依赖、倚仗的意思。靠别人不如靠自己,比如你能靠爸爸一辈子吗?这句话就是做人要自强自立的意思。天天点头。

韩非子的话,学校用来砥砺学子。曾在此处读书的林则徐一句"苟利国家生死以,岂因祸福避趋之"又砥砺了多少后世的志士仁人呵。

一直以为,书不在厚薄,文不在长短,有时候一首小诗、一篇短文甚至一句耐嚼的话就能直指人心,乃至影响人的一生。语录体的《论语》言简意赅,本子极薄,但人称"半部《论语》治天下",可见其内蕴之厚;《道德经》凡五千言,文辞简约却涵盖天地万物。20世纪六七十年代,武侠大家金庸以历史人文睿智撰写《明报》社论,独领一时风骚;80年代,被海外知识精英视为不可不读的香江第一健笔，则属《信报》林行止的"政经短评"。

重温一遍那些令我内心触动的短章短句吧。

王国维《人间词话》："词人者，不失其赤子之心者也"及书中著名的"境界说"。

弘一法师《清凉歌》："清凉月，月到天心，光明殊皎洁。今唱清凉歌，心地光明一笑呵。"及其临终前浓缩人生的四个字"悲欣交集"。

以180字令昆明大观楼名扬天下的长联（我视之为境界阔大的短文）："五百里滇池奔来眼底，披襟岸帻，喜茫茫空阔无边。看东骧神骏，西翥灵仪，北走蜿蜒，南翔缟素。高人韵士何妨选胜登临。趁蟹屿螺洲，梳裹就风鬟雾鬓；更蘋天苇地，点缀些翠羽丹霞，莫孤负四围香稻，万顷晴沙，九夏芙蓉，三春杨柳。数千年往事注到心头，把酒凌虚，叹滚滚英雄谁在？想：汉习楼船，唐标铁柱，宋挥玉斧，元跨革囊。伟烈丰功费尽移山心力。尽珠帘画栋，卷不及暮雨朝云；便断碣残碑，都付与苍烟落照。只赢得几杵疏钟，半江渔火，两行秋雁，一枕清霜。"

启功先生生前自撰的《墓志铭》："中学生，副教授。博不精，专不透。名虽扬，实不够。高不成，低不就。瘫趋左，派曾右。面微圆，皮欠厚。妻已亡，并无后。丧犹新，病照旧。六十六，非不寿。八宝山，渐相凑。计平生，谥曰陋。身与名，一齐臭。"

老舍先生不惑之年所写的精短自传："舒舍予，字老舍，现年40岁，面黄无须。生于北平。3岁失怙，可谓无父；志学之年，帝王不存，可谓无君。无父无君，特别孝爱老母，布尔乔亚之仁未能一扫空也。幼读三百篇，不求甚解。继学师范，遂奠教书匠之基。及壮，糊口四方，教书为业，甚难发财，每购奖券，以得末彩为荣，示甘于寒贱也。27岁发愤著书，科学哲学无所懂，故写小说，博大家一笑没什么了不得。34岁结婚，今已有一男一女，均狡猾可喜。闲时喜养花，不得其法，每每有叶无花，亦不忍弃。书无所不读，全无所获并不着急，教书作事均甚认事，往往吃亏，亦不后悔。如此而已，再活40年也许能有点出息。"

流沙河《Y先生语录》："Y先生举左手，展开五指，说：'长长短短，世界多元。'又举右手，展开五指，说：'重复一遍，历史循环。'""幸福原无标准，快活全凭感觉。"

陈村《看来看去》："侯宝林去世前说的两句话：我是良民。我是戏子。听罢，大脑一醒，对侯宝林肃然起敬。"

董桥短文《中年是下午茶》《满抽屉的寂寞》……

本来是讲短章的，再这么罗列下去就不对了，赶紧打住。临睡前，默念一句从高速公路某服务区文化公厕里看来的话："清白的良心是一个温柔的枕头。"洗洗睡了。

2006年5月29日

这样的歌，盗版没商量

乔伊师妹去向不明。博客十来天不见更新，也不贴个安民告示，害我空跑 N 次。

昨天漫无目的不抱任何希望地访了过去，这才知道她上了什么领导干部英语培训班，还上得挺欢。

我刚写了短章的力量，她更深沉，日志标题是 When you say nothing at all——当你沉默不语。还中英文对照哩。

日志大意是说英语老师为了激发学员们的兴趣，净拣些谈情说爱的对白啦歌曲啦给大家练听力。其中就有如题这首歌，并附了英文歌词和她的译文。

被她的译文感染，晚间上网搜歌，男女声的都听了。这样的歌，没有二话，直接盗版过来，包括歌词和乔师妹的译文。谁让她不贴安民告示让我空跑呢，谁让我是师兄呢，谁说好东西不该拿来分享呢？

稍有不同的是，她听的是男声版，我个人更喜欢女声版的。

发觉自己话偏多，此刻最该做的就一件事——say nothing at all.

［附］歌词及乔伊译文

It is amazing how you can speak right to my heart.

Without saying a word you can light up the dark.

Try it as me I can never explain.

What I can hear when you don't say a thing.

The smile on your face let me know that you need me.

There is the truth in your eyes saying that you will never leave me.

That touch of your handIs so as you will catch me wherever I fall.

You say it best when you say nothing at all.

All the long I can hear people talking aloud.

But when you hold me near you draw out of the crowd.

Try it as me they can never define.

Whats been said between your heart and mine.

The smile on your face let me know that you need me.

There is the truth in your eyes saying that you will never leave me.

That touch of your hands so as you will catch me wherever l fall.

You say it best when you say nothing at all.

这真是太神奇了，你所说的怎能正好渗入我的心，不发一言你怎能将黑夜点燃。用尽办法我也没法解释，当你不发一言，我听到了什么。你脸上的微笑让我知道你需要我，你眼中的真实在说你永不会离开我。触摸你的手，在我无论何处跌倒时，好让你能抓住我。当你沉默不语，一切妙不可言。一直听到人声喧嚣，但当你抱紧我，尘嚣离我们远去。他们永远没法确定，你我的心灵之间诉说着什么。当你沉默不语，一切妙不可言。

2006 年 5 月 30 日

工 夫 茶

20 年前入闽，见闽南人用小壶小杯喝工夫茶，替主人觉得手酸。

直到去年下半年，高速运转的陀螺由于外力作用停歇下来，发现地球照转（转得怎样是另一码事），天并没有塌下来，不禁为自己的愚痴感到好笑。节奏慢下来之后，时常走路上下班，茶的泡法喝法也渐渐转向工夫茶。

杯中岁月，壶里乾坤，不疾不徐，平淡冲和。

下午到陆羽茶庄买铁观音。品着工夫茶，看女老板给茶叶装袋。

闲闲的想到前两天去龙海、惠安，见面握手毕，主人第一道程序皆是泡茶品茶，然后开谈。温和的，舒缓的，风雨在外，波澜不惊。

又想起去年龙王台风肆虐，水淹福州的那个夜晚。同学聚会结束后路过一茶庄。店铺进水，老板伙计茶客四人居然安坐在没膝的水中，一边喝茶一边打 80 分，乱云飞渡仍从容。

能为则为，不可为则不为，凡事道法自然，莫非这就是工夫茶涵养的境界？

2006 年 6 月 3 日

身心沉浸

看萨特的小说《厌恶》是 17 年前的事了。灯下翻出当年笔记，依然让我心灵震动。

萨特笔下的"我"是深为存在的恶心感所包裹的，他真切地感觉自己身上起了一种变化，以为变了的是他自己或者就是这个世界、这个宇宙。当然感觉并承认是自己变了会容易些，于是萨特写了"我"的"厌恶"，自己拿着物体倒像物体拿着自己，自己在孤独状态下毫无笑的欲望，自己喜欢孤零零在那条阒无人迹的阴森路上行走，同时又写了自己的恐惧，之于孤独的恐惧。所以，他去找老板娘接吻，他们之间只是一种生理满足和填补罢了。"很少讲话。讲话又有什么意思呢？各得其宜就行了。"

他周围全是些可怜的人。露茜因克制而痛苦，咖啡馆里打牌的人，还有那位可爱的"自学者"，一丝不苟地从图书馆第一个字母的第一本书读起安图穷尽一切知识之后才敢发表意见的谦卑者。"我"不无嘲讽地揭穿了他的读书方法，表明了存在主义重直觉重感性的非理性。仅靠理性能解决人的问题吗？难道不是知识越多越痛苦？难道不是技术文明的过分发达使人沦为机器的奴婢，遭受"异化"的厄运？腐儒的存在更增悲剧性。

萨特揭示了"生活中永远不会发生什么"、生活中没有奇遇的实质。那一段"事情是为了结束才开始，奇遇毫不容许延长"的精辟之论可谓鞭辟入里，切中肯綮。萨特这样说——"每一分钟只是为了引出以后的无数分钟才出现的。我用全部身心热爱每一分钟，因为我知道每一分钟 都是唯一的，不可代替的——可是我也不作任何举动来阻止它的消逝。"

萨特对于存在是如此珍视，每一分钟，每一秒钟，凡是存在的时间他都全身心沉浸，也许是希求在其中达到存在的真谛，就如他聆听那个黑女人唱歌时感到的那份厌恶中的短暂幸福，他甚至希求自己的生命成为构成旋律的物质。是呵，在艺术中，在作为情感表征的艺术中充当一个音符，自己创造出一种时间维度——心理时间，以求与客观时间相抗衡，以价值生活来抵抗时间生活，以求在其间找到人生的避风港，这就是身心沉浸的全部实质。但是，时间的流逝是不以人的主观意志为转移的。日子总会进行下去，那么很可能把自己从短暂的幸福中拖回无情的现实，异化的厄运绝不会轻易放过现代人，于是人重又被抛入"厌恶""恐惧"的状态中。萨特的"不作任何举动"实际上是无能为力、无可奈何的叹息。也许他希冀着在今后的时间里遭逢一个奇遇？但正如他所意识到的那样，这奇遇并不在生活中发生，只存在于已成过往的事件叙述中，而不是往事本身。

叙述是一种选择，一种谎言，是从结局开始讲述的故事。在叙述中，一切未知都因讲述变得辉煌。其实，人根本无法完全还原往事，不过是一个虚假苍白的谎言罢了。但这谎言似乎总比真实更美丽。莫非是基于这种心理，存在主义才标榜艺术的美，如他们的先驱尼采一样？更重要的是，艺术可以把人从机械化有序的现实拉进偶然无序情感无意识的区域，可以安顿人的情志。

存在主义的另一位先驱克尔凯郭尔有关"厌恶"的论述可以作为参照。他把"孤独个体"看作是世界上的唯一实在，把存在于人内心中的东西——主观心理体验看作是人的真正存在。人的存在状态是恐怖、厌恶、忧郁、绝望。厌恶有两种：一种是由某种特定的东西所引起的厌恶，比如一本书、一项工作或某一个特定的人。这种厌恶没有什么深刻的意义。另一种更为深刻的厌恶就是厌恶自己。他认为，人生的基础就是虚无，它就像一块巨大的阴云，把一切东西都聚集到一种混沌中去，世界也在沉没到这种状态之中。

当欢乐过去，一切都将烟消云散，人将面临更大的苦闷和莫名的孤独。为和这种状况作斗争，人就竭力抵制享乐的可怕的诱惑。在模糊不清、混混沌沌的虚无中，人充满了好奇心，努力去探求什么是新东西，以忘却烦恼和苦闷，而一切伟大的成就就是在这种探索和努力中开始的。他认为，这种由于厌恶自己、认识到人生是虚无的厌恶，才是真正有意义的厌恶。"奇怪的是，那种自身是如此呆板和迟钝的厌恶居然会有这样活动起来的力量，它所产生的影响是完全不可思议……"

2006 年 6 月 4 日　　　　41

数风流人物，还看三国

少年不识钱滋味，收罗废铜烂铁加以变卖，揣上换来的镍币到小人书店长知识。三国、水浒、说唐、说岳、杨家将，这些连环画对我的古典知识启蒙，早于唐诗宋词。

看过之后，还要分阶段逃课跑去新华书店一本本买齐的，唯有三国。个人偏好吧。

天下大势，分久必合，合久必分。群雄逐鹿，英雄辈出，江山如画，一时多少豪杰。忠肝义胆，勇冠三军，足智多谋，成就霸业宏图。男孩多有英雄梦，时势造英雄，群星闪耀的三国魅力十足。小时候不知道演义与志书的区别，也不管罗贯中为什么尊刘抑曹，就是发自肺腑地热爱刘备帐下的文武雄才——神机妙算计谋过人的诸葛孔明，义薄云天威震四方的五虎上将关、张、赵、马、黄。少不更事，却喜欢懒觉睡醒了瞎叫唤什么"大梦谁先觉，平生我自知。草堂春睡足，窗外日迟迟"，把那常山赵子龙当阳长坂坡如何怀揣阿斗单枪匹马闯敌阵如入无人之境的神勇传奇如数家珍。后来流传于四川酒桌上的"三国拳"高度概括了那个英雄年代："当阳桥前、单刀赴会、二士争功、桃园结义、子龙下山、五虎上将、六出祁山、七擒孟获、八卦阵图、九进中原、天下归晋"。

因为易中天在央视百家讲坛品三国，三维架构，条分缕析，亦庄亦谐，收放有致，熔古今于一炉，正史演义已见杂糅，行云流水，深得我心，重又点燃了我的三国热。买了上海人美版三国演义连环画，60 本，就是当年老版重印的那套，说是给儿子看，其实也为满足自己的怀旧心理。近来看得最频繁的就数这套连环画了，历久弥新，回味悠长，见证经典的生命力。周末午后，锁定央视易版三国，享受一顿精神午餐。学、识、才、情，平视的眼光（曹操是人不是鬼，孔明是人不是神，周瑜不是小心眼，刘备不是窝囊废）加上与生俱来的幽默令易先生如日中天。对于那些针对他表述风格的批评，易先生对着镜头一脸无辜："我从来就这么说话的呀，在家里，在课堂上，都是这样的呀。"讲史能讲到这份上，有理有据有趣有个性有悬念，成一家之言，开一代风气，不易。今天听他讲"慧眼所见"，说他赞成诸葛亮"一目十行，观其大略"和陶渊明"好读书，不求甚解"的读书方法，观其大略掌握精髓，这是做大事的人的大气，不去咬文嚼字，不去抠细小的问题，就像要得天下的人不计较一城一池的得失一样。与我推崇的"用书家"无二，深以为然。读书治学，关键在于抓住要害，能入能出，融会贯通。易先生以他的智慧通透、深入浅出成就了自己，感染了众生，听他品藻历史人物揭示文化人性，收获的是一种心智的愉悦。

当然，成就易先生的因素还有三国本身的受众心理基础。他在央视品读汉代风云人物时就很出彩，却在今日达到这样高的人气指数，三国这个选题有一份功劳。

2006 年 6 月 4 日

谁回来了

昨天下午，MPA 班 80 分协会会长陈同学发来一信："祥回来福州。拟晚上小聚，能否亲自出席，盼复。"

第一反应是哪位福州同学从哪儿回来了。"回来福州"虽不合文法，口语也有这么说的。

脑海里把班上的福州同学名字搜索一遍，没发现有谁姓什名祥的。祥该是同性，单称一个祥字也偏暧昧。到底是谁回来了？害我煞费思量。

愣了半晌。反复审视第一句话。猛地一拍脑门，整明白了。

哪里是什么福州祥哥，本来就没有什么福州祥哥！这句话应该这么念才对：祥回——来——福州。

祥回呀祥回，姓郭名祥回的宁德同学，你这名儿杀死我脑细胞 N 个。发信的会长一点也不考虑可能引起歧义的后果。

晚间啸聚鸭棚子新开张的东街口分店，啤酒免费畅饮四大箱。席间，薛同学摸着他的板寸抱怨道："什么召集短信，害我断句断不清楚，想了好久，没有名字叫祥的福州同学嘛！"我大乐："原以为只有我这学中文的会短路，没想到学计算机的也一样短路，会长，你有责任呵！"陈同学在满桌笑声中喝了罚酒。

笑过以后，想想汉语的语气停顿和断句，也蛮有意思的。

某公司经理在一次关于调薪的会上发言："在这次提议调薪中，

已经升了职的和尚，未升职的员工，都应该调整薪资。"与会人员听得一头雾水，公司里哪来的和尚，而且还升了职？等明白过来应该是"已经升了职的——和——尚未升职的员工"时，全场大笑。

关于铁齿铜牙的风流才子纪晓岚的传说甚多。记得一个展示他急智捷才的故事。说是乾隆见纪晓岚的折扇上有一幅他的画作，小小扇面上画出了壮美山河，很是赞赏。看到上面尚未题诗，便对纪晓岚说，这是美中不足，要他配上唐人王之涣的《凉州词》，来个诗书画相映生辉。纪晓岚没想到自己的随意之作，竟得到皇上宝爱，于是欣然提笔，在扇面上补题王之涣的七绝《凉州词》。纪才子一时激动，不意将首句"黄河远上白云间"的"间"字漏写了。待他写完，乾隆拿来一看，就发现了这个疏漏。知他一时大意方有此误，倘若添上这个"间"字，这一败笔又会破坏画面美感。转念一想，这纪晓岚朕尚未难倒过他，今日看他如何答对，故意沉下脸来，厉声道："大胆纪昀，竟敢有意漏字，戏弄朕躬，该当何罪？"

纪才子不知错在何处，连忙下跪："为臣不知何罪，乞万岁爷明言。"乾隆把扇子往地上一丢，说道："拿去看来。"纪才子拾起一看，原来丢了"间"字，不由暗暗叫苦，该死该死。才子就是才子，灵机一动，有了主意，于是不慌不忙地奏道："万岁爷息怒。臣怎敢戏弄圣上，臣在扇上所题，实是一首词，本无丢漏一字，听为臣为圣上读来。"他高声吟诵道：

　　黄河远上，

　　白云一片。

　　孤城万仞山，

　　羌笛何须怨。

　　杨柳春风，

　　不度玉门关。

乾隆听罢，心想好一个聪明的纪晓岚，竟能想出这等花招，这样读来确也不错。本来也就为了吓他难他，还真难他不倒，也就一笑而过，赐他平身。

是否确有其事，无从考证，这位《四库全书》的总编辑才调绝伦却是不争的事实。不管是谁，漏字断句断得这样别开生面，还能自圆其说，也着实了得。

今天是 2006 年 6 月 6 日。就有人说什么千年一遇，一生一次，六六大顺，找题目送吉言道祝福。理解归理解，总觉得牵强。以此类推，2008 年 8 月 8 日也是千年一遇，一生一次，大发暴发；2009 年 9 月 9 日也是千年一遇，一生一次，长长久久，这一天三九集团真该大做广告；2003 年 3 月 3 日也是千年一遇，一生一次，喜欢数字"3"的福州人当时忘了发明升官升级生生不息之类，岂不成了千年遗恨？6 月 6 日，"二战"诺曼底登陆纪念日，62 年前的今日，盟军德军殊死激战，双方伤亡惨重，共计 19.5 万人。这一天，欧美民众肯定是高兴不起来的。这样的日子，唯愿世界和平。

2006 年 6 月 6 日

考前考后

7 日、8 日两天是高考的日子。

暴雨如注，恣肆倾泻。

站在窗前看雨，想前尘往事。

20 年前的高考也是雨天。不过，是淅沥沁润的那种，消减了七月的暑热。

就是那三天，以及考前临时更改的志愿，决定了我由蜀入闽的人生转移。

一考定终生。是偶然，是命定？说不清，参不透。

近来常有怀旧意绪。有人说，如果一个人用回忆代替了梦想，就表明你老了。

此刻，老男人只想回溯一段当年事。

1. 执着一念

那是一个重理轻文的年代。文科班人送外号"瘟科班"。

因为高二下学期分班时选择学文科，得罪了教物理的班主任。为了动员我留在他领导的理科班，找我谈过三次。最意外的一次，是从不家访的他竟找上门来。所幸家长不在，我递上一杯温开水泡的花茶（自然是泡不开的），洗耳恭听。劝说理由无外乎"学好数理化，走遍天下都不怕""都是些理科念不好的瘟科生才报文科班，你理科学得那么好咋那么傻""我们学校文科班从来没几个应届毕业考上的"之

47

类。我不为所动，坚决选择年段6个班级中唯一的"瘟科班"。此后，前班主任见了我都把脸侧到一边，在他继续领导的班级放言说我不听老人言。漂亮的英语老师（大科学家丁肇中是她家亲戚）说我学文是"可惜了"。我听了直纳闷，小丁老师本人不就是学文的吗，大家都喜欢她，看不出有啥可惜的嘛。

教政治的新班主任以任命我当班长来表达他的欢喜之情。后来我才知道，他以我的选择为例鼓动了一些犹疑的学生前来投奔。

2. 预考分流

我不知道当年的预考分流是不是人口众多、学生数众多的四川所独有的土政策。5月初的预考，刷掉三分之一的学生，留下三分之二参加高考，届时统计升学率就用预考后留校的学生数作为基数。也就是说，预考不过关连领略"黑色七月"的资格都没有，此役至关重要，关系到高考准考证。

48

那阵子集体恐慌，尖子生也不例外。预考前夜，我去找理科班的老邵，两人对坐说紧张，再也坐不住了，他挎上吉他对我说，我们去河边走走吧。两人在绵远河边徘徊又徘徊，他先是拨动琴弦哼几段靡靡之音，不管用，全走调。因为用力过猛，断掉一根弦。干脆不弹了，两人扯开嗓子吼起革命歌曲来。嗓子喊哑了，两人也不紧张了，夜已深沉，互祝顺利后分手。

3. 那一段日子

预考一结束，出现两大现象：一是男女生从开始对话迅速走向聚会，二是毕业留言热兴起。那年月本是讲究男女大防泾渭分明的，男女不同桌，相互不搭腔，谁谁递个纸条就会被老师视为洪水猛兽点名批评的。当时，龙新华反映中学生朦胧情感的作品《柳眉儿落了》引起极大争议。前班主任有句名言在全校广为流传："我要把早恋扼杀在摇篮里！"

"封建礼教"在预考后被冲破。大家都感到在校时日无多，顾不得那些不成文的条条框框了。发榜那天印象深刻，因为正好一女同学过生日，在家请了一桌同学。烛影摇红，停电点蜡烛更有过生日的意境。晚上来了一位不速之客，宣布说预考成绩出来了。该女只讲了上线的，过生日的女生不在其中，止不住大放悲声："我特地提前过生日，就怕到时候会出成绩，没想到还是躲不过去……"大家都手足无措，劝的劝，走的走，生日宴不欢而散。

接下来的时间，班上空了好些座位，看着难过。一天，教工终于把那些桌椅搬走。

高考冲刺对我来说倒不那么紧张了。文科主要是些死记硬背的东西，这些在预考阶段已经滚瓜烂熟，巩固的方法就是合上课本，闭上双眼在脑海里放电影，发现有记得不够准确的地方再重点翻看。最多的时间花在演算数学题上。坚决不开夜车，晚上 9:30 睡觉，以保持良好的竞技状态。每天写日记给自己鼓劲，定下总分目标和六科分目标，假想自己是向某高地发起冲锋的勇士，高地代号就是那总分目标。有一天突然想，18 岁之前，要给自己做个阶段性总结，考完放假就写自传。定了篇名《一介书生》和总体框架，摘了一些名人名言预备用于各章节作题记。

考前填报志愿。第一志愿川大中文系，也不知为何在参考志愿一栏填了厦门大学中文系。川人把没考上又没参加工作的社会青年叫作"上耍门大学"（意为在社会上玩耍），四川话"厦门大学"的读音正是"耍门大学"。

班主任找我，建议我把厦大改为第一志愿。理由两条：一为学校争光，挣牌子，你去看看校门口历届考生全国重点大学分布图，只有厦大还是空白；二是班上报川大的同学较多，你是全班第一，有实力报考外省的重点大学，你改报的话，班里就可能多一个考上川大。回去征求家长意见，姑母问过我远在重庆的父亲之后，说主要看你自己，没什么不好，就是太远了。我那时刚好看到电视里放鼓浪屿风光，长这么大还没见过真正的大海呢，一下子喜欢上了厦门这个城市。四大经济特区之一，美丽的海滨城市，爱国侨领陈嘉庚创办的大学，为学校填补空白的冲动，让川娃子下定决心改报厦大——真资格的"要门大学"。

高考考场设在二中，我读初中的地方。环境熟得不能再熟，按考号分布找去，居然是我曾经待过两学年的教室。那三天基本正常发挥水平，前五科每考完一门都写日记小结，调整心态。英语是考得最轻松最从容的一门，状态奇佳，像是在享受而不是应试。最后一门政治，因为碰上从未玩过的复选题，多选或少选都不得分，有好几道的选项都长得很像，对与错一点把握没有，只能听天由命了。交卷铃一响，高考画上句号，不少考生（我也在其中）都把书包抛向天空，不管怎样，压迫我们的"黑色七月"结束了，我们解放了！

4. 无常之痛

考后是无边的松快。与同学啸聚，写自传，去重庆看父母，回来就发榜了。

中了全市文科状元。不久，周师兄在邮局工作的姐姐，第一时间将厦大录取通知书送到家里。拖着病躯的姑母笑了，笑得那样酣畅开怀。把我培养出来，为欧氏家族光耀门楣，是她最大的心愿。

我说，嬢，我已经考上了，你现在总该放心去住院治疗了吧？

她摆摆手说，还不行，福建那么远，你一个人出远门我不放心，要不让你爸送你去，等你到了报平安我才安心。我说自己都这么大了，不用人陪，你就去住院嘛。姑母执拗，一定要送走我再去。

8月的一天，两位不认识的女生找上门来。原来是东方电机厂中学的理科生，也考上了厦大，到一中了解到我的住址，想搭伴一起走。一中师生在校都用四川话，我除了读课文朗诵演讲，日常对话不讲普通话的，跟两位说普通话的"老陕"（川陕公路穿城而过，当地人把大厂讲普通话的外地人统称"老陕"）对话就很不流畅。知道高个戴眼镜的Y考上科学仪器系，瘦瘦小小的S上了生物系寄生虫专业，届时寄生虫专业的S之父会带她们去，我答应和她们买同一天的卧铺票走。提前几天去火车站托运了大件行李，主要是被褥衣物，有亲戚朋友的心意，更多的是姑母为我新买的。

姑母请了一桌亲戚朋友为我饯行，让亲戚送我去车站，因为她无法面对离别的情景。

去厦门不能直达，从南京中转。几天的旅途中，我记住了S银铃般的笑声和默默关爱她的父亲。通过和"老陕"的对话训练，到厦大时我对普通话已能运用自如。

姑母为我的高考付出了生命的代价。因为坚持到送走我才去检查治疗，一查就是肝癌晚期。寒假回家，我守候在姑母的病榻前，看着她被病魔折腾得不成人形，心如刀绞。姑母说马上开学了，你必须按时返校，好好念书，才是对我的最好报答。我眼含热泪，与姑母一抱而别。这一别，竟成永诀。

过了两个月，姑母走了。临终前交代亲友，绝对不能通知我回去见她，以免耽误学业。遗言是积蓄给我念书用，一定要供到大学毕业。

姑母养育了我16年，恩重如山。不肖的我根本来不及在她身边尽孝报答她，她就走了。而且是因为我的高考耽误了治疗，因我而死。这辈子，我都欠她。

每次回川，都跪倒在姑母坟前。烧香，烧纸钱，在那块青石板上磕头，跟她说话，泪不能禁。孃，不孝的我来看你了。可是你再也看不见听不到了。

毕业后有一年出差，顺带回家探亲。吃饭时，父亲忽然问我，那年和你一起去厦大的女娃儿是不是有一个姓S的，在电机厂的？我说是呵，听说她毕业后和男朋友一起回了老家，再没有联系过，怎么了？父亲说，那就是她了，她已经死了。

我一惊，忙问这怎么可能。父亲说，是真的，半年前日报上报道过。

听父亲讲完，我毛骨悚然，一口饭也吃不下去，木了。

她死于非命，死于厦大男友、后来的老公之手。而且他的手段极其残忍，令人发指。发生争吵掐死 S 以后，为了摆脱犯罪嫌疑，他竟然把她剁成好多段，装进冰箱，清洗现场，没事一样回自贡老家去了。

我约略知道 S 的男友，毕业时没有单位接收，跟 S 一起回了老家。父亲说，他们都在电机厂工作，在单位很不得志，心情压抑，两人婚后生活不幸福，时常争吵。事情起因就是这样。

因为高考，因为厦大的相遇，S 失去了年轻的生命，死于爱人之手。

我回想起她旅途中银铃般的笑声，回想起默默关爱她的父亲。好运？歹运？当年的列车本是通向金色海岸的，一路洒下她的欢笑。如今白发人送黑发人，她慈爱的父亲情何以堪？

那一刻，我再一次感觉到无常之痛。无语泪流。

2006 年 6 月 10 日

来一曲《生命之杯》

世界杯点燃激情夏日。

熬夜看球。烟酒茶相伴。比赛是看完了，觉却睡它不着了。

干脆上网搜歌。本届杯赛主题曲找不到感觉，还是 1998 年法国世界杯的主题曲《生命之杯》比较来劲。

GO，GO，GO……

今夏，大力神杯将被哪路英雄高高举起？德国？荷兰？阿根廷？巴西？

悬想复悬想。

已是天光大亮。

2006 年 6 月 12 日

流动的圣节

——世界杯絮语（之一）

观棋不语真君子。

观球不语伪君子。

看球过程即是发疯的过程，是生命能量的积聚释放。

性灵在喊，本真在叫。

书写是另一种形态的喊叫。

54

1. 挑食主义

奔四的人，自知不再是铁人，做不了每场必看的铁杆。

早早定下挑食主义原则，小组赛 21：00、0：00、3：00 各一场，心目中必看的不容错过，其他次一等的二选一。这一周夜生活呈现三种形态：要么早睡看后两场，要么看前两场然后睡去，要么睡中间看两头。大致不谬。比如瑞典 VS 特里尼达和多巴哥、墨西哥 VS 安哥拉，没看的正确性不是因为两只眼睛的比分，而是只知长传冲吊的瑞典和魅力不足的墨西哥不值得我点灯熬油。因为酒喝多困得睁不开眼错过的精彩比赛仅一场——意大利 2：0 胜加纳，据说意大利颠覆了钢筋混凝土式防守的传统，皮尔洛和托蒂发动了威猛攻击。

2. 简约开幕

开幕式的简短随意出人意料。决赛圈 32 支球队，开幕式 32 分钟。没有宏大叙事，没有正经八百的架势，连德国总统克勒的演讲也就两分钟。巴伐利亚传统舞蹈配上源自美国街头的黑人嘻哈乐，场内场外率性扭动，热热闹闹嘻嘻哈哈，跟严谨的日耳曼风格相去甚远，却与世界第一运动的酒神狂欢本质相契合。世界冠军队元老亮相是个创意，迭戈·马拉多纳的缺席却愈加彰显他的存在。他通过助手说因为录制电视节目误了时间，我更愿意相信另一种说法：他不愿与长袖善舞左右逢源的"乌鸦嘴"贝利同场出现。事实上，他没有缺席阿根廷队的任何一场比赛，在看台上为自己国家的球队挥舞着蓝白剑条衫振臂呐喊，赛后请球队吃饭。这位历史上最伟大的 10 号球员，桀骜、倔强、褒贬不一的天才球星虽已退出江湖，却无疑是阿队的精神领袖。他选定的接班人小将梅西完美演绎上场的 15 分钟，散发耀眼光芒。

3. 高歌猛进

揭幕战东道主德国队 4：2 力克哥斯达黎加美妙开局，是否预示着本届世界杯拒绝平庸？迄今为止，已经小组出线晋级 16 强的球队，德国、阿根廷、荷兰、英格兰、葡萄牙、厄瓜多尔，无一不是高举攻势足球大旗的队伍。下一轮可望看到更为精彩的对决，是球迷之福。激情与功利既对立又统一，全看主帅如何运筹，球员如何贯彻。

人说德国队选择进攻因为这是主教练"金色轰炸机"克林斯曼的个人风格。我以为不尽然。如果球队还是前些年队伍老化伤兵满营的状态，不防守反击也难。盛衰有时，自然规律，巴西、阿根廷也曾低迷，1990 年世界杯正值德国"三驾马车"全盛时期，首战失利风雨飘摇的阿根廷不得不采取防守反击，凭借马拉多纳和"风之子"卡尼吉亚两人之力将巴西淘汰，跌跌撞撞闯入决赛。大打攻势足球的球队首先要实力垫底。

4. 强者从容

综观已经结束的比赛，阿根廷和巴西最能诠释什么叫强者从容，什么叫王者风范：对战局，对比赛节奏的可怕控制力。可以是暴风骤雨，也可以是闲庭信步，张弛有度，阵形不乱，一切尽在掌握中。阿根廷 2：1 取胜科特迪瓦，6：0 宰割塞黑；巴西 1：0 战胜克罗地亚，对手不同，比分有异，却有着一个共同点：他们都控制了局面，赢得从容。西班牙虽以 4：0 的大比分拿下乌克兰，并非实力多么强大，主要是对手太菜。西班牙靠三个定位球（其中点球一个）领先之后，乌队军无斗志，完全放开手脚的西班牙才演出了那个水银泻地般的配合进球。西班牙的锋线并不锐利，遭遇强队就"掉链子"的老毛病不知改得怎样了。法国的锋线（亨利和尚未登场的特雷泽盖）更是蜡枪头，颗粒无收的首场比分让盘球大师齐达内黯然退场。英格兰虽倚仗贝氏弧线挺进 16 强，但如若欧文继续梦游（跟"肥罗"首场表现相当），鲁尼带伤负重，英格兰又能走多远？

5. 博弈豪赌

为打破僵局，下半场尽遣生力军，志在全取三分的两支队伍德国和英格兰都赌赢了。德国在最后一刻 1：0 胜波兰，英格兰 2：0 胜特立尼达和多巴哥，应该视为主帅克林斯曼和埃里克松的胜利。尤其是前者，顶住舆论压力召老将诺伊维尔和名不见经传的小将奥东科入队，足蹬红战靴的快马奥东科与神出鬼没的诺依维尔最后一刻创造了奇迹，报效国家的同时也报答了主帅的知遇之恩。德国的胜利，克林斯曼决策制胜。迟到的胜利，一脚定乾坤的胜利，含金量弥足珍贵。

6. 挺韩灭日

不怎么关心亚洲球队。水平实力差距摆在那儿。亚洲球队的比赛几乎没看。

得知韩国 2：1 对多哥反败为胜，并不意外，再次印证其钢铁般的意志品质和坚韧不拔的民族精神。这样的球队即便水平与世界列强有差距，但绝对值得尊重。听闻澳大利亚最后 9 分钟上演大逆转，3：1 干掉日本，有人替我们出气，开心得要老命。为此，向用计拖垮打垮日本的澳队主教练荷兰人希丁克致敬！当然，哪一天中国队如果能雄起亲脚或者亲头灭了日本，扬我国威的话，那该是多么有民族自豪感多么感动国人的胜利呵！让我们畅想未来吧。

2006 年 6 月 18 日

流动的圣节

——世界杯絮语（之二）

7. 强者恒强

接下来的小组赛并无多少悬念。强者恒强，弱者恒弱，是总的态势。出线已成定局的球队为迎接下一轮残酷的淘汰赛，或雪藏主力，或不太用功，要么使比赛变得难看（比如荷阿之战 0∶0 互交白卷），要么让比分反映不了真实的实力对比（比如德国对厄瓜多尔表演赛）。

现在，16 强已全部产生。传统主流强队或轻松过关或有惊无险，亚洲球队悉数落马，最大的黑马当属 32 年没参战的澳大利亚。为便于记忆，将 16 强编顺口溜如下：

英法得（德）意露两牙（西班牙和葡萄牙），双瑞（瑞典、瑞士）合璧兰花花（荷兰、乌克兰）。

北美弄墨看大哥（墨西哥），根强（阿根廷）瓜（厄瓜多尔）壮舞桑巴（巴西）。

可可黄金产加纳，大洋彼岸望澳洲。

8. 三个瞬间

小组赛有三个瞬间会定格在我的脑海里。不是进球镜头，而是别的。

葡萄牙的首场比赛没有放开，发挥不理想，一球小胜安哥拉而已，菲戈等大牌球星并不高兴。全场最高兴的，该是那个在看台上抢到比赛用球的葡萄牙球迷。镜头对准他的那一瞬，他手捧足球嗷嗷叫唤（从口型判断），欣喜若狂无以名状，仅有拥抱是不够的，干脆对足球来个拥吻。比赛过程中踢上看台的球，多少双脚踹过，有汗有灰有鞋印，他就这么不讲卫生地笑纳了。这世上铁杆球迷很多，亲球啃球的还头一回见到。爱球若此，很性情很本色，因此也很可爱。这个比赛用球收入他的囊中，才叫得其所哉。

德国队克洛泽进球后以空翻庆祝，巴西队初为人父的阿德进球后克隆当年贝贝托跳摇篮舞庆祝，都是欢悦的表达。厄瓜多尔射手卡维德斯进球后却用蜘蛛侠面具震撼了世界。对哥斯达黎加一役，卡维德斯进球后从球裤里掏出金黄色的蜘蛛侠面具戴上，展臂奔跑于绿茵场。原来他早有决心和准备，要用因车祸殒命的队友生前的庆祝方式来告慰他的亡灵。蜘蛛侠形象蕴涵着人性深度和深情厚谊，这一瞬不可磨灭。

打动我的，还有捷克小球迷伤心落泪的一瞬。当0：1落后的捷克队又被判罚一个点球时，镜头切到了看台上的英俊少年。脸颊上泪痕阑干，双眼紧盯赛场，那里，心爱的国家队正面临极刑考验。从他的面部表情可以想见，那一刻他的内心是多么复杂：疼痛，紧张，焦灼，还有为球队前途命运的祈祷。天若有情，就请垂怜这孩子，别让他崩溃吧。不可能不为小小少年的悲情瞬间动容心碎，当加纳队员真的射失点球时，才感到了一丝安慰。

9. 盛名之累

自古英雄出少年。梅西、波多尔斯基登场，本届杯赛新星闪亮。让我欢喜让我忧。喜的是，江山代有才人出，长江后浪推前浪；忧的是，少年得志，成名早，起点高，前路迢迢，运势难料。

遥想大罗、欧文、劳尔当年，雄姿英发锐不可当，名满天下好评如潮。德国世界杯小组赛却让他们备尝落寞。欧文最惨，颗粒无收带着离奇的伤饮恨而去，他的征程无谓而失败。劳尔虽以一个入球开张，却尚未因此改变替补身份。落寞英雄惺惺相惜，两场首发一无所获的罗纳尔多，打电话祝贺劳尔进球。好在"外星人"用对日本的两个入球改善了境遇，否则只能将自己打入板凳队员行列。

成王败寇，这个俗世的铁律，像个圈套。大多数人不自觉地将英雄神化，不允许战神有低谷，不允许大牌表现平平。做英雄，尤其是少年英雄，必须竭尽全力延续自己的辉煌和荣誉，必须具备超强的承受力。很累。

10. 天高莫测

有的赛局看下来，不由人不宿命。

比如英格兰和瑞典这对冤家的碰撞。瑞典在其他强队眼里不难对付，英格兰不可谓不强大，可硬是拿瑞典一点办法没有。38年不胜瑞典的历史还在续写，小组赛又是平局2：2。你说球风相近打法相似吧，长得像的还有其他欧洲球队，人家咋就不这样呢？你说瑞典一些球员在英超踢球对英球员特点了解吧，这了解又是双向的，英球员不也了解瑞球员？中国队的"恐韩症"，毕竟有实力和作风上的差距存在，原因不难找。英格兰怵瑞典，就只能用相克、魔咒来说道说道了。

捷克队"成也意大利，败也意大利"、韩国队"生于裁判，死于裁判"，有点天道循环的迹象。10年前的欧洲杯，捷克队正是从小组赛让意大利回家起步，开辟了黄金时代，直至国际足联世界排名第二的高点；10年后世界杯小组赛，意大利人还以颜色，让他们打道回府。君子报仇，十年不晚。

4年前日韩世界杯，韩国队被裁判一路眷顾送上天堂；4年后德国世界杯，主裁判助理裁判用一个引起争议的判罚将韩国队送入地狱。欠债偿债，画上句号。

2006年6月24日

不想说再见

昨日黄昏。

不经意转到"实话实说"节目。

不想说再见

这一期的字幕。痛哭告别的画面。背景音乐的名与实。

小崔掏纸巾。"我的长征"的散伙情状。

不想说再见

这几个字，这一首歌，这幅画面，结结实实撞到我的心口。

今天又是 6 月 26 日。于我，生命中的这一天意味深长。

一段岁月的终结。

未竟之愿的抱憾。

人生的一道坎。

命定的红尘劫。

这样的夜晚，不想说再见。

我告诉自己：

难舍难舍终须舍。

难受难受终须受。

不想说再见之时，也就是不得不再见之日。

这样的夜晚，让这样恰切的歌恣意回荡。回荡。

不要止歇。有如疼痛……

2006 年 6 月 26 日

流动的圣节

——世界杯絮语（之三）

11. 决出八强

之所以用中性的"决出"，而非"挺进"之类褒词来表述 1/8 决赛，因为有的场次当得起这个"挺"字，有的场次实在不敢恭维。说"爬进""混进""蒙进"吧，又不够厚道。既然是淘汰赛，非决出个胜负不可，那就"决出"好了。

重温自编 16 强顺口溜——

英法得（德）意露两牙（西班和葡萄），双瑞（瑞典瑞士）合璧兰花花（荷兰乌克兰）。北美弄墨看大哥（墨西哥），根（阿根廷）强瓜（厄瓜多尔）壮舞桑巴（巴西）。可可黄金产加纳，大洋彼岸望澳洲。8 场淘汰赛后，继续打油，浓缩赛果——英法得（德）意笑，两牙剩一颗（葡萄）。双瑞齐消失，兰花表一枝（乌克兰）。根强桑巴舞，瓜熟厄运来。大哥还乡去，可可袋鼠藏。

12. 赛场风云

风云起，波澜急。进入淘汰赛，又是一番景象。

八强席位关乎荣名。捉对厮杀一决生死。

德国战车所向披靡，闪电战 2∶0 摧垮瑞典，波多尔斯基大放异彩。瑞典人 48 年逢大赛不胜德国的噩梦还没做完。瑞典专治英国，德国专治瑞典，克来克去，天外有天。

当阿根廷遇上墨西哥，一样的短传渗透，一样的快速攻防，因了解而难解难分，眼花缭乱，艰苦卓绝。加时赛加到腿抽筋，阿队罗德里格斯禁区外胸部停球拔脚一记世界波，门破天惊。喜欢他的真实，赛后面对媒体采访，他说本没想射门，可是球正好传到，他就这么打了，是蒙的。

巴西 VS 加纳。年轻的加纳队选择进攻，选择有尊严地离开。巴西老到，以逸待劳，打反击，打成功率。罗纳尔多以一个骑单车的假动作晃过对方门将，打入改写世界杯个人进球纪录的第 15 球。

乏味有三：英厄、乌瑞、意澳之战。生性保守的好好先生埃里克松把英格兰队带得丑陋无比，沉闷中若是没有贝克汉姆的金右脚灵光一现，英格兰能否摘"瓜"真不好说。乌克兰 VS 瑞士一无可看，互罚点球比失误。舍甫琴科射失点球并不稀奇，前有德瑞之战瑞典老将拉尔森，历史上马拉多纳、普拉蒂尼、巴乔等大牌都失过脚，大赛对大牌的空前心理压力让他们连门都找不到。互罚点球最可怕的对手是冷静坚毅的德国人，以我的看球记忆他们从无败绩。意澳之战，凭借龟缩死守，凭借最后 10 秒一个可判可不判的点球完成绝杀，意大利的胜利何其勉强。可就是这个勉强的胜利，害得意迷黄健翔蓦然亢奋到歇斯底里弄出个"解说门"事件，遭致口诛笔伐。震惊过后，不以一眚掩大德，坚持认为黄常态下的解说评论才是他的价值所在，有底蕴有才情，何况黄已经公开道歉，我选择原谅。

一个进球，半场群殴，绿茵场变角斗场，红牌黄牌飞满天，这就是变味的葡荷大战。暴力，野蛮，疯狂。我宁可遗忘。因为这一幕，甚至反感央视赛后制作"送别橙色"的节目，只觉矫情。

西班牙总是大赛的苦主，华丽足球又被对手的经验扼杀。齐达内终于用脚说话，赛前放言要他告别世界杯的劳尔，比赛当日过生日的劳尔，为自己的轻狂付出代价。克洛泽、维埃拉、里克尔梅、梅西都在生日当天收获了胜利和欢乐，唯有劳而无功的劳尔不得不吞食苦果。西班牙，西扳牙？法兰西扳掉了你的牙。

2006 年 6 月 29 日

流动的圣节

——世界杯絮语（之四）

13. 生死天择

德阿会战柏林。提前到来的生死决战。

这样两支优秀的队伍，都是我的心爱。手心手背都是肉，哪一支提前离开都会让我难过。最理想的是让他们在决赛中会师，像 20 年前和 16 年前一样。可惜分区形势注定他们要提前遭遇，二选一的比拼，心情矛盾，如何是好？

赛前就想，以两队的风格，以他们强悍的攻击力，不可能没有进球。最好的结果，就是各有进球打成平手，最后点球决胜，让老天来定。所谓心诚则灵，战局果然如此演进。无奈之下，最不得已也最公平的取舍方式。

前文刚讲了罚点球最可怕的对手是冷静坚毅的德国人。阿根廷人也是点球专家。世界杯点球决胜的两支王者之师一决雌雄。

将两队带到距离球门线 12 码罚球点的，有天意，也有人为。论脚法论短传配合论一对一过人，德国人不是阿根廷的对手，经历了上半时紧张激烈的拼抢，下半时他们累了乏了。这时，又被不以头球见长的阿根廷人利用角球机会头槌破门，心灵受创伤，形势极为不利。两队主帅在关键时刻的博弈，佩克尔曼输给了克林斯曼。换下牵制对方兵力掌控比赛节奏的中场灵魂里克尔梅，用完所有换人名额又不选派天才少年梅西上场，绝对是个错误。想在 90 分钟内解决战斗，显然过于乐观，他忘了对手是永不言败意志超迈的日耳曼人。克林斯曼用快马奥东科和高个子博罗夫斯基发动绝地反击，克洛泽，以头球著称而本届杯赛却通通用脚建功的克洛泽，接博罗夫斯基的头球摆渡，用他的铁头拯救德国。面对士气大盛的德国人，阿根廷队迷惘了。

点球决战，主要是比射手心理，比门将发挥。德意志的坚强神经没有问题。温暖感人的一幕发生在老将卡恩与本届杯赛的正选门将莱曼之间。卡恩一直对克林斯曼的弃用不满，首场比赛莱曼连失两球，镜头切到板凳队员卡恩，他的面部写满怀才不遇的愤懑。但此刻，国家荣誉球队命运当前，卡恩舍小我成就大我，蹲在做准备的莱曼身旁，与他交流心得，提醒注意事项，最后两人微笑击掌，冰释前嫌。

看到这一幕，看到德国罚球队员紧密团结如一人，听到德国球迷的呐喊，想到这毕竟是德国主场，众志成城。再来看莱曼扑出两个点球，一点也不奇怪。

德国人靠顽强拼争得到了他们想要的，遇上这样的东道主，阿根廷只能做悲情王者。德意志之手不会将阿根廷连根拔起，他们的王者风范将驻留在亿万球迷心间。阿根廷，请不要哭泣。

14. 大吉大利

意大利实力不容低估，他们的运气也好得出奇。开赛以来，除了他们自己，还没有任何一支球队能够攻破他们的城池。唯一的失球，还是小组赛对美国，后卫自摆乌龙。不愧混凝土式防守的美誉。进入淘汰赛，他们的运气比防守更好。1/8决赛对澳大利亚，踢得一塌糊涂，最后靠终场前的幸运点球点死袋鼠。1/4决赛对乌克兰，踢得比较积极，一球领先后，下半场却被弱旅搞得门前险象环生风声鹤唳。立柱横梁多次帮忙，门将布冯奋力扑救，方才化解险情。正当他们被压得喘不过气来、差点被对手扳平比分的危难关头，一次反击，一个越位嫌疑很大的进球被判有效，扭转了不利局面。大难不死，必有后福，终以3∶0战胜乌克兰，大吉大利，挺进四强。

运气究竟能让他们走多远？不是说他们不该获胜，论实力，澳大利亚和乌克兰都在意队之下，坚决拥护蓝衣军团晋级。他们的毛病，在这两场比赛中也暴露无遗。畏惧身体强悍拼抢凶狠的对手，进攻办法不多（意澳之战）；面对有组织有章法的进攻也会阵脚大乱，后防并非铁桶一般（意乌之战）。半决赛将对阵东道主德国队，意大利还会如此走运么？德国人身强体壮，球风硬朗，纪律严明，意志坚强，不会有乌克兰那样低级的传接球失误，前锋犀利，门将神勇，再加上天时地利人和，意大利麻烦大了。德意志 VS 意大利，谁会将得意进行到底？拭目以待 。

2006 年 7 月 1 日

流动的圣节

——世界杯絮语（之五）

15. 悲剧重演

后边的两场 1/4 决赛，直教人感叹历史惊人的相似。

猜中了英格兰出局的命运，却料不到巴西会重蹈覆辙。

一个是 2004 欧洲杯的翻版，一个是 1998 法国世界杯的重现。

以英格兰本届杯赛的表现，极端对不起观众还能晋级八强，于球队是大幸，于英格兰足球却是大不幸。赢球掩盖了问题，让他们迟迟不能反思。赚饱英镑的瑞典人埃里克松把英格兰队调教得一无特点，空有牛高马大的身板却再不能发起凌厉的攻势，越往后越是一味龟缩退守。埃帅一怕大牌二怕媒体，顾这顾那说穿了是顾他自个儿。大牌再怎么没名堂，他也不敢得罪，最典型的例证就是对兰帕德的使用。兰氏整一个摆设，射门次数起码在三十几脚，估计是本届杯赛之最，效果呢？破门零次，含第一个出场罚失的那个点球。有多少机会可以被无度浪费？埃帅就这么一用到底。最要命的是，媒体一发话他就找不着北：你们怎么说我就怎么做吧，只要不骂我就成。

对阵葡萄牙，摆出"4141"阵型，让鲁尼单箭头在前边做无用功。孤掌难鸣的鲁尼恼羞成怒，终于做出不理智的危险举动，被红牌罚下。以少打多，对手又是技术流的葡萄牙，英格兰不被动才怪。因伤下场的贝克汉姆泪流满面。男儿有泪不轻弹，只因未到伤心处。那一刻，他已预知球队的结局。

熬到点球决胜，葡队门神里卡多四次判断正确三次扑出点球，让英格兰再一次败在他的手下。两年前的欧洲杯，同样是血性的斯科拉里统帅的葡萄牙队，用点球淘汰了好好先生埃里克松带领的英格兰队。糟糕的心理素质配上粗糙的脚法让英格兰屡屡死于点球。

埃帅走人，乃英格兰足球之幸。英格兰队回家，并无丝毫惋惜。

忍看巴西出局，不禁为之扼腕。

爱看桑巴劲舞，张扬生命激情；喜见精妙配合，演绎行云流水。卫冕冠军，群星璀璨，夺冠热门，自不待言。尤其是阿根廷点球落败之后，我对巴西进四强进决赛更是充满信心和期待，期待欧陆风骨与桑巴足球角逐大力神杯。

当然记得8年前巴西负于法国的那一幕。我想巴西人应该比我记得更牢，他们一定会严阵以待，报仇雪恨。赛前分析，今年不再是法国主场，大罗也不会再犯8年前那样的临场怪病，以巴西的雄厚实力，当能胜出。前边的几场比赛，巴西都有所保留，保留的实力会在对阵法国时发力。

万难想见，法国队老夫聊发少年狂，齐达内全场处于巅峰状态，完全控制了局面。强大的巴西队，天才球星云集的巴西队，竟然处于下风，一度回不过神来。在前边的场次中，一直掌控比赛节奏的巴西人乱了方寸，豪华阵容如一盘散沙，根本组织不起有效的进攻。看着小罗如地主婆造型的黑头箍，看他一味地直传直塞，看大罗等锋线尖刀根本冲不破对方防线，一种不祥掠过心头——巴西危矣。

下半场齐达内开出任意球，亨利在球门远角无人盯防的情况下一脚垫射轻松破门。正是这个偶然的入球宣告了巴西的出局。巴西输给了自己，输给了轻敌，输给了不可一世的骄傲。巴西队员拿球，法国队有两到三名队员合力堵截。法国人得球，巴西人不会紧逼更不会协防。齐达内其实不想走，其实很想留，为了辉煌谢幕他使出十八般武艺。遗憾的是，骄傲的巴西人给了他太多拿球机会和发挥空间，让他从容颠球盘球变线表演"马赛大回旋"。节奏完全被法国队控制，他们既有齐祖的个人表演又有整体作战，而巴西只有一个个单打独斗的个体，连进攻线路都缺少变化。拥有众多锋线杀手的巴西队，全场仅有大罗终场前的一次射门打在门框范围内，严重的技术变形，只能有一个解释——他们被打懵了。大势就这么走定了。

照理，人不会两次踏入同一条河流。

不汲取教训的人却会。世界杯如是说。

接下来的四强赛，世界杯变欧洲杯。德意葡法，除了德国，全是欧洲拉丁派的打法。悬念更大，却不复拉美原味了。

2006 年 7 月 4 日

68

流动的圣节

——世界杯絮语（之六）

16. 一生热爱

几天来，一直在消化德国队失利的苦果。看消息，看帖子，不能言语。

就差一步，柏林决赛没有了德国队。决赛于我，再不会是过节的感觉。意大利、法国都跟我没啥关系，谁捧杯都无所谓，因为他们都不是我的所爱，牵不动我的情感。

加时赛最后三分钟，"意大利伟大的左后卫"格罗索一记刁钻的弧线球挂球门远角入网，莱曼无力回天。失球后，德国队全线压上，巴拉克起脚射门，皮球高出横梁，未能挽狂澜于既倒。最后一分钟，意队利用德国队全线压上之机打反击，由皮耶罗攻进单刀球。终场哨响。一场精彩激烈、扣人心弦的对攻战，如此戏剧性地收场。

0∶2的比分，令德国队无缘决赛。0∶2的比分，反映不了真正的实力对比。这是一场势均力敌的较量，德国队输了，但绝没有败。他们仍是我心目中顶天立地的汉子。

输给了运气。格罗索那一脚是神来之脚，是蒙的，就像罗德里格斯那一记世界波。没有这个入球，德国队不会全线压上博命，也就不可能给皮耶罗开张的机会。只要迎来三分钟后的点球决战，胜利将属于德国。意队正是惧怕跟德国人比点球，才那么力拼加时赛。可惜没有假如。淘汰赛就是这样残酷。

决赛近在咫尺，触手可及，德国战车戛然而止。

终场前遭遇绝杀猝死。痛莫大焉。

梦破。心碎。

大将巴拉克倒地掩面。小将奥东科哭成泪人。

少帅克林斯曼面带坚强的微笑，为队员们的表现鼓掌，走上前去安慰，提醒他们感谢现场球迷。不忘向对手"银狐"里皮握手祝贺。比赛过程中，他站在场边呐喊，鼓劲，为错失的破门良机顿足长叹，为传接球失误气得打翻水瓶，性情毕现。然而此刻，尘埃落定，面对关键一役的失利，他的冷静坚强大度盖过了对手的欢笑，震撼人心。

克林斯曼，当年为德国队夺冠立下赫赫战功的"金色轰炸机"，后来的国家队队长，如今将国家队带出低谷赢得全德国爱戴的主帅，以他的实绩和个人魅力征服了整个德国。原先批评他反对他的人（包括"足球皇帝"贝肯鲍尔）都转而支持他。球员球迷拥戴他，德国足协希望他留任。

为他个人着想，功成身退最好。国人的期望值只会一路走高，但球是圆的，一旦球运不佳成绩不好，今天把你捧上天的一干人，明天就可能是咒骂你高呼下课的一干人。为德国足球计，又希望他能留，这支年轻的队伍成长成熟需要他。矛盾。无论克林斯曼作何决定，我都会一如既往地支持他，热爱他。一如我对德国队的热爱，无论其穷达。

萝卜青菜，各有所爱。

爱上足球，爱上一支球队，往往是与一个人的青春岁月和精神气质联在一起的。

有的球队虽然优秀，但进不到我心里去。对巴西、阿根廷也只是喜欢，要说热爱，唯有德国。

当年看意甲，国际米兰因德国"三驾马车"克林斯曼、马特乌斯、布雷默深得我心。AC米兰的荷兰"三剑客"固然强劲，巴斯滕相当锐利，但古力特的若干小辫、里杰卡尔德的卷毛令我不喜。1990
年世界杯，强大的德国队所向披靡问鼎杯赛，雄风威震天下。日耳曼
人的严谨、简练、硬朗和整体意识，尤其是令任何对手胆寒的钢铁意
志，令我爱之入骨。1996 年欧锦赛，队伍老化伤兵满营的德国队凭
借他们永不言败的生命意志赢得冠军。此后，青黄不接的德国队渐渐
滑向低谷，但我痴心不改，从未失去对他的信心。本届杯赛，德国队
在克帅的带领下重新崛起，爱死个人呐。

　　半决赛失利，我的痛，无法形容。恨死"乌鸦嘴"贝利，他赛前
一说看好德国，我就不由得担心。惊心动魄地看到加时赛，连厕所都
不敢上，最后还是没逃过残酷的命运。意大利场上表现不错，但场下
的小人行径令我不齿——正是他们的电视台赛前向国际足联递交录像
带，要求对德阿战后打架的德国中场大将弗林斯给予禁赛处罚。他们
得逞了。这种球队，没可能赢得我的尊重。所以，意队参加的决赛，
在我是可有可无，他们即便捧杯，在我眼中也不是英雄。

　　凌晨三点，我还将为在克帅老家斯图加特比赛的德国队呐喊。

　　从未对世界杯三四名的比赛如此关注，这次不同，因为德国。

　　我的英雄。

　　我的至爱。

　　一生热爱。

2006 年 7 月 9 日

完美谢幕

2006 年 7 月 9 日

昨晚七点半

昨晚七点半。悲喜两重天。

同学聚会订在明清园吃私房菜。订桌者班长同志只说在总院旁边，害我等一通好找，跑了不短的冤枉路。下车时就见他在路口摇头晃脑打电话，原来是给同学老马指路。老马也不识途。班长指了约20分钟，最后还是把手机交给我，让我说。我说老马你这公路局的怎么找不到路？老马忿然道，是他不会指路，讲不清楚。我问清他的方位，说了两句。老马表示明白。我陪班长同志在路边等他从总院门口走过来。待老马走近，班长同志心虚，躲到我身后说：你先上，帮我挡挡，他肯定要骂我。我紧走两步迎上前去。气咻咻的老马整一副臭脸，还是没饶过倒霉的班长：什么人嘛，指个路都指不清楚，老欧两句话我就明白了。我连忙打圆场，别气别气，我也找了好久。今天在福州的同学全到了，喝酒喝酒。待入席时，我看了一下时间，七点半。

虽在同城，这样阵容的聚会却有一年没搞了，大家都忙吧。席间，我说我们这帮人在一起混了整整20年了。大家恍悟，抚今追昔，说入学没多久台湾地震带来的恐慌，说发生在文史食堂旁边小炒部那个由诗人班长的金奖白兰地和令听者失语的愤青判语"懦弱的爬行"所引发的醉酒事件。觥筹交错，言笑甚欢，决定发起全班入学20年聚。

七点半。闽都大厦前发生一起血案。

今天一早，单位的报纸还没来，就听人说系统外某出版社编辑昨晚杀死前妻，叫王什么存，四十岁，整个大院都在议论。心里一沉，莫非是他？

报纸一到，急急翻找。很容易找，标题赫然——出版社某编辑闹市杀前妻，还配了血案现场图片。看完报道，真不敢相信他竟成了残忍的凶手，但这又是明白无误的事实。没有心情参与议论。大院里有消息灵通人士在发布内幕，说小王离了婚又想复婚，前妻不肯，就把她给杀了，言之凿凿的样子。

昨晚刚发生的事，街头争执的内容只有当事人最清楚，一个已倒在血泊中永远无法说话，另一个自杀未遂，警察逮捕了他。对这样的悲剧惨案，厚道人不会把口舌之快建立在他人淋漓的鲜血之上。报道的肩题极为荒唐——因情生恨。真实客观是新闻的生命，记者根本没有采访到当事人，凭什么主观臆测？王是 13 年前为期一周的新编辑培训班同学。此后有过几次工作场合的碰面，依稀记得碰面时他笑吟吟的模样，谈不上了解。

惨案发生在车水马龙的闹市。不知他为何携带凶器。但当街发生争执后杀了前妻，一定是情绪完全失控。清醒状态下，不可能不考虑场合和后果。

倪死于前夫刀下。

杀死前妻的王这辈子也完了。

人性莫测。人生无常。

一叹。

2006 年 7 月 19 日

同 学 录

那天说要筹划入学 20 年聚，不免回想 6 年前在厦门办的毕业 10 年聚，以及 9 年前为筹备 10 年聚而制作的同学录。虽是小小通讯录，也做得讲究，前言、正文、后记，体例完备。

翻看已无实用价值仅具史料价值的小本本，想这 9 年间的变化大了去了。1997 年，固定电话是 7 位数，手机还是稀罕物，全班没几个手持"大哥大"的，大多是用传呼机，有的连传呼也没配。论单位，9 年间有半数左右换了，有的还换了几个，厉害的自主创业了。论住宅，基本买了大房子，有的还楼上楼下，宅电随之变化。论地域，有的举家迁移，有的去了海外。论体积，基本是横向发展，享福发福。唯一不变的，是那一份同窗情谊。

同学是一种缘分。"一只黑猩猩，她不小心踩上了长臂猿的粪便。就在长臂猿非常认真地替她擦干净后，他们相爱了。后来每当别人问起恋爱经过，她总是非常感慨：猿粪，都是猿粪呐！"

为了这"猿粪"，当年给同学录写了前言、后记。前言很文艺，后记很生活，风格两样。十年聚时，外地同学方知出自 一人之手。前言延续了校园文学的骚包，后记大有人间烟火气。现予抄录存档。

心灵之约

（2000 年——毕业十年聚）

清夜梦回，可曾闪过 63 张熟悉的脸孔？闲来无事，可曾翻动那本《我的大学》？生命是一种缘，生命中的相遇相知更是一种不解之缘。谁在寂寥的清夜参悟这一份真缘，谁在淡淡的午后拣拾十年来的尘梦？是你，是我。

记得路口声中火红的凤凰木怎样点燃青涩的向往，记得矜秋的浩浩长风怎样吹动芙蓉的琴弦石井的轩窗。记得普陀寺的暮鼓晨钟鼓浪屿上的日光，记得囊萤映雪的灯火黄昏上弦场中的变幻风云。山间踏青，滩头采贝，环岛夜行，在野的脚步走出散淡之旅；圆形餐厅小笼包，经济食堂排骨汤，潮汕风味炒田螺，把个鹭岛梦充实得回味悠长。再坚持十秒钟，好戏如在目前；核武器有利于世界和平，歪论声犹在耳；八十分大战摸老鼠尾巴的游戏，仿佛就在昨天。也曾血脉偾张，也曾黯然心碎，也曾汽笛一声肠断……那些封存在 8601 信箱里的故事呵，眉间心上，无计相回避。

我们散落于若干城市的人群中，我们把曾经飞扬的青春深深典藏。时空阻隔是无可奈何的事，来日重聚的念想却一直留存在心底。容颜易改，乡音不改，十年聚的心灵之约不改。因了这份约定的牵引，让我们重归故园，抖出一段青春岁月，在新世纪的阳光下仔细晾晒。

《同学录》缘起

彭记麻辣川菜火锅，乃福州同学啸聚之所。每有外地同学到来，也延至此地把酒叙话。去年某日，一干同学在此吃川菜，喝白酒，冒热汗。席间有好记性的突发浩叹："十年了。"举座皆惊。在我们不长的青春岁月中，相识十年应是不浅的缘分了。于是群情激昂，于是信誓旦旦要搞十年聚。相识十年聚尚嫌仓促，毕业十年聚非搞不可——那可是新世纪的开年呵。

聚会第一步就是整出同学录。我们多想知道每个同学的近况，偏被一串未知的号码生生隔阻在两下里。士勇同学以曾经班长的责任心穿梭奔走，戴斌同学发挥行业优势，明察暗访，辗转多时，方才问个周详。

同学录以宿舍号为序编排，两位老师的通讯地址附后。

1997 年 10 月 · 福州

［注］当时都把 2000 年视为 21 世纪的开年。后来，权威认定 2000 年是 20 世纪的终结。

2006 年 7 月 20 日

因为逻辑 所以发笑

前些天，报上登了个好玩的故事，叫《逻辑的力量》。

讲的是普林斯顿大学一男生巧用逻辑俘获芳心。

他看上了一位在校园里看书的漂亮女生，走上前去说：你可以回答我一个问题吗？如果我所说的是事实，那么你就得送给我一张你的照片。

女生心想，不过是众多来套近乎的男生中的一个。不管他问什么，我只要回答不是事实就行了。于是允了他提问。

男生摸出一张纸条，递给女生时再叮嘱一遍：如果我说的不是事实，你千万不要把照片送给我。

女生只觉好笑，边答应边展开纸条。

看完问题，女生只好乖乖地奉送个人照片。

后来，智慧的男生成为美国著名的逻辑学家，而漂亮女生成了他的太太。

那张纸条上写的是：你一定不会吻我。你不想把照片送给我。

逻辑的力量。强！

联想到新近看过的两则幽默，与逻辑有关，没这么强，但也能让人会心微笑。

司机超速行驶，被警察拦下。

司机：那么多车超速都没事，为什么偏偏拦我？

警察：你会钓鱼吗？

司机：这跟钓鱼有什么关系？

警察：你能用一根钓竿把整个池塘的鱼都钓起来吗？

一辆货车在公路上压死一头猪。

村民们围住货车司机要求赔偿。

货车司机：明明是你们没看好它。它跑到了公路上来，公路上又没有猪圈。

村民们：不错，公路上是没有猪圈。可是，猪身上也没有公路呀！

重温一则歪推逻辑的搞笑故事，然后睡去——

刚搬到新家的教授走近隔壁邻居门口打招呼。

教授：嗨，你好，我刚搬到你隔壁。我是大学教授，在教逻辑推论。

邻居：欢迎欢迎。逻辑推论？那是什么？

教授：让我举个例给你听好了。我看到你后院有个狗屋。根据如此，我推论你有一只狗。

邻居：没错。

教授：你有只狗的这个事实，可以让我推论出你有一个家。

邻居：也没错。

教授：既然你有个家，我推论你已经有老婆了。

邻居：正确。

教授：既然你有老婆，我能肯定你一定是个异性恋。

邻居：嗯。

教授：这就是逻辑推论。

邻居：喔，真酷！

当天过了不久，这位邻居遇到住在另一边隔壁的男士。

邻居：嘿，我跟刚搬来的那个人聊过了。

男士：怎么样？那人好吗？

邻居：不错，而且他有个有趣的工作。

男士：真的？什么工作？

邻居：他在大学里教逻辑推论。

男士：逻辑推论？那是什么？

邻居：让我举个例给你瞧瞧，你有没有狗屋？

男士：没有。

邻居：OK，你是同性恋。

2006 年 7 月 23 日

静躁忙闲

一周过去。白天安静，夜晚躁动。

安静的白天，有时候像极了一个人的单位。读书看报上网，偶有友人来访。

最近对一些衰人事迹颇感兴趣。比如报国无门爱情无果的陆放翁，比如生于眉山一生霉运的苏东坡，比如人生长恨水长东七夕被药死的亡国之君李后主。

看着，想着，偶尔转向窗外看暴雨狂风，看雨后树梢的新绿。

曾经忙得要命，如今闲得要死。对个人而言，也是一种忙闲不均。

平静接受这种状态，接受命运的安排。

静中可以把人生世相看得更加分明，心境并不寂寞颓唐。

晚上却有络绎不绝喝不完的酒。密度很高。从不会赖酒推杯，宁伤身体不伤感情。这样的性情已然定型，无力改变，索性由他去。气氛大好满桌都是爽快人的时候，喝得兴起，也搞搞恶作剧。比如发动满桌和尚去敬不相识的芳邻，谁让那桌没一个男的呢，搞搞气氛笑笑闹闹而过。

不为无益之事，何以遣有涯之生？

删繁就简三秋树。拒绝简单复杂化。

忽然记起当年抄在宿舍墙上的禅宗文化《山僧歌》——

问曰居山何事好？起时日高睡时早，山中软草以为衣，斋食松柏随时饱。卧崖龛，石枕脑，一抱乱草为衣袄。面前若有狼藉生，一阵风来自扫了。独隐山，实畅道，更无诸事乱相扰。

究其精神实质，便是顺其自然，顺乎其道。

静躁忙闲且由它。

2006 年 7 月 31 日

翠屏湖，遭遇暴风雨

第一次到古田，第一次在翠屏湖游泳，就遭遇暴风雨的洗礼，猝不及防。

昨日一干同学去的古田，不是永放光芒的那个古田，而是宁德的古田。

到的时候，将近正午，艳阳高照，祥回同学已在县府大院等候多时。清点了车上的人数，为大家买了泳裤。说翠屏湖水位高涨，大家先坐电站的巡库艇游湖，看看极乐寺，然后吃饭，饭后稍事休息就下水。

下午三点左右，在高挂"为人民服务"招牌（让我想到省委大门）的休闲中心更衣，人手一个救生圈，把绑在圈圈上的线绳另一端系在腰间（保命的还加挂一件救生衣），浩浩荡荡扑进湖里。

本人水性欠缺，总掌握不好换气原理，昂首挺脖游不了多远的。今夏第一次下水，就下到了大湖，起先不免有几分忙乱。才游出去一会儿，就累得不行，捞过救生圈，趴在上面大喘气。喘气喘匀了，看蓝天白云，看山色滴翠，看平湖如镜，心气也随之平和。既来之，则安之，且游且歇，不知不觉竟游出几百米去，接近对岸。这时，能辨水文的电站朋友说，返回吧，待会儿要下大雨。我们将信将疑，湖上天空湛蓝，大块大块的白云凝固如浮雕，看不出什么变化。回游到半途，果然风起云涌，变天了。其时，大部队在电站朋友的带领下加速前进，先行上岸。祥回同学掉头来陪还在湖心喘气的我。

黑云压顶，风力渐强，先前柔顺的湖面开始躁动，有了浪。风云变色，四顾大水茫茫，岸，仅余影影绰绰的一抹黄色，就是那"为人民服务"外墙的色调，距离显得异常遥远。一通雷电交加，大雨倾盆而下。白花花的、豆大的雨点密集地打在我和祥回的头上背上，生疼。灰蒙蒙的湖面波翻浪涌，面目狰狞，我俩就在这波峰浪谷间起起落落。岸完全消失不见，茫茫天水之间似乎就剩下这两个渺小的人儿。有那么一小会儿，雨实在太大，密布的雨帘隔开了彼此，谁也看不见谁。待重又看见对方时，祥回说：老欧，快抓住我的救生圈，免得被大风吹散了。于是，我俩靠在一起随波逐流，如战友一般。祥回感叹："我天天游泳，这样的天气还是第二次遇见，大风大浪，就像在海里游，真刺激！"我回道："平时很少游泳，头一回碰上。要不是有你老兄在，我就感觉不到刺激，只会是恐惧了。"

祥回就像浪里白条，兴奋得一会儿潜水，一会儿跃起。一手抓一个救生圈的我，被他大无畏的革命精神所感染，敬佩之情油然而生，哼起了《水手》——"他说风雨中这点痛算什么……"在我眼中，他整一个水手的光辉形象。

说说唱唱一番，斗志昂扬，就差没喊出"让暴风雨来得更猛烈些吧"！天公八成是感觉把我们的革命意志已锤炼得比铁还硬比钢还强，达到训练目的了，就收起怒色，由暴风骤雨转为和风细雨，天色渐明，"为人民服务"那墙体开始凸现，湖面泛起点点涟漪。我们就在淅沥的雨中松快地回游。

已经听得见岸上同学们的喊声："快上岸吧，我们担心死了。"我俩朝岸上挥一挥手，喊出笑傲江湖的豪气："不用担心，我们还不想上来呢！"

看得出很快就会放晴。祥回扭头问我，有一首歌叫什么总在风雨后呵？我高声应答，阳光总在风雨后！

经受了大风大浪，经受了暴雨鞭打，我知道，自己怎么也忘不了这一面湖水。

2006 年 8 月 6 日

翠屏湖，遭遇暴风雨

情绪管理

儿子蹲在地上玩多米诺骨牌。一枚，一枚，又一枚……不辞辛劳地把 142 枚骨牌摆成长蛇阵，耗时半小时。然后，指尖一点近前的那枚，骨牌哗啦啦兵败如山倒，全部倒伏仅几十秒的工夫。

建设艰辛，破坏却是如此轻易。一锅端。

曾听台湾某教师在电视里讲坏情绪传导的多米诺骨牌效应。说有个人郁闷了，就找他的朋友宣泄情绪。倒完情绪垃圾，他轻松了，轮到他的朋友郁闷了。郁闷的朋友怎么发泄呢？气得踢了爱犬一脚。爱犬无端被踢，跑到街上，狠狠地咬了路人一口。这倒霉的路人是一位董事长，被咬坏了情绪，一到公司就大发雷霆。挨董事长骂的经理们，就冲着员工找茬发泄，于是整栋公司大楼都笼罩在坏情绪的阴影里。

宣泄不是办法。他给出的解决之道，就是自我管理情绪，用"恕"取代"怒"。怒是心情的奴隶，恕则是如其心，顺心如意。

"生气是拿别人的错误来惩罚自己。"这道理很多人都明白，可是知易行难，事到临头，总管不好自己的情绪。电视剧《天若有情》里的情绪管理专家，她自己碰上情感纠葛也一度失控。

可是可是，坏脾气坏情绪的确是有害的，害人害己，最大的受害者该是自己。怒从心头起，恶向胆边生，方寸大乱，或判断失据，或口不择言，或行为过激，冲动的惩罚终会落到己身，甚至付出惨痛代价。

林则徐手书"制怒"来告诫自己。我等凡夫俗子怎么办？饱受坏脾气煎熬的我寻求解药。与其事后追悔，不如事前管理，多一点建设性。

以恕代怒

好得很，怎么操作？"人与人不同，花有两样红。"性格差异、性别差异、个体差异、观念差异客观存在，和谐社会怎么构建？换位思考，知彼解己，遇事多从自身找原因、挑毛病，多看别人的优点长处，理解别人的出发点，责己从严，待人以宽。多倾听，少辩解。如有一时消除不了的误解，交给时间，让时间说话。

三思而后行

记住这句话："在刺激和反应之间存在着一段距离，我们成长和幸福的关键就在于如何利用这段距离。"无数次的教训表明，当下反应过激，过后自己都感到好笑。拉开一段距离来看，当下重于泰山的事，或许原本轻于鸿毛。可见遇到不爽之事，慢半拍反倒可能是优点。悠着来，先把状况搞搞清楚，有益无害。

勇于自嘲

自嘲是大智慧，大勇猛。唯其不争，天下莫能与之争。有同学面对职位普调没份如是说："我们厅原有 18 个正科级干部，这一批提了 11 个副处。我从原来的第 18 名一下子前进到第 7 名，高兴。"同学们再不说安慰同情的话，举杯致敬。

自己深味坏脾气之苦，深受其害。期待改善，愿实行之。

2006 年 8 月 8 日

繁文缛节

做秘书出身，知道公文规范措辞提法，却从来不喜这类最不需要个性风格的文字。官话套话一大堆，干货就那么一点点，还非得像懒婆娘的裹脚布，又臭又长。

想那君君臣臣父父子子的古代，尊卑有序，等级森严，尚有《出师表》《陈情表》等不朽奏章。为何现当代就出不了耐读的公文？"党八股"反对无效？

对公文缺乏好感，看文件一目十行，往往浏览大标题小标题就算完事。

不出彩或者出不了彩的公文，若能简明扼要也好啊。好像难以如愿。

看到老家的一则新闻，说的是一份文件难倒了参加重庆市政府常务会议的官员。劳动和社会保障局提交的《关于改革基本养老金计发办法的方案》念完，会场一时无语，与会人员表示文件难以看懂，所以无法表态。"老人""新人""中人"，看得人晕死。市长大人发话了："我们都难看懂的文件，叫老百姓怎么看？"

社会保障关乎民生，公共政策偏偏写得让人看不懂。你道"中人"是何人？原来是某一时段参保的人员。

其实，该文件无外乎表达一个中心思想：改革以后养老金要多交，这样退休后就可以多拿。一句话就能说明白的事，硬要简单复杂化，搞得与会官员都一头雾水。老革命碰到新问题，难怪市长大人光火。

这样的"创意"，不要也罢。

2006 年 8 月 11 日

瓶 中 水

周末去看了福清黄檗山万福寺。

对佛教没有研究，看庙也就大同小异。

炎炎夏日，步入佛门清净地，清风徐来，那种清凉之感真真切切。

黄檗山的"檗"字较生僻，不会念。回来查《现代汉语词典》才知读 bò。黄檗也作黄柏，是一种落叶乔木，木材坚硬，可以制造枪托，树皮可入药。

在万福寺回廊，看到一块黑板，用粉笔摘录了证严法师的《静思语》多条，颇有道理。另有一篇未署名的小文，题为《瓶中水》，令我驻足凝神。

文字大意：瓶，再大也不过有限空间。对于以高就下、永无止息的水来说，无疑是一种拘束。但水却能找到自己的安适，并不抱怨瓶的宽窄、深浅、方圆、曲直、大小，而是调整形态，求得上上下下里里外外的平静。

人若在胸中贮一掬瓶中水，就能安详自若，临阵不乱，大气环流成于定然。

问自己的内心。

自然界的水，行于所当行，止于所不可不止，何其自在天然。

瓶中之水，受了拘束限制，不可能从容流淌，随物赋形，随遇随缘，亦是一种安然。

水有自由之境，有拘束之境，皆能处之泰然。人同样有自由之境，有拘束之境，是否都能自在安适？静静离开寺院。

恍若带走了一掬瓶中水。

2006 年 8 月 21 日

一叶知秋

晚上去小区门口理发。待烦恼丝剪完，小弟望着我的一头华发毫不客气地宣判：现在每剪一次就得染一次。

通常在单位对面理发，操刀者小薛妹妹对这状况见怪不怪。该小弟今晚也成知情人。

得老妈家族真传。外公外婆皆为"银狐"，老妈及四位舅舅继承光荣传统。欧氏两兄弟也早早白了少年头。

以前还能保持剪两次染一次的频率。这两年，艰难苦恨繁霜鬓，剪完如果不染，出门吓人就不对了。

楼下的小弟比理发师小弟提前一周正面打击了我。

起因是这样的——儿子在院里踢球，一记"飞毛腿"把皮球送上小区幼儿园屋顶，疾呼老爸下楼搜救。我观察一番，只有从二楼阳台借道才行。二楼住户出租给了某公司，我敲门说了事由，进门后就见几名小青年在电脑前忙活。

我正待攀爬，应门的小弟说话了："哪能让您来，当然是我来爬啦。您都那么大年纪了。"

我望望满屋乱笑的小伙们，想自己真的够老了吧？

我这老革命昨晚又被下一代上了一课。

儿子考我两道脑筋急转弯的问题。结果表明，我端的脑子生锈，在他的表情反复暗示下才勉强答对了一题。

题一，用什么东西擦窗户才擦得干净？

题二，偷什么东西一点错都不算？

题一标准答案：用力。我没答上。

题二在他反复掩口而笑的启发下，总算答对了：偷笑。

受挫之后自我有所提高，总结道：脑筋急转弯嘛，答案一般是相对抽象的，用具象的回答就不对了。

为挽回一点颜面，把刚刚看到的一道创新思维题抛给了他：你能用六根火柴摆出四个正三角形吗？

被儿子考问一通，感觉屋里咋那么闷热。

于是一身短打趿拉着拖鞋出门散步。

这一散，就散过了晋安河畔，散过六一路，直散到湖东路。

经过省图千汇电影院，瞥见《疯狂的石头》海报。听人说很搞笑，且是用我家乡话搞笑的片子。不如老夫聊发少年狂，进去爆笑一回？

到售票窗口一问，备受打击。没戏。已是最后一场，而且这最后一场也演了一个多小时了。

冰冰凉。爆笑休想。

一脸苦笑转身。忽见一白衣女子笑吟吟走来。

这不是农行跑大院各单位业务的 ML 吗？前两年大肚子以后才没见的。互打招呼。见她回头看一男子牵着的小小孩，就猜到几分。

"这是你的宝贝吧？都这么大了？"

"快叫叔叔。哪里会大，才这么一点点呵。"

挥别这一家子，回转。

人与人的心理时间是大不一样的。

在我感觉小姑娘一段时间不见，她的"作品"都会走路了。时间过得可真快。

在已为人母的 ML 看来，宝贝才那么一点点大，成长岁月还长着呢。

从这姑娘的角色变化，想自己确是好大年纪了。

穿过河边夜市，走在一段幽暗的路上。

一片树叶飘落我身。

下意识用手接住。停下脚步抬头看那榕树，再无叶落。

一叶知秋。

带回这片半黄半绿的落叶，惊觉早过了立秋时节。

"山僧不解数甲子，一叶落知天下秋。"抄录过《山僧歌》的我，始知秋天将至。

将落叶夹在成语词典"一叶知秋"条目所在位置，合上书页。

然后上网。题为《转身即是秋》的帖子蓦然跃出。

写的是发生在男子夏天和女子秋之间的故事。

顶了帖子。"如此靠近又注定分野的两季。一叹。"

日志写罢，淅沥雨后，剪剪风细。

天凉好个秋。

2006 年 8 月 23 日

漂

一行 13 人去长泰、平和闲游两日，山野之气清心洗肺。漳州的两个小县城，县名都很不错，寄寓着美好愿望。两个小县城皆有群山环抱，街道出乎意料的整洁有序，民风淳朴恬淡，全然没有许多县城的脏乱差。

长泰漂流据说是全省开发最早的漂流，号称"福建第一漂"。

支部同志在酒店房间正学"江选"，迟到的 Z 换好刚买的一身短打叼着烟进门，指着黄 T 恤上的红字说："福建第一漂。"故意把漂字念成第二声，大家极不严肃地乱笑起来。

这漂还有许多讲究。一人独漂相对简单，两人一艘橡皮艇的漂就有平衡配合协调问题，掌握不好就翻船落水。全程多处落差较大，水流湍急，玩的就是心跳。两个小时漂下来，橡皮艇通通进水。一行 13 人全部湿身，7 艘艇翻了 3 艘，6 人落水。雨后云层厚重，蜻蜓低飞，两岸青绿。河水半清半浊，至冷，沿途都是笑和叫。

第二天到平和。翻山越岭去看了三平寺。

一干俗人进得庙来，尘虑暂放，都变得平静安详。

H 代表众人向祖师公献花，许了"三平"之愿：平安幸福，平稳过渡，平和人生。

归途接同学电话，说上次在古田极乐寺拍的《消气歌》发到我邮箱了。

被长泰平和的清新空气漂过，整个人气爽神清。现将《消气歌》抄录：

他人气我我不气　我的心中有主义
君子量大同天地　好坏事物包藏里
小人量小不容人　常常气人气自己
世间万事般般有　岂能尽如人的意
他人辱骂我　我当小儿戏
高骂上了天　低骂入了地
我若真该骂　给我好教育
我若无那事　他还骂自己
吃亏天赐福　过后得便宜
若不学忍耐　气上又加气
因气得了病　罪苦无人替
古今多少人　因气把命费
一念无常到　万般将不去
能有业随身　何须争闲气
奉劝诸善友　千万莫着气
一句弥托佛　能治万种疾
谁想气死我　不气偏不气
南无阿弥陀佛

2006 年 8 月 26 日

良　心

那天去往长泰途中，意外接到一条短信："欧，近来可好？昨晚梦见你了。特致问候。"

是那个曾经热络得不得了后来销声匿迹的人从北京发来的。

睡不踏实了。良心发现了。

礼貌平淡地回复，谢谢他的关心。

说起来，去长泰也是为了却那位曾经搭档的心愿。一年多以前的那个下午，我从决定性的会议离席回办公室。其时已在长泰挂职的他明白我担当了一切，跟到门口有意味地邀约："什么时候下来走走吧。"我笑笑，点点头："过一段吧。"过一段就是年把光景。这期间，他又多次发出邀请。懂得他的心意，终于成行。他当地主当得很尽心。

世事人情颇有戏剧性。

当年热络得不得了的那位，曾在一次酒桌上冲着他感觉对我有所不敬的某君抡拳，好几个人才把他俩架开。

曾对我有所不敬的某君现在与我品茗谈心半天都意犹未尽。他说感念我四件事，会一直记得。这四件事，有大有小，他每一桩都记得那样真切。

这一年多，把周遭的一幕幕人生活剧看在眼里，长了阅历。

很是推崇那句经典的话——清白的良心是一个温柔的枕头。

2006 年 8 月 29 日

"三八"意识流

一个人在灯下翻看《中国节》。书里说，据《太平御览》记载，汉武帝先后与西王母相会五次，均在七月七日，而西王母正是以银簪划河为界，分开牛郎织女的神仙。

敢情王母娘娘是自己要在这一天人神相会，没空监督了，才对痴男怨女来个人性化管理啊。

书里提到《古诗十九首》中取材于牛郎织女故事的那首诗："迢迢牵牛星，皎皎河汉女。……盈盈一水间，脉脉不得语。"20年前买的《名家析名篇》一书中，收录了朱光潜先生对此所做的精当解析。今夜重读先生解析，依然叹服。先生说，这首诗借牛郎织女遭天河隔绝的故事，写出一个年轻女子思念她的爱人而不能相会的怨情。诗的真实不同于历史的真实，典型性格不一定是于事已然的，而是于理当然的。就情理说，这首诗却是十分真实的。

秦观词《鹊桥仙》乃吟咏七夕的不朽词章。情景交融，哀而不伤。个人认为，对于"金风玉露一相逢，便胜却人间无数"的爱人，对于"柔情似水，佳期如梦，忍顾鹊桥归路"的爱人，"两情若是久长时，又岂在朝朝暮暮"不过是万般无奈之下的自我安慰罢了。

小兄弟晚间打来长途电话说节日快乐，告诉我他昨天了结了失败的婚姻。两手空空的他一个人住在公司，心情比较平静。他深爱的她要走出来却没这么简单，理解她的苦衷，等待但不勉强。未来怎样，顺其自然。我说，你能有这样的心态就对了。

38 年闰一回的七夕。临近 38 周岁的我。儿子前些天坏坏地打击老爸："你是'三八'，38 岁嘛。"

38 年前的七夕，还没我呢。38 年后的七夕，还有没有我，不好说。假如再痴长 38 年，那就是古稀老人，会有怎样的身板，怎样一副尊容，怎样一种心境？念及此，不禁心头一凛。"江畔何人初见月？江月何年初照人？人生代代无穷已，江月年年望相似。不知江月待何人，但见长江送流水。"（张若虚《春江花月夜》）在万古不废的日月星辰江河湖海面前，人生如寄，浮生若梦。"谁家今夜扁舟子，何处相思明月楼？"爱恨情仇，羁旅伤怀，终将归于尘土。

人生在世，挣扎不已。10 年前抄录过卫建民的一句："生命的本质挣扎，是给心一个家。"在或长或短的余生里，什么才能解决心灵的长治久安？

6 年前的日记里，摘录了某学者一文，文中说：

仅仅是福楼拜的一句绝对命令："面壁写作！"就使我羞愧得无地容身。从二十岁到五十七岁，这三十多年最宝贵的岁月，我有几年真正面壁过？好些日子都在时髦的革命运动中鬼混。虽说这是荒唐时代的骚扰，但是在平和的日子里，你又有多少时间面向墙壁进入深邃的游思？即使今天，周遭如此宁静，春光秋序全属于你，而你一旦面壁，仅仅十天半月，就会叫苦连天……"荣誉使人失去名声"，"称衔使人失去尊严"，"职务使人昏头昏脑"，这是福楼拜经常重复的格言。既然文学占有他的全部心灵空间，那么，它就容纳不了别的。……他如此绝对，如此远离集团，如此把自己隐藏起来，是为了悠闲吗？是为了孤芳自赏吗？不，他只是为了把整个心灵交给文学，只是为了把全部时间献给他的第一恋人。

巧的是，该学者从 20 岁数到 57 岁，也是 38 年。其实他的性格组合论和大散文都很有成就了，对照大文豪福楼拜还在自责。蹉跎岁月 38 载的我更要无地自容了。

　　胸无大志。余生能在读书写字中安顿情志便好。

2006 年 8 月 30 日

流　泪

为影片《我的父亲母亲》流泪。

为纯真年代的爱情流泪。

当年在影院里看得眼眶潮潮。今天央视电影频道播出，我又一次忍不住流泪。

经历了人生的大变故，经历了世态炎凉人情冷暖，原以为自己已是心如钢铁。在真淳面前，我的心依然柔软。冰天雪地的山路上，穿红棉袄的母亲执着地等候。

姥姥告诉锔碗匠，那破掉的碗是有人使过的。使碗的人走了，把闺女的心也给带走了。

母亲拖着病躯去县城找父亲，昏倒在半路上。父亲听说，偷跑回来看母亲。结果罪加一等，使得他们重逢的日子又推迟了几年。

母亲在风雪天赶到小学校换窗户纸贴窗花，擦桌椅擦黑板，迎接父亲归来。

父亲下葬时，100多人来抬棺相送，有村民，有他教过的学生，因为敬仰先生，分文不取。

母亲说，父亲教书的声音最好听，那么响亮，她听了40年都没听够。

为了完成母亲的心愿，"我"站到了小学校讲台前，站在父亲曾站了一辈子的那个位置，为孩子们上了一课。课文就是父亲当年自编的"识字歌"。

真情故事，真淳画面，平实话语，三宝那层层递进回环往复似永无止息的背景音乐，深深撼动了我。不由自主地热泪盈眶。

我不得不说，这是一部煽情的电影。老谋子润物细无声地煽。多年以前，一部《世上只有妈妈好》，片里片外哭成一片，我却没有哭。因为片中无尽的悲声刻意的煽情反倒让我冷静。就像后来看倪萍、朱军的主持，他们那么意图明显地起劲鼓动，我偏不可能配合一样。

想起林语堂在《看电影流泪》一文中所说："我们在未有理智之前本是动物，而流一点眼泪，不论是宽恕的泪，可怜的泪，或因真正的美而感到欢喜的泪，对于他总是有一点好处的。"

既然流泪有益，那么，动情的时候，抑制不住的时候，就让它痛痛快快地流吧。

2006 年 9 月 3 日

童　真

天天上四年级了。老师布置的两篇命题作文都让他犯难。

《开学第一天》，要求写开学式。他说，那天热死了，站在操场上，好像水煮红烧，同学们一个个抓耳挠腮，电视台拍出来不知有多难看。什么学校，老师都站在树荫下，我们都快被太阳烤焦了。

我制止道，不能这么写。全市哪个学校那天都一样热，哪个学校的学生都得排在操场上，学生多还是老师多？该谁站树荫底下？可不能骂学校骂老师。天天说，我知道。

于是，他写的开学式就剩下酷热感和对学校上电视效果不好的担心了。检查时发现他有一句很不妥的话："校长讲话听完就忘了，我就一直担心着这件事。"我说，什么叫听完就忘了，校长不是白说了？改，把"就忘了"画掉。

《给×老师的一封信》。天天嘟哝，我没想过给哪个老师写信呀，怎么写？我说，教师节到了，你就没有想对哪位老师说的话？天天道，那也写不了几句。我引导道，教师节，要对老师致以节日的问候，表达对老师的敬意和感谢。你可以写写老师最让你感动和受教育的事，也可以写写你那天为迎接教师节自发编排小品做道具的事，你已经用实际行动表达了对老师的敬意，给大家带来了欢乐嘛。一听可以写他的小品得意之作，天天两眼放光，来劲了。

天天是班上的搞笑大师之一，经常在班上表演相声小品什么的。

教师节前，与几个同学编排了"杀虫小队"的小品，主创人员是他，写剧本的是他，手工制作道具的也是他。

上周的表演相当成功，赢得老师的表扬同学的掌声。结果乐极生悲，放学排路队时，把装了水的瓶子（道具之一）抛出，误伤自己的死党兼小品搭档，把那孩子的头给砸肿了。他那个难受呵内疚呵，晚上眼圈红红地打电话给死党道歉，一连串的对不起，问他现在怎么样了。对方大概是说没事了没关系，天天更受不了，哽咽着说："可毕竟是我伤了你呵。那时候，我感觉他们怎么骂我都行，就怕你安慰我……对不起呵。你先挂。"听筒里传出对方挂断电话后的嘟嘟声，天天这才缓缓放下电话。

杀虫小队

编剧：天天

张：欧，你待会儿要喊："杀虫小队齐心协力杀死害虫！"知道了吗？

欧："杀虫小队齐心协力，杀死害虫！"（结果右手不小心碰到正在看报纸的徐。）

徐怒道：什么啊！你竟然说我是害虫！（于是，追着欧一直绕着讲台转圈圈。结果欧把讲台上的柜门一开，徐便撞在柜门上摔倒在地。）

张：快道歉！（欧鞠了一个躬，结果又撞到了徐的肚子。）

张：这下总可以了吧，我们是杀虫小队，正在念口号。不小心撞到你了，你可以走了。

张：林，快过来！

林过来了。

张拿着一张卫生纸念：皇上圣旨，你已被国家级杀虫小队录取，钦此！

张：现在先让你做个练习，在一小时内杀死一百只虫虫！拿着，这是高压灭火器，你拿着杀虫子吧。

这时杰肩上粘着小蜜蜂的翅膀飞过来。说：两只小蜜蜂呀，飞到花丛中呀，飞呀。啪啪两声，打到林的脸上。林趁最后一秒时间，把这只小蜜蜂杀死了。

张：时辰已到，我来检查一下。（张看了看）"怎么只杀死了一只虫虫？最后给你一次机会，在一分钟之内，再给我杀死一只。"结果林把高压灭火器喷到张脸上，张后面正好有几个人，几个人像多米诺骨牌一样，一个个倒下去。

张：嘿！你竟然敢把高压灭火器喷到俺的脸上！立即取消你进入国家级杀虫小队的资格。

欧：咦？这不对呀，这么优秀的一个人怎么可能一个小时之内只杀死一只虫虫呢？

（这时，润走了过来，胸前贴着一张纸，上面写着：这是小品，在小品里什么都会发生的。苍蝇寄，杀虫小队收。作者留言。2006年5月2周6天7小时11分11秒21微秒503毫秒完成。）

张：看！苍蝇寄呀，快冲！

大家一起说：杀呀呀呀呀呀呀……！

润：拜托！我不是苍蝇啊，我是邮递员。

（润说得太晚，结果被打得鼻青脸肿。）

张：终于杀死了一只害虫。我们继续训练。

（这时欧递上一只纸条。）

张接过纸条，边看边自言自语：高压灭火器是使用过了。香水倒可以再试试。哦，连胡椒粉都扯上来了，还有，他爸爸踢完球的臭袜子也能杀死害虫不成？张又把纸条传给别人看，接着又说："我们这次把香水、胡椒粉、臭袜子都用上试试看，也可以自己做些新发明新创意，还有，以前我们发明的杀虫大炮也拿来试试。"

这时一群人跑过来，边跑边唱：我们是苍蝇，我们是苍蝇。

张：上！

这时，欧拿起一个瓶子，朝苍蝇挤水。杰拿着红领巾在"斗蝇"。张拿起一个纸做的大炮，正要开炮，突然炸膛了，旁边的人说：我早就讲过，这种炮需要改良！

欧刚用"香水"杀死了一只苍蝇，又让一只苍蝇追着自己跑，也像对付徐一样，跑过柜门，把柜门大开。吭一声，又杀死了一只苍蝇。润拿起一个杯子，从杯子里洒出胡椒粉，把一只苍蝇给辣死了。张失败了一次，还不罢休，拿起一双臭袜子，凑到一只苍蝇面前，说："被袜子熏过的苍蝇以后肯定不敢穿袜子了。"果然，那只苍蝇被他熏得晕了过去。

张：所有苍蝇都被我们消灭了，我们庆祝一下吧。

几个人拥抱的时候，首先撞到了一起，结果头碰头又被弹了出去。这时欧的脚后跟忽然出现了一个香蕉皮，欧停下来，说："不是我要摔，是那根香蕉皮惹的祸。"说完，便滑倒了……

2006 年 9 月 11 日

心的方向

与外圆内方的 F 兄在展会上相遇。他负责的展位配有饮水机，还有铁观音可喝。

坐下喝茶，听他讲人生智慧和今年所做的事，觉得他活得自在、充实，且有成就感。

其间，他引用我一位老乡的话说："发展才是硬道理。对个人而言，发展自己才是硬道理。"

振聋发聩。两天来，我一直在品味这句话，参考 F 兄的经验，结合自身特点，为自己重新定位，寻找方向和路径。有一个念头越来越明晰，令我感奋。我不知道沿着这条道路走下去，究竟收获几何，但我清楚地知道，这其实是我少年时代曾经拥有的梦想，我会很乐意去投入，去尝试。尝试了，也许有成也许不能，但不去尝试，就注定什么也不会有。若干年前看过一句话，大意是：人生关键路口的选择，取决于自己那颗执着的尽管有时游移的心。

两年前，在原单位提出一个理念："价值决定一切，细节关乎成败。"现在可能仅是挂在墙头的东西，没几个人去践行了。没有关系，我自己去践行，找到有价值有意义的人生方向，"不骛于虚声，不驰于空想"，踏踏实实地做去。心中有梦并且扎实努力的人，就是有福之人。

想起当年报考全国首届 MPA 的事。至今也没几个人知道我最直接的动因，绝非为进一步的晋升作敲门砖，而是不喜按部就班在混茫中虚耗，学点东西充实提升自我才是本意。可惜考上之后，岗位变动，以单位振兴为己任的我成了全班缺课最多的坏学生，读书充电的梦想大打折扣。前几年忙得没有自我，把自己卖给单位，"知我者谓我心忧，不知我者谓我何求"，而今回首，恍然如梦。

"弃我去者，昨日之日不可留。"不追悔，不嗟叹。找回迷失的自我，找到今后的人生方向，做我自己，成为我自己。

2006 年 9 月 18 日

爱要说出口

偶然瞥见一则关于言爱的小故事。

说故事的青年在那个早晨的所见所闻，足以影响他的一生。

他的家位于美国加州某镇，父亲的公司在另一个镇上，每天由秘书开车接送。头天晚上，父亲因为与一位多年不见的老友喝得高兴，比平时回家迟了。第二天早晨，秘书开车到来，父亲匆匆洗漱后就出门。青年要到父亲公司所在的那个镇办事，于是搭父亲的车一起走。

行至半路，父亲突然一拍脑门："哎呀，我忘了一件很重要的事，必须回去一趟。"就让秘书掉头。秘书将车停在路边，为难道："今天有一份重要的合同等着您签，要是迟了……"儿子忙说："是忘了带公文包吗？我回去替你取吧。"父亲一脸凝重，坚定地说："不是。我必须回去一趟。掉头。"

车驶近家门时，儿子惊讶地发现母亲神情忧郁地站在门口。一见父亲回来，竟像个孩子似的扑到父亲怀里大哭起来。父亲轻轻地捧起她的脸，轻轻地在她的额头吻了一下，说道："对不起，因为走得太匆忙，居然忘记了……"母亲伸出一只手捂住父亲的嘴说："不用说，我知道你会回来的。20多年来，你每天都要吻过我才去上班，没有一天忘记过。"

父亲拥吻母亲后上车。儿子不解道："你晚上回家再跟母亲解释也行呀，为什么非要赶回来？"秘书也不失时机地说："是呵。差点儿赶不及签合同。"父亲这样说："这么多年来，我从没忘记过。如果等到晚上再和你母亲解释，那么从上午到晚上这么长的时间里，你母亲会一直为我担心，不知道我出了什么事。半路回去有可能错过签合同的时间。但是，等着和我签合同的公司还有很多，我却只有这一个妻子。"

那一刻，有一种浓浓的情感包围了青年，他从中感受到父母20多年平淡生活中蕴涵的伟大爱情。

《我必须回去一趟》语浅情深。故事中父亲的言行是对孩子最具说服力的爱的教育。在他眼里，金钱有价，情义无价。在他心中，爱人最重，设身处地顾及爱人的感受，为爱人着想，早已成为习惯。在他的观念里，爱要说出口，需要通过每天固定的仪式来表达，用心而不是敷衍地传递给爱人。他是懂得呵护爱情、经营婚姻的有心人，EQ很高。可以想见，这一对携手共度20多个春秋的夫妻婚姻满意度如何，幸福感几何，他们当能一起慢慢变老，共同成就最浪漫的事。

都说相爱容易相处难。相爱可以不需要任何理由，但牵了手的手要走得很久很久，一定需要理由，需要用心经营。当激情被日常稀释，当浪漫被忙碌冲淡，两人靠什么来维系，情志如何寄托？人是感情动物，人的需要层次中，尊重与爱的需要不可或缺。心甘情愿地为爱人付出，为小家做贡献是一种表达；把发自内心的爱说出口，或者用仪式、用身体语言传递给对方，也是一种表达。只做不说，遗忘了人类的语言功能，考验对方的悟性，而且有可能被忽略。光说不练，或者言过其实，对方的心里跟明镜似的，天长日久就不起任何作用。既能将爱落实到行动上，又能把爱说出口的恋人、夫妻，其婚恋质量令人羡慕。一位很有幸福感的老友告诉我，他体会两人之间的亲昵举动对情感保鲜有重要意义，而这往往被许多家庭所忽略。

最近看了张欣的长篇《夜凉如水》。小说中，年轻有为的国有银行副行长庄世博与冷静、执着、不慕虚荣的体委训练处处长查宛丹，在世人眼中是相当合适、般配的一对，原本有不错的感情基础。因为种种原因，他们最终却离婚了。给我印象最深的一幕是，两人感情出现问题，不想被孩子看出受到影响，尽力在孩子面前表演自己的角色。儿子庄淘人小鬼大，还是看出了问题，对妈妈提问道："我觉得你跟爸爸的关系很好，但是你们两个人不亲热。"一语道破。

小说中把两人沟通不畅缺少依恋最终感情破裂的主要原因，归结为住在家里为庄世博谋划一切实质上已成哥哥精神恋人的妹妹庄芷言。现实生活中，原本感情基础不错的恋人、夫妻，后来恩爱尽失勉强凑合甚至分道扬镳的不在少数。把小说中的极端例子置换成别的什么人，或者压根儿没有别人，就是两人的观念、个性、相处之道（包括缺乏爱的表达），是不是同样可以推导出看似不合情理实则势所必然的结局呢？

有钱难买早知道。如果，基于真感情的婚恋都能及早经见类似《我必须回去一趟》那样的爱的教育，然后身体力行，该有多好。可惜，世事没有那么多的如果。爱情往往被生活漂白，被忙碌掩埋。许许多多的实例告诉人们，悔之晚矣的恋人、夫妻要么无法再回到从前，要么多少同林鸟已化作分飞燕。正如张欣所说，许多事情根本是没法阻止的。

2006 年 9 月 22 日

荣　枯

曾经繁盛喧嚷的得贵巷，如今萧条破败。

到处是断垣残壁，触目惊心的红字"拆""全拆"。每天都有尘埃弥漫，脱离墙体的门窗纷纷倒伏。

还记得当年闻名遐迩的"挂历一条街"么？还记得单身时代一干人轮流做东通通吃遍的一家家小店么？以前人声鼎沸水泄不通的早市哪儿去了？屹立多年公道实在的"姐妹理发"哪儿去了？

全在秋风里灰飞烟灭。

"是处红衰翠减，苒苒物华休。"

盛衰有时。荣尽枯来。

亲历过多次盛大书展书市的全过程。从设计制作到布展，耗时费力砸钱。展期几天红火过后，拆展摧枯拉朽，往往半小时就完事。我每每看着水流花谢繁华落尽的现场发呆，无语。

物有荣枯，人呢？

前几天闻讯赶到传染病医院看一位退位的老领导。不会密切联系领导是我的一大毛病。他在位时，我根本不知道他家门往哪儿开。

拎了花篮进入病房。老领导卧床挂瓶，只有一名沉默的护工陪着他。我带来的花篮成为整间病房唯一的亮色。

他在位时许多围着他转得欢快的人，而今安在？听一位友人说，没几个人去看。

见我来，瘦了好几圈的老领导眼里满是欣慰。怕他说话伤神，简短交谈之后，我留下新单位电话，说有需要出力跑腿的事只管招呼，请他安心静养，过些天我再来看他。

"离离原上草，一岁一枯荣。"荣尽枯来，自然规律，还可以展望"野火烧不尽，春风吹又生"。得贵巷消失了，不久的将来会有一条大道取而代之。书业只要不崩溃，自有一茬接一茬的展会你方唱罢我登场。

人生的荣枯盛衰大势却是不可逆的。静夜重温老祖宗欧阳修的名篇《秋声赋》，感慨系之。"嗟乎，草木无情，有时飘零。人为动物，惟物之灵。百忧感其心，万事劳其形。有动于中，必摇其精。而况思其力之所不及，忧其智之所不能；宜其渥然丹者为槁木，黟然黑者为星星。奈何以非金石之质，欲与草木而争荣？念谁为之戕贼，亦何恨乎秋声！"

为什么要拿自己并非金石般的体质，去跟草木争荣比盛呢？应当想想是谁在折磨自己，又何必怨恨那凄凉的秋声。

2006 年 9 月 26 日

硬　汉

胡军在电视里说硬汉。一席话深得我心。

归纳一下他的中心思想，所谓"硬汉"关键是男人内在的那股劲儿。"硬汉"重神不重形。

论外形，人高马大、虎背熊腰的北方汉子多了去了，都是硬汉吗？不能这么看。胡军以为，小白脸，或者戴副眼镜文质彬彬的，未必就不是爷们儿，未必不是硬汉。关键要看这人有没有内在的韧劲。

硬汉又是立体的，不是平面化的。硬汉也可能有犹豫的时候，彷徨的时候，苦闷的时候，但在总体上是刚强果决的。

海明威关于硬汉精神有一句名言，写在以哲理和象征取胜的《老人与海》里："一个人并不是生来要给打败的。你尽可把他消灭，可就是打不败他。"老渔夫桑提亚哥身上透出的不屈的生命意志，就是硬汉的传神写照。

"苦心人，天不负，三千越甲可吞吴。"卧薪尝胆的勾践是硬汉。忍得胯下之辱成就一番大业的韩信是硬汉。"风萧萧兮易水寒，壮士一去兮不复还。"慷慨赴死的荆轲是硬汉。"生当作人杰，死亦为鬼雄。"力拔山兮气盖世的西楚霸王是硬汉。金庸笔下义薄云天侠骨柔肠的大侠是硬汉。"我自横刀向天笑，去留肝胆两昆仑"的戊戌君子谭嗣同是硬汉。绿茵场上，哨音未响奔跑不息意志超迈的日耳曼人，个个都是硬汉。影视人物中，梁小龙演的陈真，周润发演的"小马哥"，胡军演的萧峰，孙红雷演绎的一个个酷哥，都很符合我心目中的硬汉气质。

重庆仔儿的口头禅"耿直""袍哥人家，不兴拉稀摆带"，透露出他们推崇的硬汉标准：爽直，干脆。三军可夺帅，匹夫不可夺志。说到底，硬汉的精神实质就是人格、志向，意志品质，就是决不委琐。

2006 年 9 月 27 日

硬
汉

夜深忽梦少年事

日有所思，夜有所梦。近来不知为何，白日里老是怀想小时候，夜里也会梦见。那天没来由地哼唱："我愿我的门前，有棵美丽的枫树……"一首老掉牙的歌，根据苏叔阳小说《故土》改编的电视剧插曲。抓狂一般上网搜索，辗转多处才得以重温。反反复复地听，沉醉而又惆怅。

怀旧的年纪。远的事比近的事记得更牢的年纪。既如此，不妨把挥之不去的少年事梳理梳理。

川娃子五年制的小学只念了四年，转战三个地方四个学校，所以每个学校对我都是新的。它们分别是：罗江小学、德阳六小、重庆蓄电池总厂（现在叫万里股份）子弟校、德阳二小。那时候重庆属于四川，还没直辖，德阳还没由县升格为地级市，罗江则只是德阳的一个镇。

从第一天在白纸本上学写字就讲究工整，一笔一画绝不潦草，向印刷体学习（直到上大学才开始学写行书），死板得要命。罗江小学的校门两侧还竖着"团结紧张严肃活泼"的最高指示呢，毛主席他老人家就逝世了，噩耗居然与我弟弟的生日同月同日，欧家的表情最是尴尬。在"劲松大院"演样板戏《白毛女》，当然，我演的是白毛女他爹杨白劳。考试考双百。

二年级在德阳六小念了一个学期。记得有篇课文叫《小马过河》。

记得学校远在郊外，我常被老师委派一光荣任务——放学留下来监督同学做作业收齐再交到老师家，回家天都黑了。

生在重庆的我却仅在父母身边念过一个学期的子弟校。当时跳级比较新鲜。老爸问我敢不敢跳级，直接念三年级下学期？我说敢。要跳得先考试，于是在多名老师的围观下单考。高个子的吴小丽老师作为三年级的班主任当场改卷，语文满分。吴老师教语文，欢喜得不行，宣布数学不用考了。后来想想，我的跳级既偶然又侥幸，如果考的是数学呢？因为那学期开始的珠算我实在学得极烂。不过，我的语文特长却大放光芒。九龙坡区小学生语文竞赛，全区中高年级学生参赛，我竟然拿了第三名。捷报传来的时候，我正在顶楼过道裸奔洗澡，就听人在楼下高喊老爸的名字。老爸探出头去，坝子里的人就扯着嗓子报喜。子弟校从没拿过这样的荣誉，这无疑给老爸长脸，当晚就有厂里的总工请他喝酒。我最高兴的是在区委礼堂领奖领到一本《雾都孤儿》，小主人公是抗战时期重庆报童罗川儿。这是我读的第一本小说。

这短短的一个学期，有两件糗事不能不表。一是学游泳差点淹死。"火炉"重庆的夏天，到花溪河游泳是全厂人民的首选。老爸教我半天没成果，就让我在河边泡水，他到石桥上洗衣。我在河边闲极无聊，就不知深浅地朝河心方向移动。猛的一脚踩不到底了，本能地蹬腿往上冒，露头要喊救命立马呛水。几番挣扎之后感觉自己完了，没人搭救了。就在这时，只见老爸从石桥上纵身一跃。重回岸上的我吐水找回魂来之后，对老爸的好身手肃然起敬——毕竟是成都体院毕业的。二是偷跑去南温泉，事后在全班检讨。学校要组织去我神往的南温泉春游，我平生第一次春游！激动得睡不着觉呵，激动得早早爬起来看天呵。偏偏天公不作美，居然下雨了！我万分憧憬的春游就这么泡汤了吗？哪能甘愿。与几个"志同道合"的同学逃学冒雨跑去。虽说现在已记不清他们的姓名模样，但那雨中搭乘篷船划桨前行，以

117

及下午放晴后在归途沿河打水漂的欢乐，却依然鲜活如初。这一次偷跑的后果是严重的，几个犯错的孩子当晚就被吴老师叫去训话，一向和蔼可亲的吴老师也不和蔼了——我们几个不知去向，害她担心了一整天。第二天就是在全班沉痛检讨。我那天的沉痛主要集中在一点：自己不再是好学生了。

不过，促使我下决心回德阳的原因倒不是想"重新做人"，而是思念。那里有把我从不满周岁拉扯大的四孃，我想她！常常在夜里凭栏远眺，懂得了什么是孤单。而四孃也因为思念过度病倒了。我坚决要回去，回到四孃身边。看过动画片《大闹天宫》，我在重庆短暂的读书生活就这样结束了。

一到德阳二小，我就如鱼得水。一篇写红军长征展览的作文《参观记》，被班主任陆德忠（大眼长辫子的漂亮老师，偏取了个男人样的名儿，憾）用毛笔誊写在宽大的白纸上，给全班做范文讲评。另有一篇《赞"钉子精神"》的作文被选入全县小学生优秀作文（一本油印小书），中学时代好些新同学告诉我，就是从当年的作文选上早知道了我的名字。语文学得最好，珠算不用学了，数学也优异起来。让全校师生认识我却是因为一个偏门——说相声。那年头学校的文艺表演一般是唱歌跳舞。我从《少年报》上看来一个相声《找老东》，就找同桌李丹（男孩女名，憾）排练起来，拿到全校一演，轰动（初中我仍与李丹同班，这个保留节目就一直演到二中去了）。

我怎么看怎么像全面发展的样子，迅速成为优秀三好学生（家里替我保存下来的奖状上记着呢，奖状两旁是这样一副对联——"雄心治服千条水，壮志劈开万重山"）。尽管刚转学不久，不当班干部都不行了。当了学习委员，就有资格参加少先队仪仗队鼓手选拔，选上的话，春游就可以排在队伍最前面挎鼓而行，沿途敲敲打打，风光呵。没曾想，貌似全面发展的我却惨遭淘汰。以"咚叭叭叭咚"开头的鼓点节奏敲下去要有所变化，我却总掌握不了，没法跟别人同步。

出人意料的落选对我绝对是个打击，回家饭也不吃就蒙被抹眼泪，骂自己"瓜娃子"（四川话，笨蛋的意思）骂得声嘶力竭。春游时，一脸落寞地走在队伍里，羡煞了走在队伍最前头的鼓手。待到达东山，看见他们累得汗流浃背的样子，心里总算平衡了，暗想：你们才是真的"瓜娃子"呢。那时候还没读过《阿Q正传》，却已经会用"精神胜利法"了。

两年后，我从五年一班毕业，以第一名的成绩考入德阳二中（全县重点初中）。

2006 年 10 月 8 日

心　疼

星期三的黄昏时分，收到一条短信。

一个陌生女人的来信。

号码完全陌生，130打头。之所以判定它出自一个女人之手，是因为内容是这样的："晚饭吃了没？今天工作累不？"

前边一句问话，可男可女。后边这句，八九不离十是女人问的。

知道这是一条发错的信息。那个被关心着的人没接到。发信人还在傻等回复呢。

没有揣度两人关系状态的心思。只是被这样平实温暖的问候打动。我想应提醒对方发错又不让人难堪，尽管我们完全陌生。

审慎回道："请问你是哪位呵？"

过了几分钟，对方醒过来了："不好意思。刚才发错了。"

瞧，尽管陌生，任你怎么审慎，人家还是会难为情的。必须补上一句真诚赞美："没事。那个被你关心着的人很幸福。"

这下对方释然了，迅速回道："呵呵，其实也没什么啦，问一句而已，如果这样会让对方感到很幸福，那我也很开心。祝你今天有个好心情！"

以"大家好心情"回复了她，感觉自己的心情也真的好起来了。看来，好心情也会传染。

其实，我对打错的电话、发错的短信并不总是这么好声气的。对那些一开口就用我听不懂的"鸟语"咿里哇啦的主，我从来是冷若冰霜，一句"你打错了"立马掐掉。那天态度友善，而且替对方着想，全然是被那知冷知热的话语打动。平实的问候让人感觉暖暖的，想这是一个知冷知热的女人，一个懂得疼人的慈柔女人，我理应报以善意。

"心疼一个人，这是爱的可靠标志，心疼是感情最自然的流露，是真正发自内心的。"今天读到周国平的这段话，信然。他继续阐发道，实际上人人都是孤独的，人人都是孤儿，人人都是需要有人疼的。在相爱过程中，一种正常的关系就应该是你疼他，他也疼你。

检验爱，心疼与否，对等与否，确是一个简明的标尺。双方心知肚明，做不了伪的。对等的疼来疼去，幸福满溢。不对等了，或者一方的心疼感受不到了，感情就危险了，恋人或是夫妻也就郁闷了。多年前的一首《我是不是你最疼爱的人》，如今正在流行的《秋天不回来》（歌中唱道："想为你披件外衣，天凉要爱惜自己，没有人比我更疼你"），传递的便是感情出问题的凄凉意绪。

2006 年 10 月 15 日

养　气

学习了一篇帖子。有人在读完《曾国藩》后，总结出"四气"说："锐气藏于胸，和气浮于脸，才气现于事，义气示于人。"

1. 锐气藏于胸

人一定要有锐气，没有锐气就没有生命力。但是，运用锐气要有智慧，智慧就是"藏"，要把锐气藏在胸中。如果放在外面，咄咄逼人，不仅会伤别人，更容易伤自己，而藏起来就能成为最大的生命力。

2. 和气浮于脸

跟人打交道，要学会一团和气。和气能使人更容易接纳你，为你打开更大的空间。一家大集团在打造自己的企业文化时，有这么几句格言："太阳光大，父母恩大。君子量大，小人气大。"君子与小人的区别就在于量大还是气大。

3. 才气现于事

才气不是挂在嘴上的，而是体现在具体事情当中，只有将一件事情做好之后，才能真正体现你的价值。

4. 义气示于人

义气在这里有两层含义。第一，我是一个为别人服务的人；第二，我是能够承担责任的人。能够承担的责任越大，你将来的发展空间就越大。

我感觉这"四气"归纳总结得挺好。

锐气，是原动力，是进取心，是向上向善，是生命能量的积聚。藏在胸中，才美不外现，韬光养晦，玉蕴珠藏，砥砺自己，则是应对复杂人世的一种自我保全。

和气，是人与境谐，是春风化雨，是亲和力。有了亲和力，才谈得上感召力和凝聚力。前述某企业的格言语出证严法师的《静思语》，我曾抄录洗心。曾国藩在四处碰壁、触处有妨、屡走麦城之后，悟出和气、合作的重要并践行之，才成就了一番功业。

恃才傲物也好也不好。自视甚高、眼高手低招人厌烦。纵是才高八斗、满腹经纶，终要落到实处。价值决定一切。你只能在创造价值的过程中，体现和实现自身价值。

义气，担当，是大坚强，大勇猛，是取信于人、令人敬重的根本。人格魅力往往源自此处。

这帖子尤其强调"和气"，即正确处理和别人、和环境的关系。要处理好和别人的关系首先要处理好和自己的关系，不要"自以为义"。职场中人要时刻培养自己的谦卑心、谦恭心，要有时刻归零的心态。有了这个心态，才能去掉工作中的阻碍，才能在职场中越走越顺。曾国藩起先走入了一个误区：我是好人，我有能力，我应该取得成功。但事实并不如此，你还要懂得处理与环境、与自己、与别人的关系。这就像一个三角形，缺一不可，否则就不稳定。

闻"四气"说，起养气之念。孟老夫子讲究养气，他说自己善养浩然之气。这至大至刚的浩然之气太高端，太玄乎，可望不可即，我等凡俗之人还是致力于涵养"四气"好了。

2006 年 10 月 24 日

触动我的三段话

第一段

学会承受痛苦。有些话，适合烂在心里，有些痛苦，适合无声无息地忘记。当经历过，你成长了，自己知道就好。很多改变，或者影响生命的质变，不是你说出来就是对的。

从网上看来的，作者不详。

第二段

有人说，误解不是需要辩解之后才能澄清吗？以前我也以为是这样的。但现在真不这么想。有误解产生，说明先前的了解和信任不够；而误解产生之后，化解的方式不是语言，而是时间。时间长了，如果真是误解，自然就化掉了，如果化不掉的，那就不是误解而是事实。

再说，误解本身也没有什么可怕的。误解是一定会产生的，甚至，人在一定程度上需要一些误解。了解、误解、遮蔽、通透、亲密、疏离、联络、隔绝……这样的光影交错，可以构成人际关系中的某种趣味和美感。

现在，我用这样的方式——少说，多看，等待，来甄别我周围的人。

我也希望别人用同样的方式来甄别我。

是洁尘说的。语出《美德之不——辩解》一文。

第三段

善良。何时何地，只要与人相处，便要懂得替对方设身处地，为他着想。以他人为重。

沉着应对。低调处事。

做任何事情，让自己不至于惭愧。这种不惭愧，是不亏待别人，不辱没自己。有戒持和控制。保持真实，不说假话。但这条对没有原则的人，是完全无效的。因为他们没有自知。是。我觉得做一个善良，沉着，真实的人，已经是很富有。

出自安妮宝贝《清醒纪》一书。

2006 年 11 月 5 日

奔四快乐

这一周节奏舒缓（其实今年总体上都比较舒缓，转速不快）。每日接送天天，早餐一律尚干依强拌面扁肉，午饭一律 6 元快餐。看报，读书，上网。

整理了一份关于办刊经营的材料，10 页。茅兄来喝茶，带了刚印好的《余光中经典》样书。摩挲着我在原单位策划的最后一本书，想到自己那些未竟的文化理想，心头掠过一丝怅惘。

父亲昨晚从老家打来长途电话。70 多岁的人了，依然声如洪钟，听着让人放心。他硬说一分钟前在东南台一个铁观音广告里看到我喝茶的镜头了。我纳闷说不会吧。"肯定是你娃，我不会看错。"我笑笑，不争辩，就让他老人家乐一乐吧。前几年风光之时常有接受采访上电视的事儿，老爸总说我都不通知他收看。如今淡出江湖，哪有的事？有一次天天六一节参加电视台合唱演出，老爸刚好打来电话，我顺便说天天去电视台演出了。他老人家对亲戚们奔走相告，让大家锁定东南卫视，看他孙子的表演。

父亲说："过两天就是你生日了。祝你生日快乐。只要你好好的，把天天带好，我就高兴了。"

道谢，请他保重身体，挂了电话。心中感慨。我明白老爸的心意。我处顺境时他不会特地挂电话祝福我的生日。明天就是我 38 岁生日。在奔四的路上又迈进了一大步。不意看到央视"艺术人生"关于腾格尔的节目"惑与悟"。腾格尔经历了人生的大起大落，几欲轻生，40 岁那年，忽然开悟，豁然开朗。希望自己也能朝"不惑"境界迈出一大步。今天傍晚就得到某培训班报到，住在鼓山脚下学习一周，远离尘嚣的安排，挺好。生日可以没有烛光，可以没有美酒，但一定要好好想一想自己，想一想今后。

2006 年 11 月 12 日

培训小记

在鼓山脚下住了六天五夜。住的条件偏简陋，招待所水平吧。标间床宽一米，浴巾没有，茶叶没有，开水自己打去，香皂也不是每天都换的。床头灯开关坏了，睡前用手旋松方可关闭。洗澡水够热，怎奈出水急促如鞭打。入住时跟服务台说安排个抽烟的同住，免得彼此难受。安排进来的老头烟是会抽，可他还会打鼾。

舒服惯了的同学们或仅在此午休，或溜回去两三个晚上改善改善。就连同屋部队转业的老头都跑了两个晚上。从头住到尾的本地同学好像就我一个。

周边环境和空气质量倒真是好。气温比市内低几度，早晚凉意袭人。清晨在鸟鸣声中苏醒，到阳台上呼吸山野之气，看翠园的曲径、山石和绿树。后山新建的多媒体教室也不错，上课总算喝到茶了，每天都带两包袋泡茶回屋。

早餐有豆浆油条，中午和晚上有剁椒鱼头，我这土人就吃得很满意了。

有一次，一个人夜上鼓山。不为锻炼，权当散步。路遇上上下下锻炼的人若干。沿 1800 米 2095 级台阶拾级而上，登眺望台俯瞰一城灯火。然后朝黑灯瞎火的涌泉寺走。这段路伸手不见五指，路上只有我一个人。风吹树叶沙沙响，吹干了我身上的汗。循着放生池轻微的水声走去，香台上未灭的香火在风中闪动。微弱的光亮映照出观音像的轮廓。虽看不真切，但我心里知道，观音定然眼含悲悯。再走近涌泉寺，寺门已关，从门缝中透出香烛的光焰，很温暖。到寺门前止步，静静离开，静静下山。

培训期间，生活简单，作息规律，内心安静。没有在东篱下采菊，却有那么点儿"心远地自偏"的安然。

是为记。

2006 年 11 月 21 日

零碎意绪

经验

经历了，体验了，总结了，就有了经验。从这个意义上说，教训也可以转化为经验，不再犯同样或同类错误的经验。当朋友遇事问你怎么办时，你能这样提醒他（或她）：以我为鉴，引以为戒。

数字

数字是死的，又是活的。数字本身不会说话，人可以用它说话。数字可以披露事实，也可以掩盖事实。有人玩数字游戏蒙人唬人，有人用数字数据正当防卫。数字游戏能玩下去，往往是内行出于某种需要不去拆穿道破。

权威

权力法定，权威人为。有人手握权柄，色厉内荏。有人大权旁落，不怒自威。有人把印把子紧紧别在裤腰带上，有人败走麦城仍是一面旗帜。人心向背，昭然若揭。

算计

有人机关算尽，该得不该得的全得了，末了却连立锥之地都算没了。有人成天拨弄小九九，锱铢必较，寸土必争，终被混账儿子赔进事故里。有人心理阴暗长年算计别人，如今恶病缠身生不如死。人算不如天算，算什么算？

2006 年 11 月 27 日

对赖酒人士的不耐烦

酒品如人品。从来看不惯那些赖酒人士。酒量有大小，态度要端正。赖酒人士，就是那些明明有量，自己喝得叽叽歪歪还酷爱发动群众斗群众的家伙。系统内有一人明明海量却总在酒桌上要赖，做人也赖赖的，大家把他的名儿改一字，人送外号：正赖。正赖平生仅当过一回酒国英雄——华东同行聚会。为了整治声名远播的正赖，组织者宣布：全桌均分一瓶好酒，谁最后喝完谁出酒钱。正赖虽赖，赖劲敌不过小气，举杯仰脖以迅雷不及掩耳之势率先喝干。

遇到此类人士，我往往礼节性地敬一杯酒，管他怎么喝，再不找他。

昨晚忍不住酒桌纠风。因为是同学范围，意在提醒，说出了诸位同学的心声，群起响应。最出人意料的是，不会喝酒的黄同学不惧赖酒同学的挑战，挺身而出，三杯对三杯，将气氛推向高潮。

很想告诉这位曾经同居一室的兄弟，同学范围不分级别、长幼，要紧的是真诚。

曾有一次令人吃惊的纠风举动。几位福建同学接待全国某培训班的内蒙古同学。同学加同行，本来气氛不错，酒过三巡，内蒙古同学的领导发话了："你们福建同学好像不够热情嘛。我们草原上喝酒都很豪放的。"我说他们几位不大会喝，我代表福建同学敬你吧。啤酒敬他一组 3 杯（就是福州酒桌上通行的小杯"一口杯"），算硬座。

他全找人代喝。我不语。再敬他一组，加起来 6 杯，算硬卧，他还是全找人代喝。我不语。再敬他一组，软卧 9 杯了，在大家的抗议下他好不容易喝了一杯。我说再敬一组，12 杯算坐飞机了，登机要验身份证的，这 3 杯可不能代了。他满口答应。等我全喝完了，他又耍赖，还是不喝。我走到他身边，端起酒杯说：你再不喝我可要摁脖子灌了。酒桌上我不管你什么厅级干部，我就认一规则。最可气的是，他居然说我喝掉他没看见，不算。大家齐声证明，他还说不算。这下我毫不手软地摁脖逼他喝下去，他立马软了，脸上挂不住了。同学出来打圆场，他赶紧自找台阶："对不起，我刚才真没看见。我喝。"

有趣的是，酒席散场，我先下楼。其他几位同学去赖酒人士房间却找他不着了。原来，他尾随我下楼了，从后面叫住我，紧紧握住我的手说："我们是不打不相识呵！今天我算认识你了，欢迎你到我们草原来做客，一定要来，一定要来！"

2006 年 11 月 30 日

请不要挡住我的阳光

天气预报有时就是天气乱报。今天一早就艳阳高照，丝毫没有昨日的阴冷。

寒风凛冽的昨天，最好窝起来冬眠的日子，却不得不泡一天的会。手脚冰冷，整个人恹恹的。下午环顾四周打盹看报的听众，干脆逃会回办。

今天阳光实在是好，好得让人不忍辜负。脱下外套，靠窗而坐，让充沛的阳光洒满我的面部，温暖我的全身。音箱里传出陈明恰切的歌："一路为你送上冬日暖阳，抚平你心中的点点忧伤。"

晒太阳晒得通体舒泰，自然想到犬儒主义代表人物第欧根尼的那句名言："请不要挡住我的阳光。"两千多年前的一天，率十万铁骑征服欧亚大陆的亚历山大大帝遇到穷困潦倒的哲学家第欧根尼。亚历山大问："我已经征服整个世界，希望让我为你做点什么？"正在木桶里睡午觉的第欧根尼伸了个懒腰，回道："亚历山大先生，我在休息，请不要挡住我的阳光。"这两位当时希腊最著名的人物"布衣傲王侯"的对话完毕。据说亚历山大事后感叹道："如果我不是亚历山大，我就愿意做第欧根尼。"

庄子说："天地与我并生，而万物与我为一。"苏东坡说："江山风月，本无常主，闲者便是主人。"无不体现出自由自足的精神境界。

他们用完满的心态来面对人生的不完满，臻于圆满俱足的状态。

　　凡俗如我，不可能时时处处放开心怀。但是此刻，阳光暖暖地照着，幸福感如此真实贴切，不想过去，不问将来，我只有一个朴素的愿望：请不要挡住我的阳光。

2006 年 12 月 5 日

谁从我童年的窗口走过

清晨，在晴窗下"整理国故"。一张字纸跃入眼帘。

《谁从我童年的窗口走过》，瑞典拉格克维斯特的诗作。

看笔迹，是自己大学时代刚练行书时抄录的，近 20 年了。

中国古典诗词是我所爱，现代诗读得不多，国外的诗歌读得更少。当年在现刊阅览室抄录此作，只能有一个解释——被深深打动。

神秘莫测。茫然无措。孤独个体。不可知的命运。

135

与当年的迷惘暗合。

关于命运，至今也不太明白。

再录原诗：

> 谁从我童年的窗口走过，
>
> 在窗上哈气；
>
> 谁在我童年没有星光的深夜
>
> 从我窗口走过？
>
> 他用手指，用手指的温柔
>
> 在玻璃上，在水气蒙蒙的玻璃上
>
> 划一个符号，
>
> 然后沉思着离去。
>
> 永恒地
>
> 把我弃置在世上。

我该怎样破译这符号，
一个由他的呼吸留下的符号。
它停留了片刻，没等我理解便悄然消失。
永恒的永恒啊，却来不及破译这一符号！
我早晨醒来时，玻璃窗十分净洁，
我看到的依旧是昨天的世界，
但它的一切使我感到陌生。
我站在窗前心里充满了孤独和不安。

是谁走过我的窗口
在黑沉沉的童年之夜？
永恒地
把我弃置在世上。

2006 年 12 月 6 日

借题发挥

闲时在网上做了一道数学题。

出题者称：二年级数学题，十人九错。

花了几分钟推导交卷。

后来的跟帖五花八门：有相同答案不同思路的，有简单复杂化的，有轻率表浅的，有自以为是还骂人笨的，有自己把自己弄晕的……

137

感于此，借题发挥一下：

1. 参差多态，耐人寻味

个体差异，世间多元。看法也好，舆论也罢，难有一律。

2. 思路决定出路

遵循逻辑，注重条理、层次，条分缕析，透过表象洞见本质，方能拨云见日。一题可以多解，殊途可以同归，重要的是走对方向。

3. 理性与情感是两条线

理性思维讲究章法，情感问题无章可循。中学物理老师曾教导我们："公理，公理，就是不讲道理。"情感问题，也不适合讲道理。不知所起，不知所终，不明所以。一旦面临情与理的冲突交战，只能是混战一场，谁负谁胜出，只有天晓得。

2006 年 12 月 13 日

于无所希望中获救

岁暮风寒。这一年眼睁睁就完。逝者如斯。

一天 24 小时，一年 365 天，等量时间对于不同的人却有快慢之别。按理说，终日忙碌的人会感觉时间过得太快，总不够用，闲散人员会感觉过得太慢，时间大把大把的。很奇怪，我这闲人竟然惊觉时光如梭，不合常理，不合常理呵。

为什么会是这样？内心感受真真切切，骗不了人的。那么，这种"匆匆，太匆匆"的感觉又从何而来？回首年来踪迹，一路追问下来，若有所思，似有所悟。

我想到了三个字："无所待"。原因应该就在这里。忙与闲可能只是表象，有所待与无所待才是本质，是内核，是心理时间的发条。一个满心期待的人，热望，渴念，焦灼，煎熬，抓狂，愁多知夜长。一切尘埃落定，万千心事终虚化，像楼上房客的另一只靴子终于落下，像标准答案被王小丫公布，像错过的球赛比分被好事者抢白，像连续剧大结局终了。这样一来，等待被取消，悬想不复在，妄念已幻灭，紧张感悄然走远，人反而放松下来，时光也就如流水般过去。

如鱼饮水，冷暖自知。无所待的人，往往沧桑已深。那些远离热闹场、低调平和的人，大抵是有些经历的。冰山仅有八分之一显露在水面上，八分之七藏在水下，看不见的才是它最有分量的部分。屈就方能伸展，低洼反能充盈，是不是这样？

无所待的状态中，对于完美有了新的认识。完美＝少量事实＋大量想象。现实坚硬无比，人注定胜不了天，主观意愿必得顺应客观规律，人的性格即是命运。金无足赤，人无完人。很多事受制于环境，受制于人，也不可能求得最优解。完善是一个永无止境的过程，残缺和无常倒是永恒。"人生若只如初见""当时只道是寻常""世间安得双全法，不负如来不负卿"。这样的假设、追悔、叹息，俱是伤心人语，幻灭者说。

自问无所待是否太过消极？自答：不是。认理认命，道法自然，舍此别无他途。血还热，心还跳，明天还是要继续，只是不再虚妄。鲁迅"于狂热浩歌之际中寒，于天上看见深渊，于一切眼中看见无所有，于无所希望中获救"。无所待也就是一种自我疗救，近乎"于无所希望中获救"。

2006 年 12 月 19 日

牌　局

MPA 班同学聚，通常安排牌局。"80 分"协会算是这个班的非正式组织，同好者自愿加入，从不打钱，还交钱作为活动费用。最大的一笔会费源于秦同学的捐赠——他把婚宴上同学们死活要给的礼金悉数存入牌协账户，大力支持牌协事业。

周末与秦同学搭档，两局都是反败为胜。其中一局是在 4 比 A 的境况下咬紧牙关，绝地重生，检验我们坚强的神经。在对手的叹息声中，不由想起我和系统内多年搭档 L 的经典战例。我俩配合默契，胜绩多多，但基本上都在落后的情形下反超，赢得艰苦卓绝，好比绿茵场上的德国人。"硬骨头"是我们的口号，后发制人是家常便饭，对方打到 10 之前，我们一般都还没起步，戏谓"打 10 之前不发作"。J某不信这个邪，发起五战三胜制的对决，结果那个夜晚成了他的梦魇。他们那晚的牌奇好，轻轻松松直落两局，第三局又顺水顺风打到A，而我们连庄都没坐过。J 得意非凡，其间奚落言词无穷，我们充耳不闻，只是专注地打好每一手牌。大逆转就从此刻上演。随着牌局的变化，他的奚落言词没了下文，转向指斥对家，闹起了内讧。我们不但没有让他做成总结，反以 3：2 的胜绩给了狂妄的 J 一次深刻的教训。一个通宵下来，灰头土脸的 J 只得认输称服。

早没了当年通宵打牌的瘾头。硬骨头精神还在，坚强的神经还在。手气不顺的时候，不怨天尤人，不轻言放弃，力争把损失降低到最低限度，尽全力然后可以无愧无悔。手气转旺，也不可轻敌大意，毕竟，笑到最后才是终局。

2006 年 12 月 26 日

牌
局

珍　惜

夜深时将来访的兄弟送出小区，送到路口，挥别。晚间喝了两泡白芽奇兰，聊了聊波澜不惊的 2006 年。与激情燃烧的 2002～2004 年相比，与跌宕起伏风狂雨骤的 2005 年相比，这一年真是平淡无奇。经历联结了我们，考验了我们，教导了我们。

天明到单位要好好清理一下办公室。该淘汰的淘汰，该归位的归位。这间待了 10 个月的办公室见证了我 2006 年的日常工作和心路历程。待一切收拾停当，我会揭开那本 2007 年日历《菜根谭》的第一页。要嚼得菜根。

博客音乐设置了一首老歌《珍惜来临的一年》，由 20 世纪 80 年代群星演唱，里边有杨庆煌、邓妙华的声音。青春年少时听来，满是希望憧憬。如今重温，只为提醒自己珍惜时光，来年多做一些关乎心灵的事。比如读书写字。

辞旧迎新的这一天，我想借博客一隅，向所有关爱我的人表达我的感恩与珍惜，送出一份诚挚的祝福：新年好！

2006 年 12 月 31 日

142

元　日

公历的元旦取自古代对正月初一的称呼，指一年中的第一天，又称元日。

王安石的《元日》诗很喜庆的：

> 爆竹声中一岁除，春风送暖入屠苏。

> 千门万户曈曈日，总把新桃换旧符。

爆竹声声，美酒飘香，红日初升，辞旧迎新，喜气洋洋。

143

这位宋朝的"拗相公"（苏东坡用"三不足"概括他的固执："天命不足畏，众言不足从，祖宗之法不足用。"）以变法、"唐宋八大家"之一载入史册。不懂政治，不好妄议他当时推行的新法，只是知道改革被废止，他用人失察让小人得志自己也险遭小人暗算，辞官归隐，晚境凄凉，时常骑驴独行于乡间，嘴里喃喃自语。他老人家评说："孟尝君特鸡鸣狗盗之雄耳，岂足以言得士？"他网罗的"士"却不乏斯文败类，谁高谁低呢？

他"登临送目"作《桂枝香》一词："念往昔、繁华竞逐，叹门外楼头，悲恨相续。千古凭高对此，漫嗟荣辱。"繁华与悲恨，兴衰与荣辱，他到老时才真正参透吧？

他的名篇《游褒禅山记》借游记说明治学的道理，主张探本索源，深思慎取。可他老人家的字源学研究却背离了自己的治学主张，望文生义，落下笑柄。苏东坡用反证法将相爷的学说推向荒谬之境。

"鸠"字由"九"和"鸟"字合成，显然"九"字表音。王安石不管语音学的道理，只想从意义上找点趣谈。一天，苏与他闲谈时，忽然问为什么"鸠"字由九、鸟二字合成，王安石语塞。苏东坡就帮他从诗经找依据"鸣鸠在桑，其子七兮。"七只小鸟加上父母两个，不是九个吗？"波"字引发了王安石丰富的想象，他说："波者，水之皮也。"苏东坡戏谑道："波者，水之皮也。滑者，水之骨也。"

大过节的，从元旦扯到王安石，又从王安石扯到了苏东坡。干脆再说一则苏东坡的轶闻。

有一次，苏东坡去拜访宋朝另一位相爷吕大防。吕胖子正在午睡，害苏东坡等得不耐烦。待吕出来，苏东坡用手指向客厅中一个大瓦缸里背长绿苔的乌龟，说："这种东西没什么稀奇，难得的是一种三对眼睛的乌龟。"吕眼睛瞪得溜圆："是吗？有六个眼睛的乌龟？"苏东坡一本正经地答道："当然，唐中宗时，有个大臣向皇帝敬献了一只乌龟。皇帝问他六个眼睛的乌龟有什么好处。大臣说六个眼睛的乌龟有三对眼，普通乌龟只有一对。所以，你看，六眼乌龟午睡时，他要睡三个普通乌龟的觉呢。"

2007 年 1 月 1 日

144

牵不到你的手

有一首歌让一个姑娘 15 年来挂肚牵肠。15 年前，她刚刚参加工作，世上最疼爱她的那个人，她的父亲，身患绝症撒手尘寰。很长一段时间，她天天哼着那首歌，一遍一遍怀想父亲，泪流成河。时隔多年，歌名已记不准确，她本以为这辈子再也找不到听不到那首歌了，却在无意间看到一档电视节目，当年的歌者旧事重提，唤醒了她的记忆。就是他，就是那首让她哭得死去活来的歌——《牵不到你的手》。按歌名从百度上搜来老歌，又让她哭肿双眼。

她问我好听吗？我答：情真意切，乐景写哀。"为何在我最需要你的时候，牵不到你的手。"可惜当年的配器差了些，如果现在有人翻唱，效果会更好。她说，当年就那条件，已经让她泪不能禁了。养欲孝而亲不在，痛呵。也许在别人听来不一定好听，却让她感同身受。

是这样的。一首歌在某个特定时段触动你的敏感神经，就会具备强烈的情感冲击力，就像代言了你的心声。我在那段赋闲时光里狂爱许巍的《漫步》，其理相同。

牵不到你的手

演唱：高凌风

你曾经轻轻牵着我的手

走过草地踏过山坡

你说那青山永远挺立

流水它永远无尽头

人生是一场血泪的战斗

不要向失败低头

噢爸爸为何你走得匆匆

来不及告诉我来不及告诉我你就走

生存的条件就是要忍受

经得起现实折磨

为何在我最需要你的时候

牵不到你的手

　　诗言志，歌永言。好诗和好歌会长在会意者的心里。经历了几番风雨，近来多次重温北岛的《一切》，他高度浓缩的诗句胜过我的一切言说。

一切都是命运

一切都是烟云

一切都是没有结局的开始

一切都是稍纵即逝的追寻

一切欢乐都没有微笑

一切苦难都没有泪痕

一切语言都是重复

一切交往都是初逢

一切爱情都在心里

一切往事都在梦中

一切希望都带着注释

一切信仰都带着呻吟

一切爆发都有片刻的宁静

一切死亡都有冗长的回声

2007年1月10日

146

父 与 子

星期五晚上，从酒桌喝到酒吧，喝了多少、喝到几点一概不知，记忆就停留在被人送出酒吧那一刻。第二天早上醒来时，很奇怪自己穿着毛衣外裤睡了一夜。起来喝水，发呆，想不明白自己怎么到小区、怎么上楼到家的，包呀钥匙呀都在。现在喝酒总不知道啥时候就高了，不会吐，那时候喝酒跟喝水一样，回家往往就不省人事了。痛饮从来别有肠。酒后的失忆、空白，让我感到不解又觉美妙，也许只有这个时段才是真正什么也不用想，什么也无关痛痒的。

不过，醉酒的后遗症就不那么美妙了，四肢无力，头痛欲裂，发一阵呆再去挺尸。午后再醒，还是头重脚轻，整个下午都恹恹的。傍晚儿子抱着足球回来，眼角挂着泪说无端被一个 12 岁的胖男孩打了。这个消息让我顿时清醒过来，拉起儿子冲下楼。其时，刚好赶上下雨，我让儿子把防水布外衣的帽子戴上，他问："爸爸那你怎么办？"我说爸爸没事。肇事的浑小子住哪楼哪座不太清楚，我带着儿子辗转多处，终于在小区门口的小饭馆里发现了埋头大吃的一对母子。跟他母亲打个招呼，告诉她我儿子被你儿子打了，找你们没别的意思，希望你儿子向我儿子道歉。那粗壮敦实的浑小子（不知怎么吃的）居然抵赖。我怒喝道：一起玩的孩子我都问过了，你还敢不认？我儿子根本没惹你，你仗着比他大比他粗壮打了白打是吗？浑小子这下软了，认账道歉。我说声打扰，拉起儿子就走。路上对儿子说，你现在还比

147

较弱小，爸爸有责任保护你替你出头，但最要紧的还是那句话："男儿当自强"。儿子点头。

晚上记起喝多那晚老弟发来的短信："爸患疝气。我开春带他去开刀。"给老爸打电话问病。老爷子实在豪迈："莫得事。莫关系。遇到事情大笑三声，哈哈哈。"儿子抓过电话关切地问："爷爷你紧不紧张呀？"接下来跟爷爷汇报去年最后一天是他有史以来进球最多的一次，一人踢进 14 球。然后把他改编自《蓝莲花》（不知许巍会不会有意见）的足球之歌献上："没有什么能够阻挡/你对足球的向往/天马行空的球场/你的球暗淡无光/冲出开球的中场/来到球门一旁/当你触球的瞬间/就发觉脚下的球/心中那进球的时候/就马上摆在眼前/开始了永不停息/世界杯！"逗得爷爷笑声更加爽朗。老爷子让孙子把电话给我，问我的近况。我说最近都在看《卧薪尝胆》。我会好好培养天天的，请他放心，多保重。老爸说不要给天天太大压力，我说我晓得。

为了爱误一生的父亲，隔山隔水的父亲，儿子平安无事孙子健康成长，就是你古稀之年的莫大安慰了吧。

2007 年 1 月 21 日

时间玩笑

　　早上手机闹钟还没闹就被儿子声声催唤。开机一看，还差半小时呢。儿子说不对不对，家里的钟都七点过了。我再看手机，日期显示1月1日，星期六。接着查日历，显示竟然是2000年1月1日。水货手机这个玩笑开大了。

　　《围城》里方鸿渐家祖传的老钟就爱跟人开这种玩笑。钱钟书先生的结语余音袅袅：这个时间落伍的计时器无意中包涵对人生的讽刺和感伤，深于一切语言、一切啼笑。

　　如果真有时光隧道，让我的今天就回溯到新千年的元旦，一切都尚待铺展，会不会走向不一样的七年，经历不一样的悲喜？会不会像个先知先觉的达人指引自己在每个阶段每个路口该怎样不该怎样？如果命运可以先知先觉可以自行左右，那还是自己的命运吗？如果可以先知先觉却不能左右调整，那么先知先觉拿来何用，会不会让自己对人生兴味全无深陷绝望？

　　事非经过不知难。所有的阅历都只有阅了历了才会具有。我们对某些人生忠告的真正认同也只有在经过之后。从办公室的《菜根谭》日历上读到这样的句子："居卑而后知登高之为危；处晦而后知向明之太露；守静而后知好动之过劳；养默而后知多言之为躁。"大意是：到了低矮的地方观察，才知道向高处攀登充满了危险；到了黑暗的地方，才知道当初的光亮过于耀眼；持有宁静的心情，才知道四处奔波的辛苦；保持沉默，才知道过多的言语所带来的烦躁不安。

没有先见之明，就得为成长成熟付出代价，换取后知后觉指引往后的人生。

史鉴使人明智，历史的经验也会教给我们许多。比如历史剧《卧薪尝胆》已经让我接受了卧薪尝胆、十年生聚的励志教育，不知道接下来的剧情会不会揭示"大名之下难久居""狡兔死，走狗烹，飞鸟尽，良弓藏"的人生教训。该剧能让我这个不怎么看电视的人连续看下来，剧本题材是原因之一，陈道明、胡军的演技出色也是重要原因。陈道明刻画的越王勾践，忍辱负重装疯卖傻时恍见方鸿渐的落魄无奈相，重整河山开创霸业时若现康熙的帝王气度；胡军饰演的吴王夫差也神形兼备。韩磊、谭维维演唱的片尾曲《千古一王》荡气回肠，剧本台词也相当精彩。要说瑕疵的话，勾践面对侍卫岩鹰的刺杀迎刃而上太不靠谱；夫差说了两遍的"凯旋归来"算一个；棠丽夫人说的"我在默写一首诗词"就让我忍俊不禁了。春秋时期就有了词？这个时间玩笑开得比方家的老钟、我的手机要大多了。

2007 年 1 月 24 日

出版是一场豪赌？

从海都报的"双语说新闻"看到 Bookmaker：编辑人，出版者，赌马业者，马票商人。

原来英文的编辑出版与赌博大有渊源呵，从业多年这才知道，汗呐。

报上说了，从 Bookmaker 这个单词本身来看，它与书有关系。不过这个词最早源于赌博，和赌马有关系。你想呵，你要去赌，总要有个人拿个本儿记账吧！最后你输也好，赢也好，这个记账的人就要靠他的小册子上的押注信息，来决定是收赌徒的钱，还是赔他们钱，应该收多少，应该赔多少。

出版业的幸福时代早已远去。"书荒"结束后，只问编书不愁销路，一本书动辄十万百万印量书店包销的好日子一去不复返，发到一万册的书就具备了参评全国优秀畅销书的资格。全国书市也好，北京图书订货会也好，媒体宣传的订货码洋（总定价）数字总是一届更比一届高，业内人士的真实感受却是"王小二过年，一年不如一年"，放卫星拯救不了出版。

一本讲日本出版业现状的警世书《出版大崩溃》在业内引发过不小的震动。浮躁跟风，产品同质化、快餐化，新书越卖不动越出（为了收回前一批的货款）等症状，在中国出版界同样存在。震动归震动，反思归反思，如今有什么改观吗？

151

新华书店靠教材发行养着，靠拖欠几百家大众读物出版社的货款扩张着奢侈着，将资金和库存风险完全转嫁给出版社，回款遥遥无期，退货没得商量，把出版社肥的拖瘦、瘦的拖垮。如果说出版是一场豪赌，那么按照定律，真正的赢家就只能是开赌场的，谁让大众出版有那么强的卖场依赖呢？赌不起或不敢赌的咋办？不进卖场。有多少出版社靠出教辅（练习册）维持生计，有多少出版社靠部门掏钱出书、作者自费出书苦苦支撑？可是可是，文化单位却不能为社会提供、创造文化价值，是不是丧失了存在的理由？

畅销书可遇不可求，常销书生命周期越来越短，肩负政治责任、经济压力和文化使命的出版业何去何从？有人说创新体制转换机制，有人说加强研发策划，有人说加大营销力度，有人说数字化，有人说专业化专门化，有人说人才团队，有人说企业文化，有人大胆放言股份制。

152

一家出版社如果不能由真正爱书懂书的人组合而成，编辑人、出版者没有对书的无比热爱，在现行政策体制下，所有的举措都只是改良。

那天看到一位生物学老师用专业术语规劝学生不要早婚早育的妙语：结婚之前，行动绝对自由，是"动物"；结婚之后，行动有了一定范围，不太自由了，变成了"植物"；等到生儿育女以后，基本没什么自由可言了，就成了"矿物"。看罢，终于整明白我究竟为何物了。活到这份上，自己无论从生活上还是职业上，都成"矿物"了。之所以还会在这里说什么出版道什么豪赌，不过是"矿物"的闷骚吧。

2007 年 1 月 31 日

你是我生命的延续

一见你就笑。总喜欢摸你的头，吻你的脸。总喜欢牵你的手，兜你的肩。看不够你熟睡的模样，听不够你慢条斯理的声音。

你是这样鲜活灵动的存在。说一口标准的普通话，写一手漂亮的字，上知天文下知地理，酷爱科技心灵手巧，幽默搞笑妙语连珠，朗诵演说唱歌踢球样样在行。

想到你心都甜。乐于知道并且谈论你的一切。没来由没道理地在你涵盖三大洲的名字和小名"天天"之外发明了"小臭乖""狗猫""肉肉"等称谓，叫得肉麻兮兮柔情万种。

你我相似之处不少。比如耳朵鼻子身段神情气质，包括头型（理发师评价：连难剪的地方都一样）。好多人见了说，一看就是父子俩。每每这样的时刻，我都把老脸笑得稀烂。当然，你比老爸帅多了，而且，你头大，我头小。你叫我"小头爸爸"，我唤你"大头儿子"，对唱"大头儿子，小头爸爸，一对好朋友，快乐父子俩。儿子的头大手儿小，爸爸的头小手儿很大。大手牵小手，走路不怕滑。走呀走呀走走走，转眼儿子就长大。嗯嗯嗯"是我们的保留曲目，常常效仿片中父子互致五个吻作为你的睡前仪式。记得我俩在作家沙龙联袂朗诵和表演小品的默契么？记得我俩选家当样式颜色时的异口同声么？记得熬夜同看世界杯的鼓噪呐喊么？记得两人 N 次在家抢着上卫生间时的开怀大笑么？连内急都同步，真受不了你。

153

你我又和而不同。你脑子里装着十万个为什么，天马行空创意迭出，我思维僵化自愧不如。你会五线谱钢琴考了二级，我一看那些小蝌蚪就晕。你英语听力不错发音也标准，我不知所云念出一口椒盐腔。你不用说明书都动手能力过人，我看了说明书照样束手无策。不过，你忘性大经常丢三落四，我记性不错总要提醒你；你相对娇气脆弱，我天生一副硬骨头。你吃了些苦头已经觉悟，来日方长，愿你赶上并且超过我。

为你换第一张尿布、泡第一瓶奶粉、写第一篇成长日记的情景依然清晰无比。我有儿子了，我当爸爸了，高兴昏了。你精致可爱有如小嫩藕，你是上天赐给我的宝，你是我的心头肉，你是我生命的延续。在农家饭庄办满月酒时，我对亲朋好友说，希望你人格健全、苗壮成长。转眼间，你已长到我的胳肢窝了，你可以和爸爸做朋友式的交谈了。最让我欣慰的是，你天性纯良，天资聪颖，好生保持，好好用功，相信你一定会有美好的未来。

我不是一个称职的好爸爸。前些年，因为忙碌因为焦虑，没多少时间精力花在你身上，很少过问你的学习很少陪你玩听你说话，屡屡对你不耐烦对你简单粗暴。爸爸一直为此深感愧疚，我对你的珍惜关爱太不够太不够，我欠你太多太多。可你总是那么大度宽宏，爸爸对你好的点点滴滴你都记在心上，爸爸的凶恶霸道你统统原谅。这一年来的接送和较多时间的相处相伴，我们父子俩亲密无间，你带给了我太多惊喜和难以言传的幸福感。我为你向误伤同学家长电话说明情况那天，你喜极而泣哽咽道："我是高兴呵。我现在才知道爸爸很爱我。"我高兴而又羞愧。有一次晚饭时说到接送，你郑重其事地宣布："我觉得爸爸很有责任感。"我的内心感受也和那天一样。

上个月去外面吃饭的那个傍晚，你拉着我的手，一路细说你的每一个进球，因为我的倾听你就一脸满足，目光里满是信任依恋，像极了你婴儿期醒来凝望我的表情。那一刻，爸爸感动，也觉酸楚。你一天天长大长高了，大手牵小手的时光不知还有多久，再过八年，你就该念大学离开爸爸身边了，到时候我不知道自己能不能忍住眼泪。那一刻，爸爸痛惜已经流走的近十年光阴，倍加珍视还能与你共度的时光，好让我弥补自己的过失和歉疚。

周六就是你 10 周岁生日了。晚间爸爸感叹道："人生能有几个十年？"问你生日那天会发表什么感言，你笑答："人生能踢几场球！"痴迷的足球小子呀，你可知道，爸爸当时就想了——那天只要没下雨，老胳膊老腿儿定要和你踢一场球，和你一起跑一起疯，一起挥汗如雨。

2007 年 2 月 8 日

155

春风一过天地宽

狗年的最后一天，在爆竹声中醒来，已是正午。开机收到老友的一则短信，大有幸福猪的感觉——猪年到了，让我们向猪学习。学习它"人怕出名猪怕壮"的谦虚态度；学习它"死猪不怕开水烫"的大无畏精神；学习它"猪鼻孔插葱"的艺术修养；学习它"猪八戒倒打一耙"的战略思想；学习它"猪八戒照镜子里外不是人"的诚实品质；学习它"猪八戒背媳妇"的生活作风；学习它"猪狗不如"甘为人下的博大胸怀。让我们积极向猪学习，为构建和谐社会而努力奋斗！将俞老师手书的春联贴在了家门口：春风大雅能容物，秋水文章不染尘。横批：大地回春。短信通俗，对联风雅，意思都好，我都喜欢。就像我喜欢电视剧《孝子》主题曲的歌词一样："落花有情，流水无缘，春风一过天地宽。红尘有深浅，投石问暖寒，春风一过天地宽。大天大地大胸怀，小恩小怨何苦来，得失之中无得失，笑谈之中非笑谈。"

新年第一期《天涯》杂志刊有李敬泽的一次讲演《为小说申辩》。欣赏敬泽兄的个性化批评，曾约他策划主编过一本《小说极限展》。看得出，敬泽兄也深受存在主义影响，他认为的好小说告诉我们人如何选择、行动、死亡而依然自有其意思，人如何向死而生，让我们穿过那些名牌、成功、减肥和口舌之辩的喧闹，直接触摸我们的存在。好小说保存着对世界、对生活的个别的、殊异的感觉和看法。他认为读小说的一个重要理由是：理解他人的真理。

敬泽兄阐发道，真正的公民道德要从理解他人的真理开始。小说家在开始工作时所依据的基本前提，就是理解和尊重他人的真理，鉴赏人性的丰富和有趣。小说承认人的无限可能性，人的选择、行动和精神取向如此繁杂，如此差异多姿，小说家的根本热情就是探索你何以如此，求证你的那一套如何形成如何发展如何经受考验如何成立或破产。伟大的小说家对人一视同仁，他公正地对待人、对待生活。在"有"与"无"之间，在生与死之间，人有无限的想象和认识、选择的可能。

前两天看到一句话："在人之上时，要把别人当人；在人之下时，要把自己当人。"自忖是这样做的。亦雅亦俗，大雅容物，以平视的眼光理解他人的真理，"不干人，不屈己"，做我的事，得我的趣，春风一过天地宽。

157

2007 年 2 月 17 日

猴子捞月

今天是儿子 10 周岁的农历生日。和儿子一般大小的年纪时，看过一部经典的动画片，许多年过去，从不曾忆起。

就在 18 小时前，儿子正做寒假作业，忽然问我："爸爸，你的属相可以组什么成语？"我脱口而出："猴子捞月。"说完自己都很纳闷，这部动画片原来还植根于我的记忆深处。为慎重起见，翻查成语词典，却不见"猴"字打头的成语，只有"尖嘴猴腮""杀鸡儆猴"之类贬语。赶紧告知儿子，爸爸记错了，"猴子捞月"是经典童话但不是成语。台湾编新教材，别有用心地把西方童话"三只小猪"列为成语，舆论哗然。自己的无心之失，险些误我子弟。

猴子捞月。说的是一群傻猴子为了将一轮明月捧在手心，拥之入怀，攀高峰，搭人梯（该是猴梯），却怎么也够不着天上的月亮。然后，一连串的倒挂金钩，以高难度动作去打捞水中的月亮，搅动一方井水，可是月亮不见了。抬头望天，月亮还在傻猴们遥不可及的地方挂着呢。

自己也是那群傻猴中的一只吧。一度为了水中月镜中花，愚痴着徒劳着却不自知，要经历多少次的挫败绝望，才会发觉幻象的虚妄？亦真亦幻的月亮呵，傻猴的挣扎求索让你哂笑还是悲悯？每当白昼来临，你又去往何方，傻猴极目天际可能觅见丝毫影踪？

为这个生肖自豪，多是源于《西游记》里的"美猴王"孙悟空。

踩筋斗云，会七十二变，使如意金箍棒，倒海翻江，大闹天宫，"齐天大圣"何其神勇。就是这样一个似乎无所不能的盖世英雄，也终究逃不出如来佛的手掌心。《大话西游》里至尊宝离去的那个背影，无奈悲感令人潸然泪下。

拎不清自身限度的傻猴，是可爱，可笑，还是可悲？抑或三者皆有？

2007 年 2 月 21 日

一派天真

"跟什么人吃饭，比吃什么更重要。"这是一位前辈教导我的。

昨晚的饭，吃什么不重要，同吃的人很重要，全是 20 年交情的大学同学。而且，你也别想吃什么，因为主要任务是喝。班长老猫早备好了 8 瓶高度茅台，L 君赶来主持工作。

在西二环牡丹酒楼开了两桌。除了在榕同学，还有从北京回来过年的戴二愣一家，从厦门专程赶来赴会的兰老乡一家，从闽清赶来的张检察。学中文的不管自己去搞电信还是灭白蚁，文学情结不改，把自己最好的作品——宝贝女儿名唤"戴滋遥""兰亭序"（谐音）。喝酒的这桌，菜还没上，一瓶茅台就光了。按 L 君定的规矩，整瓶酒被 8 个大玻璃杯均分，第一杯全桌起立，一口干掉，腹内顿时灼热。接下来还是如此量化，不过节奏放缓，找题目完成自己的定量。L 君搞酒总是这么豪气干云，在公务场合从没倒过，为数不多的几场醉全献给了同学。让他致辞，口才奇好的他却只说："为猪年干杯!"兰老乡抗议道："这不废话吗?"L 君说："这年头，都说真话太难，比如老欧只能在博客里全说真话，在单位就不行。全是假话的人我们学不来，所以，有时候就只好讲讲废话啦。"同学范围是什么话都可以说，什么玩笑都开得的。大家旧事重提，比如戴二愣结婚为什么 305 酒量最好的小魏喝醉了? 兰红结婚为什么 304 酒量最好的老欧喝醉了? 黄老怪的趣说令两桌人笑倒，从福清去了东京的高老二同学有次回来，问他福州哪里好泡妞，老怪说不知道。高老二问：那你平时都跟谁搞？老怪说也就跟福清人搞啦。高老二很不悦。老怪心知他误会了，肯定以为侮辱他老家人呢，赶紧补充道：因为我老婆就是福清的。老怪把包袱抖完，大家一致评价：你太有才了！

干掉 4 瓶茅台之后，大家意犹未尽，响应 L 君号召，浩浩荡荡开往东皇太 1 要了个巨大的包厢喝啤酒 K 歌，叙旧话新。我和戴滋遥合作 *Supper star*，与 L 君齐吼《从头再来》，一派天真，仿佛重回到那个纯真年代。夜阑大家依依惜别。为什么走得最急的，总是最美的时光？

2007 年 2 月 24 日

漫长的一周

年后一上班，就从星期七上到星期五。许是"过年综合症"作祟，节奏一变，老觉得睡眠不足精力不济，这一周也就尤为漫长。

"林黛玉"出家变身妙真；奥斯卡颁奖把《无间道风云》的翻拍出处说成日本；就业促进法首议，全国两会召开在即，十七大代表开选；沪深股市暴跌，新疆大风吹翻火车；国务院任免一批高官，郑筱萸被双开；省里号召向"小巷总理"林丹同志学习，电影《谷文昌》首映；福安一大狼狗上桥上街坐电梯上酒店狂咬多人后自毙……

一周天下，热热闹闹。系统内部，风平浪静。单位的例会支部会雷打不动，新人面试井然有序。责编把编好的稿件放到案头送审。来访的老中青友人都说这里好清静。我说清静好呵，此处全无碍眼人，适合修身养性。

审稿时见清人胡澹安的劝世文意思不错，顺手抄到活页纸上："思量疾厄苦，无病便是福；思量悲难苦，平安便是福；思量死来苦，活着便是福。也不必高官厚禄，也不必堆金如玉。一日三餐，有许多自然之福，我劝世人，不可不知足。"

知足惜福，源于感恩的心，源于豁达的态度，源于际遇的开示。生日在鼓山脚下培训时读过一篇文章，作者把自己的经历和觉悟提炼为《疾病之赐》。她本是一个有着太多设想太多目标的人。自然科学和写作，分别是一个人穷其一生的精力也不一定能做好的事情，但在她的规划中，一个人似乎能做两辈子的事情。在她人生的中途，34岁那年，没有一点征兆一点思想准备，冷不丁就被病魔抛出了正常工作和生活的轨道。此后四年半的时间里，有 26 个月是在医院的病床上度过的。疾病的重量之下，生活陷入一片混乱。也正是这种混乱使以前不经意的日常平淡生活，突然间焕发出了遥不可及的新意。那个一日三餐、昼出夜归、按部就班的生活，那种熨帖、惬意和从容不迫，才是最好的生活、最好的日子。和疾病打了十几年交道之后，她说着敬畏感恩和谦恭，说最应该抓住的是此生的觉悟。

我早上在尚干依强拌面扁肉店看见，为小生意劳作忙碌的人是朴实谦恭的。中午把快餐送到我案头，收钱总要道谢的中年汉子是朴实谦恭的。他好像永远穿一身蓝衣蓝裤，花白的平头，走起路来虎虎生风。他唯有一次多说了几句，因为他们军门社区的林丹主任见报了，他的快餐店就是她帮忙搞起来的，领导人还到他店里参观了呢。

杂文写得很老辣的老宋来看我，送我四个字"养精蓄锐"。他老人家患过敏性鼻炎，用卫生纸不断擦着鼻水，跟我语重心长地说："影子一天里高度总在变化，说明不了什么。看一个人的高度，要看他自身而不是他的影子。"与三位兄弟的会面也很愉快，交流近况，互相宽慰互相勉励。

应阿茅兄弟之邀，带儿子去和 89 级的师弟们在新店铁路桥旁的足球公园踢了回夜场。他们是打仗亲兄弟，我们是上阵父子兵。来来往往灯火通明的列车打墙外过了三趟，铺了假草皮的球场好像也随之驿动，一瞬间有不知身在何处的飘忽感。

天涯网友左手刀客在福新路开了家"巴国演义"精品川菜坊。前天晚上几位网友邀约小聚。吃着很对我这川人口味的"草船借箭""刘备烤排"泡菜担担面，听他们从刀客有几年吃老本啥也不干就在西湖边看杂书说起，又讲了好些趣人逸事，自己的生活半径似乎也开阔起来，不知不觉就吃到了十点钟。

　　漫长的一周，有这些细节点缀其间，平淡的生活也变得饶有兴味了。

2007 年 3 月 2 日

如此 DIY

昨天上午，当我从跑错了的东方大酒店转向隔壁的东方大厦上到603包间时，一见三位急不可耐的同学，顿悟这茶艺居取名"山雀伊"的奥妙——三缺一啊三缺一。

坐下来就开打"80分"。未几，进来一位不认识的，瘦高个戴眼镜，笑起来满脸都是牙。叶同学介绍道，他的中学同学，姓蓝，在新大陆公司。刚才MPA班同学没来几个，所以叫他来救急。让他打他摆手说不，搬张椅子在一旁坐了，从兜里取出古老的铝制烟盒。打开一看，全桌人都乐了。里边除了黄黄的烟丝，就是一小截一小截的白色东西，乍看以为是白粉。叶同学笑道："你搞这么多摇头丸干吗？"蓝老弟说："这你就不懂了，现在什么都讲个DIY。我组装一下，你们抽抽看。"

DIY（Do it yourself!）据说代表了一种自主精神，代表个性风格，自己动手做，挑战自我。听说过DIY家装DIY电脑DIY音响，这DIY香烟大概与小时候所见自卷叶子烟类似吧，不过纸质和造型先进了许多。我们打牌，蓝老弟在一边精工细作。做成了几根让我们品尝，交代我们使劲吸，这烟容易熄。我们没品出什么味道。蓝老弟并不恼，自点一根，很有成就感地吞吐起来，边抽边说："有一对大学生关在宿舍里谈恋爱。辅导员敲门，死活不开。辅导员说，你们关在里边做什么？男生回答：老师，我们在DIY！"

中午十几个人在二楼吃火锅，畅饮免费啤酒。蓝老弟与众不同，要了两瓶小二喝得满脸通红，其间说了不少人生妙论。我说你这样的人待在电脑公司是资源浪费，该进军文艺界。叶同学善意提醒他脸喝这么红下午怎么见老丈人。蓝老弟不以为意，又喝下一大口，胸脯一拍，口出豪言："怕什么。他要看不惯，我就把你这领导的话说给他听：不换思想就换人！"

2007 年 3 月 4 日

很抱歉我现在不在王位上

"你好，我是丽兹（伊丽莎白昵称），很抱歉我现在不在王位上。如果想打菲利浦的热线，请按 1；如果想打查尔斯的热线，请按 2；如果想找威尔士矮脚狗聊天，请按 3。"

以上是英国女王的两个宝贝孙子威廉和哈里的杰作，为祖母的王室专用电话设计的一段无人接听时的欢迎词。当女王的私人秘书检查这段电话录音欢迎词时，惊得差点从椅子上摔下来。"母仪天下"的女王一开始听到欢迎词内容，也惊呆了。待缓过劲来，她从这段欢迎词中看到了有趣的一面，当她猜想那些大人物也许会听到这段幽默搞笑的电话欢迎词时，自己也忍不住咯咯笑出声来。

哈佛大学商学院教授、《财富》500 强企业咨询顾问马克·阿比恩经常应邀给一些大公司的高管上课。每次上课，他总是这样开始：让每个人用 15 分钟时间画出他们小时候家的样子。一开始许多人会犹豫，说他们小时候经常搬家，所以不晓得哪间房子才是家。于是阿比恩教授耐心地启发引导，让每个人仔细想想，好好回忆，用心揣摩那种真正的家的感觉……慢慢地，所有人都放松下来，开始动笔。往往预定的 15 分钟总是延长为 30 分钟，很多人眼里闪烁着泪花，还有人不得不离座去盥洗室，空气中充满了怀旧的情绪，所有人都深受感动……

然后，阿比恩教授说："小事可以用头脑决定，但大事应该用心决定。现在，我们通过想家达到了自己的内心，伪装已经去除，可以开始谈生活和工作中的大事了！"

成人因为社会角色的规制，往往自觉不自觉地戴着"盔甲""面具"工作和生活，端着绷着沉闷着，久而久之变成一种习惯。通过与孩子相处或是怀想少年时，会有意想不到的发现与感悟，本真趣味自然呈现，单纯的快乐溢满心田。归真返璞的孩子气，也许能帮助我们找到最本质的出发点，找到幸福之源。

2007 年 3 月 6 日

168

印　记

来了广西同学小黎子。尽管他有着两年前赖酒推杯的不良记录，福州同学还是争着抢着接待，当然有一个很重要的主题：整风。两天里从黄岐喝到巴国演义，硬是端正了他的酒风，于是宣布：上次来福州的记录删除，大家只记得他 1999 年和 2007 年来过。

小黎子是桂林人。桂林话把肝胆朋友叫作"狗肉"。这群 20 年交情的"狗肉"们聚在一起，不免要回首往事，比如许大马棒为何被叫作"三八守门员"，比如小娄同学的解围头球如何直奔自家球门死角，比如厦门火车站那家很正宗的川菜馆如何启蒙了福建同学的吃辣水平。历经时光的淘洗，总有一些磨不掉的片段会积淀下来，化作绵密深长的记忆。手边有一本中学时代的笔记本，里边抄录了一首诗，题为《记忆》，作者不详。现在重读，还是很耐嚼：

　　总想遗忘，总不能遗忘

　　那扇小小的窗户，始终没关上

　　是一支歌的颤声？

　　是一朵花的馨香？

　　是一个神秘的暗示？

　　是一次剧烈的冲撞？

　　是突然到来又突然失去的甜蜜？

　　又令人悲伤又令人刚毅的创伤？

也许，也许……每人记忆的画板上

都有暴风雨洗不尽的

一抹青黛，一抹苍黄

而她给我的只是一个表情

一个无法解释的含义

是应允？是拒绝？是惊喜？是忧伤？

说不清，永远说不清呵

足够我一生去思量

去慢慢儿回想

总想遗忘，总不能遗忘

每人都把一个影子，牢牢刻在心上

忽儿披露，忽儿隐藏

人是会选择性记忆的动物。不必刻意去记得或是遗忘。有些人有些事，不思量，自难忘。此去经年，隔了山水隔了岁月，那逝去却能留下印记的一切都将美好起来。张小娴在《刻骨的爱人》一书后记中意味深长地写道："我和你，无非都是这世上的一只过境鸟，也曾在彼此生命里留下飞渡的痕迹。"

2007 年 3 月 9 日

喜宴现场

3·18一定是黄道吉日。这一天，小彰彰的婚礼订在圣地亚哥酒楼举行。这位搞美术的长发青年，我曾在《心态》一文中提及，性别特征不明显，性格特征很明显，对生活的满意度比较高，口头禅"嗯，不错"广为流传。一度定制了同等身高的女人体模特伴他度过漫漫长夜。小彰彰再也用不着那替代品了，嗯，不错。

傍晚还没出门，接到茅兄电话，说他从九龙城走过来，和我一道走。眼镜圈数呈酒瓶底形态的茅兄有时候犯迂，比如两人过从密切，发来短信一定署上姓氏，紧接着再发还这样。为了落实喜宴地点，他周末特地赶到办公室拿请柬，拿到一看，原来就在住址不远处，又折回再出门约我，一个电话就搞定的事儿，也不嫌累。两人冒着蒙蒙细雨往长乐路走，说话间就见前方霓虹灯闪亮处，"圣地亚哥"四字赫然在目。

在大堂一见西装革履的新郎官很不适应。平常落拓不羁的家伙一旦正装起来，就让人疑心那身衣服不是他的。当他眯缝着小眼敬烟点烟时，我忽然发现他像极了一个人：周星星。

喜宴起码有三十几桌，把个三楼大厅排得满满当当，我们所在的桌号是"23＋1"，想来是出于避讳。原单位的哼哈二将吴刘一落座，气氛就出来了。颧骨突出麻秆身段的吴（《兄弟连》热卖时，我曾对他说，我俩走在一起，就是兄弟排，排骨的排）消息灵通，说今晚的司仪是"福建蒋大为",名片上就这么印的,哪天老子也印个名片,叫"得贵巷吴昌硕"。他的名字与吴大师仅一字之差,也画画,大家就觉贴切。长发飘飘门牙摔掉也不补的老顽童刘,四十大几的人了,孩子才满周岁。他跟"80后"打成一片,酒喝得,歌唱得,新歌比他们还会得多。他最痛苦的一段时间,是迫于老爷子急着抱孙子的压力"封山育林",出来吃饭啤酒限量一瓶,他说孩子生下来不管男女就叫"刘一瓶"。见开席时间未到,他说得去对面家乐福买东西,家里没醋了。我赞他现在是好爸爸了,刘叹一口气道:"唉,还不是为了刘一瓶。我老婆经常威胁我,说我表现不好她就带儿子走。"壮实博学的冯发言了:"男孩子小的时候是愿意跟母亲,到了15岁以后,很多男孩都更喜欢跟父亲。"刘一听这话,两眼放光,一拍桌子:"要真是这样,我就忍上15年。也不用15年,现在已经一年了,我再熬14年也就够了。"顿一顿,他好像才联系自身实际做完算术,泄气道:"那时候,我也该退休了,还能有什么想法?"满桌哄笑。

从造型到声音都刻意模仿那男高音歌唱家的"福建蒋大为",用嘹亮的高音把婚礼主持变成了自我推销会和个人演唱会,靠近音箱的那桌边捂耳朵边摇头:"受不了,受不了。"他先是宣布自己在中央三套"挑战蒋大为"比赛中拿了金奖,表示牛皮不是吹的。然后他时而普通话时而福州话把一对新人和女方父母耍得团团转,主持成了主角,令我对他们提线木偶般的处境深表同情。好不容易仪式走完,不出吴之所料,《在那桃花盛开的地方》《牡丹之歌》《敢问路在何方》等一曲曲大为歌唱个不休。吴见邻桌的中老年妇女表情激动掌声热烈,就凑过去说:"你们这么喜欢,我把他叫到你们这桌来唱怎么样?"她们喜不自胜:"好好好,你告诉他,不过来我们就不鼓掌了。"吴甩甩脖子上的围巾,被邻桌目送着穿越好多桌走到"福建蒋大为"近前与他耳语一番。回来时告知,他激将说这桌怀疑是假唱,保准过来。果然,歌唱家跟了过来。我说那桌全是你的粉丝,他得意非凡,对那桌发问："你们谁知道粉丝是什么意思？"然后把麦克风一递。先前活跃异常的一桌人竟然羞得低头不语。隔壁桌的男青年见状，故意高喊："就是山东粉呐。"歌唱家就站在一桌"山东粉"边上，卖力演唱了一首非大为歌《双脚踏上幸福路》。她们听得满意，恢复到先前的亢奋状态，又是敬酒又是要名片的，他的目标客户群找到了。唱罢一激动，他朗声道："祝大家双手踏上幸福路！"得，全成兽类了。

2007 年 3 月 21 日

喜宴现场

吟赏烟霞

北岛说:"一切都是命运,一切都是烟云,一切都是没有结局的开始,一切都是稍纵即逝的追寻。"博尔赫斯说:"一种命运未必比另一种的好,而人,应当遵从心灵的指引。"

烟云变动不居,变幻莫测。命运有如烟云。谁能参透,谁能尽握?巴顿在凭吊古战场的时候就清楚地知道:"这一切都是过眼烟云。"可他还是选择做了一位"过眼烟云"的将军。

成也好,败也罢,我们都可能成为某个地方、某个人群的过眼烟云。最终,我们都会成为这个尘世的过眼烟云,灰飞烟灭,烟消云散。赤条条地来,空茫茫地去,留不住任何,也带不走任何。宿命难违。

遵从心灵的指引,对必然之物不悔、不怨,以"吟赏烟霞"的姿态来因应,是一种道法自然的修为。从东方台的 BOSS 秀,看到万科集团董事长王石的访谈。有人说他"举重若轻",有人说他"波澜不惊,惊涛骇浪",有人说他"爷们,男人,不委屈自己"。而我最欣赏他拿得起放得下的那份坦然。身为上市公司的董事长却不要股权,放权经营自己去登珠峰,他的坦然当是源于"征服但不占有"的通透理念。证明自身价值就好,本来就不可能留住带走的一切,由它去吧。

烟云终将过眼。云蒸霞蔚过也就足够。

2007 年 3 月 24 日

得　趣

　　早上看报时，发现《古诗里的春天》一文，将描写春天的唐诗宋诗连缀成篇。这些诗句我大都记得，全是年少时诵读《古代诗歌选》的成果。留了报纸，是想在儿子身上试验试验。

　　儿子放学后，我推荐他看看这篇文章，说春天都在里边呢。天天看着看着就兴奋地叫嚷起来："哦，王安石的'春风又绿江南岸'怎么炼字选了'绿'字，这故事我知道。""白居易的《钱塘湖春行》我有印象。""杜牧的'千里莺啼绿映红'写得挺好。"我说："那你能把全诗背下来吗?"很快，他就"多少楼台烟雨中"了。至于贺知章的《咏柳》，他很小的时候我就指着一本古诗挂历教会他了，小家伙摇头晃脑地背完"二月春风似剪刀"，总不忘手指比画作剪刀状，配上"咔嚓咔嚓咔嚓"的象声词，笑得很有成就感。

　　"兴趣是最好的老师。"这道理谁都懂，怎么让孩子产生兴趣就得琢磨琢磨。细想来，我今天的做法并不完全是灵机一动，因为我在留报纸的时候想起了一个人——四川文友冉云飞。土家族出身，匪气才气兼而有之的他绰号"冉土匪"，文章比较霸道，但他写女儿兴趣培养的那篇《满纸春风墨未干》却平和可爱，给我印象很深。女儿八岁后，他开始教她唐诗宋词，而且所教唐诗宋词均是与生活有关的——桃花开了，他会给她讲关于桃花诗，如白居易的《大林寺桃花》、李白的《山中即事》;吃荔枝的时节，他会给她说成都在唐代也是产荔

175

枝的，如张籍的《成都曲》，说明成都在唐代比今天还热。让她觉得再古远的东西，都与我们的生活息息相关，哪怕将来我们的生活更现代，也是如此。让她从生活中感受古典文化之美，而不是枯燥地让她背那些不感兴趣的东西。他有一位书法很好的友人，教她女儿"开笔"也是从培养兴趣入手，先让她在书房里看，先教她最简单的一两个字，不布置任何所谓的作业。同时将他家中自己所摹刻的汉印、元朱印、清印以及近现代王福庵、陈巨来的印，拿出来给她看，教她学习如何盖印。冉女觉得非常好玩。同时还教她说，这是青田石，那是寿山石，这是冻石，那是些鸡血等等，吸引了冉女很大的兴趣。

得趣之后，学东西乐在其中，自然就免除了"苦读"滋味。想一想，这道道同样适用于我们这些成人。我们做事也好，读书写字也好，如果找到了兴趣点，也会乐陶陶美滋滋，投入其中，那效率效果自不待言。

176

2007 年 3 月 27 日

糗 事 录

连续几天，中午快餐送到案头时，我付过钱都会留意餐具是否齐全——尤其是那不起眼的卫生筷。

吃一堑，长一智。关于筷子的极端重要性，直到几天前那个细雨纷飞的午后我才真正意识到。花白平头、一身蓝衣蓝裤的送餐汉子把筐子放到我跟前，然后垂手而立，抱歉道："对不起，今天只好请你自己拿了。刚才路滑，我手撑到墙上了，太脏。"我低头取了一盒快餐、一包紫菜汤料、一个塑料杯，放到桌上，付过钱又转身盯着电脑屏幕。等想吃的时候，打开餐盒，泡好汤料，才发现这饭没法吃了。因为我忽略了筷子，这渺小却又必不可少的餐具。送餐汉子早已走远，我也没他的电话号码。跟人去借筷子或者勺子吧，你不嫌人还怕人家嫌你呢。下楼去街上买勺子或去小店拿卫生筷吧，一怕麻烦二怕饭菜都凉了。要不把盒饭倒了出去吃？粒粒皆辛苦，浪费可耻。要不学新疆人用手抓食？没那能耐。"一分钱难倒英雄汉"，一双筷子也愁死个人呐。经过一番思想斗争，认定大活人不能给尿憋死，唯物论怎么说来着？人与动物的最大区别在于，人会制造并使用工具。我制造不出筷子，就不能使用类似筷子功能的工具么？扫视笔筒，水笔、尺子行不？细菌太多，小心病从口入，否了。当我焦灼的目光掠过书橱的玻璃橱门落到一根吸管上时，仿佛抓住了救命稻草，不管三七二十一，就是它了！

吸管偏软，而且只有一根，我只能将嘴凑到盒沿上，用这仅有的工具小心翼翼地扒动饭菜，龇牙咧嘴，艰苦卓绝。快塞完时，才想到还有一件更好的工具可资利用：工夫茶小杯。整一个事后诸葛。

　　吃饭吃得丢人，最经典的一次还是在原单位时。由于吃腻了街对面的豆浆店，有一天中午寻思走远点去吃辣。等我在闽北人开的小店享用完由干锅鳝鱼空心菜白米饭啤酒组成的美味午餐，呼来老板买单，一摸口袋，傻了——钱包没带。这家店头一回光顾，老板不熟，只好跟他说就在前边大楼上班，很快拿钱过来。老板谨慎，说："要不这样吧，我叫个小妹跟你去取，好不好？"吃人嘴短，能说不好吗？小妹淳朴而且严肃，二话没有，在我身后一路紧跟。我被她默默尾随，极不自在，快步走过门卫，进到电梯，只想快快了结此事。偏偏在走廊上遇到好几个没午休的员工，他们边打招呼边打量我身后的淳朴小妹，表情无不讶异。等我打开办公室拿了钱，小妹这才放松下来，微笑着转身，她总算是不辱使命了。被人盯梢的滋味我也算领教了，以后下楼吃饭前总得摁摁口袋，硬硬的还在，这才迈得开步。

　　吃完饭可以说另一码事了。新陈代谢，自然规律。但我这人习惯不好，蹲坑时总要带报纸看，而且还要点一根烟，自戏曰："上吐下泻"。所以每次出恭，准备工作都比别人要多。百密一疏，好几回在单位蹲坑忘了带最该带的厕纸。如果半天没人搭救，我就只好采用下策：亵渎字纸。但我很有公德，一定要让被玷污的字纸彻底冲下后才离开。我们这个大院发卫生纸的传统据说是这样发端的——早年某些同志用稿纸如厕，时常导致管道堵塞。局长就在大会上说了，以后工会买卫生纸发给大家，每个月都发，花钱买通畅。搬了新大楼，发卫生纸的传统还在延续。我因为岗位变动，用不完的厕纸从22层挪到21层，再从21层挪到14层，去年又从14层挪到5层，到现在还剩两大袋，受益无穷啊。

　　前边说的和米有关，后边说的与臭有关。米臭合成一个字，就是糗。

2007年3月30日

帘外雨潺潺

人间四月天。原本还是艳阳高照，下午四时许，陡然风云变色，天昏地暗，电闪雷鸣，大雨倾盆。天意高难问。

天公可以随心所欲率性而为，人却不行。只听说造化弄人，没见人比得上造化比得上命运的强悍。愚人节，既没有人愚我，也没有我愚人。想大学时潘委员轰动全班的愚人节玩笑已过去整整 20 年了，大家的年龄和心态都苍老了去。昨夜白酒红酒啤酒喝了个过瘾，浓睡不消残酒，今天去理发染发还是没见精神。

晚上在灯下听雨，听得酸楚。无端涌上心头的，竟是李后主词《浪淘沙》——

帘外雨潺潺，春意阑珊。罗衾不耐五更寒。梦里不知身是客，一晌贪欢。

独自莫凭栏。无限江山，别时容易见时难。流水落花春去也，天上人间。

2007 年 4 月 2 日

成　长

清明那天，有纷纷扬扬的雨。雨丝搅动我的心绪。一手将我拉扯大的姑母已辞世 20 年了。永远留在了故乡"托体同山阿"的姑母呵，不孝的我根本没来得及报答，连在这个时节回乡祭扫都不能够。

辛劳一生的姑母在我大一那年 4 月被癌症夺走了生命。她平生唯一的乐趣是唱唱川剧。洗衣做饭时唱，缝缝补补时唱，还模仿锣鼓声自我伴奏。她生就一副好记性，一个晚上能唱好几出折子戏呢。每有"玩友"（家乡人对定期在茶馆坐唱的川剧业余爱好者的称呼）来访，就对戏，对到夜阑方散。也到茶馆去坐唱。我一度很不理解她为什么会有那么高的热情，就偷偷跑去看个究竟。早听说姑母技压群芳，一般都是唱女主角什么的，可直到那天晚上，我才真正见识了她在大庭广众之中的风采。姑母那天唱的是难度很大的川剧高腔《三祭江》，表现孙尚香临江祭奠刘、关、张三兄弟的悲痛之情。我看得出她相当投入，虽是坐唱，该有的抑扬顿挫、表情变化一应俱全，毫不含糊。唱至动情处，眼里就有泪光闪动。戏迷们沉浸其间，只顾着黯然神伤了，许久没有人动一下盖碗茶。我躲在被人遗忘的角落，感觉喉头哽哽。我分明听见，在家国之痛的悲腔里，寄寓着她对人间苦难和世事无常的感喟，以及对孤独、对死亡的深切体验。姑母是用她整个身心在唱，在说，在哭呵。《三祭江》已不再是戏，而是化作一份沉甸甸的生活了。

又不是什么著名校友，为什么对 4 月 6 日厦大校庆记得特牢？只因 1989 年的那一天，我在建南大礼堂领取了首届百龄奖学金，500

元,那是我学生时代见过的最大一笔钱,当时的月生活费标准不过50元。庆祝方式就是与一干要好同学坐1路车到厦门火车站对面,找到那家简陋但口味正宗的川菜馆,菜随便点,酒随便喝,大快朵颐而归,所费不过80多元。之后不久,就风云突变。经历让我们成长。

今天风日晴和,起了带儿子去爬鼓山的念头。上次登鼓山已是差不多5个月前的培训期间,夜里独自上山。儿子也久不爬山,走了一段石阶就有些喘气,边喘边发表高论:"两个人来爬山嘛,有利有弊。好处是有人说话,坏处是要等来等去。"我让他喝水稍息,说我们今天就当漫步休闲,不必太快,不去留意走了多远还剩多少路,沿途看看景说说话,方向对头反正会走到的。

注意力转移了,两人的脚步也松快起来,仅在半山亭歇脚一次,说说笑笑就走完全部阶梯。登眺望台俯瞰榕城之后,在茶座要了泡工夫茶,又去近旁快餐店给儿子买了牛肉面鱼丸茶叶蛋给自己弄一大碗麻辣烫,就着茶座放送的《天鹅之旅》《童话》等歌曲,悠然享用。吃饱喝足,儿子惦着临近半山亭的射击点,催我快点下山。这小子睁一只眼闭一只眼的功力很强,我仅在某次晋安河边散步时教过他一回,他就成了神枪手,每次去公园玩都赢回一大堆奖品。他很为自己的技艺得意,路上至少说了三遍:"我又不想要那些毛绒玩具,待会儿要是奖品包里装不下怎么办?"我说他快成唐僧了,他才停止念叨。到了射击点,他选了不要奖品的那一组,然后屏息凝神,开始表演他的绝活儿。枪枪命中,摊主的气球纷纷毙命。路过的一群女中学生驻足观赏,不住地鼓掌,惊叹,连说老板今天亏本了,他干吗不打那边有奖品的呢?我笑道,他不喜欢毛绒玩具。过足瘾了,儿子面带胜利的微笑跟我走走跳跳地下山去也。在山脚下,父子俩又玩了两趟碰碰车,笑笑叫叫,然后离开。

看着儿子的笑脸,感受着他的成长,我的心空终于放晴。

2007年4月9日

本　色

　　连续两天中午，看易中天和崔永元在央视"百家讲坛"对话，说历史说读书说《品三国》说"百家讲坛"是个什么坛。这两位有名的男人，一个教书治学，一个主持说事，共同点却蛮多：能说会道，风趣幽默，机智敏捷，亲切平和。"百家讲坛"做这档节目，意图其实很明显，应对学界和网友的批评指摘，节目的广告语却是"两个智慧男人的对话"。他们都很有智慧，也都很本色，性情自然流露，个性风格昭然。老易正说读书是"无用之用，必有大用"，小崔坏笑说从老子就开始蒙人；老易谈到语言层面的读书乐趣，小崔问王朔的语言怎么样，老易答：王朔的语言"看上去很美"，其实"不过如此"。这样的段落令人会心微笑。

　　本色可爱亦可贵。《菜根谭》里讲："文章做到极处，无有他奇，只是恰好；人品做到极处，无有他异，只是本然。""水无波则自定，鉴不翳则自明。故心无可清，去其混之者而清自现；乐不必寻，去其苦之者而乐自存。"林语堂主张他本来面目的自由。洁尘的一位朋友说，现在，对一个人的最高评价是什么？那就是朴实。洁尘深以为然，在博客里阐发道——所谓朴实，也就是你是什么样就是什么样，不装不拿。好色就好色，多嘴就多嘴，八卦就八卦，家常就家常，诙谐就诙谐，严肃就严肃，懂就懂，不懂就不懂，愉快的不装忧伤，平和的不装纠缠，痴情的不装薄情，笨拙的不装潇洒，不在乎的就真不在乎，在乎的绝不假装自己不在乎。

　　风格即人。本色，朴实，认识你自己，成为你自己，个性风格自然彰显。不过，如今这样做，确实需要底气，需要精神勇气。

2007 年 4 月 16 日

本
色

一封表扬信

在网上闲逛，不意间看到"愿得一人心"关于我的一段文字。她写在《怀念与记得》帖子里，时间是 3 月 24 日。文章为天涯人气最旺的部落"午夜心情"而作，她写"午夜成员"部分时第一个写到我，这多少让我感到几分意外：一是我的帖子加精率虽高但不是特别热闹，二是我与另一位版主余聪在版上交流最多，与"一人心"仅寥寥数语。没想到她如此用心地读我的帖，并给予高度评价。我看到这段文字时，她已不做午夜的版主了。余聪更早退出午夜，现在做"点滴日记"。午夜的四位首任版主，现在只剩啸笑少一人。午夜的人气与四位版主的黄金组合、倾力付出密不可分。黄金搭档不再搭档，令人感叹天下无不散之筵席。

文字与饮食，个人偏好不一，口味自然不同。写字的人，能得到欣赏知会，总是欢喜的。"午夜心情"我也好久没去了，将"愿得一人心"的"表扬信"收藏，怀念与记得都在心里。

作者：愿得一人心　回复日期：2007－3－24 08：59：07

（三）午夜成员

欧个把

在论坛里记住一个人，或许只用一秒就够了，欧个把就是能让人用一秒钟时间就记住的人。午夜成立伊始，欧兄那个强悍的签名"欧个把爱上午夜心情"，不仅仅让我们激动，更带给我们无限的信心和温暖。

欧兄的文字朴实，深邃，思域广阔。重读他的文字，你不得不承认思维是有性别的，感知不同性别的思维，会让人受益匪浅。透过文字，我们仿佛看到一个淡然、笃定、睿智、冷静的欧个把，那篇《你是我生命的延续》中，所有的父爱融入文字，又让人看到他温柔的一面。偶尔他也会发发牢骚，《对赖酒人士的不耐烦》，只看标题，就会忍俊不禁。似乎一切简单的事情都会引发他的思考，往往一件小事一句幼童稚语，他都能感悟得让你触目惊心，惟手托下巴幡然醒悟频频点首。这就是一个成熟男人的魅力吧？

下面摘一些文中的句子：

"水有自由之境，有拘束之境，皆能处之泰然。人同样有自由之境，有拘束之境，是否都能自在安适？"《瓶中水》"得失。宠辱。祸福。利弊。进退。起落。高低。贵贱。炎凉。动静。说到底，是心态决定这一切。人生在世，我们最付不起的代价，正是生活中某种事件对我们的心态所形成的那种漫长主宰。"《心态》

"锐气藏于胸，和气浮于脸，才气现于事，义气示于人。"《也说说"养气"》

"给出应有的温情，让孩子够到你的手。然后，再将手臂适度抬高。"《让孩子够到你的手》

"那些远离热闹场、低调平和的人，大抵是有些经历的。冰山只有八分之一显露在水面上，八分之七藏在水下，看不见的才是它最有分量的部分。屈就方能伸展，低洼反能充盈，是不是这样？"《于无所希望中获救》

"没有先见之明，就得为成长成熟付出代价，换取后知后觉指引往后的人生。"《时间玩笑》

"透过生活的表面，深入内里本质，去设身处地，去知彼解己。子非鱼，也能感知鱼之哀乐。"《有一种爱情惊世骇俗》

2007 年 4 月 18 日

为爱结婚

《为爱结婚》，一部能让我这不爱看电视的人一看就看进去的电视剧。

张欣根据自己的同名小说改编而成的都市情感剧。帅哥酷男美女靓妹集聚，传统民居与时尚场馆交替，亲情爱情友情杂陈，戏剧冲突矛盾纠葛此起彼伏（尽管有过于巧合牵强之处），画面唯美台词有味。

陆弥冲破家庭阻力，付出惨重亲情代价，与穷光蛋胡子冲为爱结婚。孙霁柔为爱与富有而且成功的祝延风结婚。陆弥与子冲情深意笃，却因为偿亲情债挣昧心钱把生活搞得一团糟。祝延风虽遭陆弥退婚却痴心不改，危难之处显身手，他对陆弥的有情有义最终导致孙霁柔的忍无可忍，婚姻解体。此后，陆弥与子冲又因为与孙祝二人的交往互相猜忌，争吵，冷战，感情走向崩溃的边缘。

常言道，爱情是婚姻的基础。照理说，信息对称、心心相印的一对儿应该很幸福，很圆满。可是，亲情债和生活的逼迫让陆弥和子冲活得很累，历经种种磨难，内心伤痕累累。听听子冲在疲惫时的两句独白："我和陆弥不过是普通的饮食男女，想过最平常的柴米油盐的日子，可生活和命运的挑战怎么让我们这么难？""还以为我们的爱多么与众不同，到头来全都一样。"

现今实用主义的说法大行其道：感情是一回事，生活是另一回事。众人眼里般配光鲜好像什么都不缺的祝孙配，他们活得好吗？信息严重不对称，富有、成功、俊朗的祝延风情感无着，他的心全在得不到的陆弥身上，没法对孙霁柔好。孙是个需要爱的女人，她爱的人并不爱她，无视她的感受，于她是巨大的伤害。她认真想过了，他的心全在另一个人身上，她需要的爱注定得不到，那么他的富有、成功又跟她有什么关系？离婚就成了必然的结局。

剧中的两对，都是好人，命运捉弄之下，都没过好。我在想，他们能有别的选择吗？好像没有。如果当初陆弥为救哥哥性命忍痛割爱嫁给她不爱的人，她和子冲都不可能幸福快乐，她的心全在子冲身上，祝延风就会成为孙霁柔第二；孙霁柔那么爱祝延风，她要不能嫁给他也不会快乐；祝延风遭拒之后，跟爱他的人而不是爱他的钱的孙结合，是退而求其次中最好的一种选择了。能不能过，能不能过好，有钱难买早知道。

"月有阴晴圆缺，人有悲欢离合，此事古难全。"爱情婚姻的圆满，难，难，难。想到《红楼梦》之所以深刻，就在于所揭示的悲剧不是"蛇蝎之人"造成的，也不是"盲目的运命"造成的，而是"由普通之人物、普通之境遇，逼之不得不如是"。这悲剧是常理中的人和事所造成的悲剧。

2007 年 4 月 28 日

最好的生活

前些天看到一篇有关梭罗的文章。严重同意文章的结语："最适合你的生活，那里面有你喜爱的内容，对你来说就是最好的生活。"

文中说美国人搞了一份问卷调查——"你认为梭罗的一生是糟糕的一生吗？"数万份的调查问卷回收后，统计结果令人吃惊，居然有90％以上的人选择了"否"。

梭罗毕业于哈佛大学，但他没有选择经商发财或者从政成为明星，而是平静地选择了瓦尔登湖，选择了心灵的自由和闲适。他搭起木屋，开荒种地，写作看书，过着非常简朴、原始的生活。生前没有一个女人爱他，他写的书也备受冷遇，45岁时死于肺病。生前寂寞，身后荣名。

调查机构走访了那些说"否"的人。他们表示，梭罗喜爱大自然，并且按照自己的意愿去做了，他应该是幸福的。跟不能按自己的真实意愿生活的人们比起来，他无疑是幸福的。

梭罗总让我想到庄子、陶渊明，他们是同一类型的人。世人眼红的东西他们看不上，因为此中没有他们真实的自我。当然，他们看重的东西世人往往并不在意，或者虽然在意，但不会像他们那样坚持内心的标准，放下一切去追寻。

价值观不同，或者价值观同一但精神勇气不同，人生路径就此分野。所以，他们是那样的稀缺，我们是这样的广袤。我们能从不符合自己意愿的生活中找到一些赏心乐事，短暂地沉浸其间，"诗意地栖居"片刻，就算是自己最好的生活了。

2007 年 4 月 30 日

最
好
的
生
活

借词说事

因为我曾经的遭际，兄弟们遇有郁闷难平之事都愿意跟我说说。倾听，分析，开解，宽慰，现身说法，给难兄难弟打气鼓劲。

不公平的对待，从古到今，从己及人，不可断绝。有的事仿佛原罪，有的祸避无可避，有的人招人嫉恨。遇上了就是遇上了。难受过后是接受。风物长宜放眼量，天道循环，福祸相倚。

抄一首辛弃疾的《摸鱼儿》，稼轩词下阕用典用得真好。

更能消、几番风雨，匆匆春又归去。

惜春长怕花开早，何况落红无数！

春且住。

见说道，天涯芳草无归路。

怨春不语。

算只有殷勤，画檐蛛网，尽日惹飞絮。

长门事，准拟佳期又误。

蛾眉曾有人妒。

千金纵买相如赋，脉脉此情谁诉？

君莫舞。

君不见，玉环飞燕皆尘土！

闲愁最苦。

休去倚危栏，斜阳正在，烟柳断肠处。

2007 年 5 月 11 日

情迷《上海滩》

20 世纪 80 年代，周润发、赵雅芝版的电视连续剧《上海滩》风华绝代，迷倒众生。

因为是"黑帮片"，怕误导青少年，电视台安排在深夜首播。结果适得其反，电视剧魅力无敌，广大中学生熬夜收看，严重影响第二天上课的精神面貌。男生学许文强有事没事拿白手绢捂鼻子，女生时兴程程辫子程程装，大面积"中毒"。

当年看黑白电视的我，也是"中毒"的中学生之一。周润发饰演的许文强，风流倜傥，心雄万夫，恩怨分明，有情有义。他笑，我也笑；他哭，我也止不住泪流。他与赵雅芝饰演的冯程程就是我心目中的才子佳人，雪夜漫步情深意绵，教堂泪别撕心裂肺。剧终许文强惨死在租界，是我万万不能接受的，直骂编剧太残忍太没人性。叶丽仪演唱的主题歌"浪奔，浪流，万里滔滔江水永不休……"与剧情浑然天成，是我喜欢到如今的粤语歌。

90 年代中期，我与重庆奥妮公司驻榕办的小邓喝酒时，对他们公司让刘德华做奥妮首乌洗发水的电视广告大为不满，振振有词地说："干吗不请周润发？他的形象没号召力吗？他的名字发音变一下，润发，润发，做洗发水的广告再合适不过。"小邓一拍大腿："你的说法很有创意，我回去一定向老板汇报。"后来，小邓回了重庆总部，我们再无联系，也不知他汇报了没。后来，奥妮首乌的电视广告代言人真的变成了我的青春偶像周润发,"一百年润发"!不管奥妮公司此举是不是采纳了我的建议,又能经常看到他,令我开心不已。

2003 年,我在厦大念 MPA 的最后一个学期,下午下课后直奔宿舍,锁定东方台看久违的老版《上海滩》,依然如醉如痴。同屋的兄弟们叫我一起去食堂吃晚饭,我都摆手说:"你们走先,我看完再去。"兄弟们笑我废寝忘食,我说老男人恋旧啊。

黄晓明孙俪版的《新上海滩》最近热播,我也看。内心里做着比较,还是觉得老版经典,难以超越。青葱岁月早已远去,真的经典却不会过时。

2007 年 5 月 14 日

记取小快乐

　　长假去了永泰青云山。没去凑御温泉那份华贵新潮的热闹，也没住白马山庄、公路山庄那样没特色的地方，宿于农家菜馆干净清楚的楼上。开窗见山，芭蕉、苍松、翠竹，绿意满眼。窗下溪水潺潺，水尤清洌。屋外天台上，摆好了八仙桌、条凳，清风拂面，山珍土鸡土鸭野菜下酒，大快朵颐。第二天进山，细雨微风，空气中负离子含量颇高，看青山如洗绿水长流，不歇脚不冒汗就走完全程。归途经过养蜂人家，购枇杷蜜一瓶，为儿子。

　　5月6日晚，去湖南旅游回来的儿子，将双手背在身后，让我猜猜看他给我带回的"惊喜"。我不费吹灰之力就猜到了，"是烟"。儿子瞪大了双眼，惊讶不已："爸爸你太聪明了。"我不仅猜中了"惊喜"，而且猜中了"惊喜"的牌子：芙蓉王。不是我有多聪明，而是对儿子的心思比较了解，知子莫如父呵。原来是有一次吃饭时，桌上有人分烟，一包一包地分，儿子特地为我申请的。儿子尽管不支持我抽烟，但平时见我嗜烟，默默记在心上，就为了让我惊喜。他出门在外心里都装着爸爸，这份情比芙蓉王还要醇。我亲了乖乖儿，告诉他："爸爸给你买了蜂蜜。"

2007 年 5 月 20 日

第四人称

独处时，喜欢对自己进行一种陌生化处理。

人不能拔着自己的头发离开地球，却可以不把自己当成自己。

"执着是苦海，放开是仙乡。"太把自己当回事了，有我执作怪，有心魔作祟，就容易苦着自己，看不开，放不下。陌生化处理，就是要破这该死的我执。

195

想象另有一个我从高处俯视自己。高蹈地，冷静地，不带感情色彩地俯视。看自己从何处来，往何处去。看自己在忙些什么，想些什么，一天中有多少琐事，有多少琐屑的喜怒哀乐。

这样的陌生化处理，虽然抵达不了"看破有尽身躯，万境之尘缘自息"的超然境界，却能化解一些愚痴虚妄，让心气平和静定下来。

下午去剪烦恼丝时，带了最新一期的《天涯》杂志翻看。其中有史铁生的一篇《写作与越界》。他推崇设定"第四人称"的做法："我想，第四人称，即是超越了你、我、他三种位置的神性观照吧；是要作家们不仅针对他人，更要针对自己，切勿藏起自己的'奥秘'，一味地向读者展示才华和施以教导。所以我想，写作不是模仿激情的舞台，而是探访心魂的黑夜。"

不管写还是不写，以第四人称来观照人生，总是没错的。

2007 年 5 月 28 日

真意换真心

与 L 君一道策划的青年创业专刊进程过半。记得 4 月 19 日专访对象名单开列出来后，知悉好些成功人士不在福州，有的还常驻北京、上海、广东，L 君善解人意地笑笑："采访成本比较高呵。"我略一沉吟，脑海里闪过一张张熟悉的脸孔，知道分布在异地的他们足以承担任务，很有把握地说："没事，这些地方咱们都有人，不会产生多少差旅费用。"

事实证明，这些熟面孔都不负所托。成功人士没有不忙的，一旦敲定受访时间又近在咫尺，好像你在哪儿都会有分支机构。这回，分布在各地且能胜任采写大稿的友人比分支机构还分支机构，不仅救急，而且表现出高风亮节——稿酬无所谓，甚至很高兴能为我做点事，不要任何报酬。我知道他们是由衷的。这份真情义令我感怀于心。在我，因公有劳他们已经很过意不去，哪能让他们白劳，稿酬肯定要按标准支付。

耿直、坦诚率真的性情在我身上扎下了根。坚信真意换真心，唯有赤诚才能唤起赤诚。这样的个性让我结交了一批真朋友，真情真义沁人心脾；也让我因为轻信、交友不慎付出惨痛代价。经历了风雨考验，大浪淘沙，看清了一些人情世相，愈加珍视那些历久弥醇的人间真情。情义无价，从这个意义上说，我的人生充实而且富有。

［发在"点滴日记"的《发黄的高考记忆》（去年 6 月写的博文，

原题《考前考后》）今天上了天涯首页。记得去年写此文写到泪流。真意换真心。感谢余聪、米粿知会，也感谢亦＿萱邀请参加"高考30年回顾征文"。立此存照］

2007 年 6 月 6 日 ·

没人同情

也不知是那天去许同学所在的电视台观摩纪录片出来后淋了雨，还是昨晚加班梳理录音资料受了凉，早上起来就觉得晕乎，浑身无力，还一阵阵发冷。随便吃了点儿东西，上一会儿网，拿一本《南方人物周刊》又窝到床上。主打文章《影子大亨郁知非》如是说——权力，让他名动江湖，权力，也让他身败名裂。他曾多次自比许文强，或有转千湾转千滩之意，如今一语成谶。看完郁氏沉浮录，昏睡过去。

下午三点过闹醒，昏头昏脑跑去接学九色鹿英语的儿子。回来竟虚汗直冒，没体呵没体。傍晚交代儿子热菜舀饭先吃，说爸爸病了先躺会儿。他乖乖地生活自理，却啥也没说。晚上八点半爬起来热饭吃，头还是疼，不时用手敲打。儿子见状，赶紧把自己的饭碗拿去洗了，看我两眼，又接着看他的电视。我很是奇怪，忍不住问他："知道老爷子病了，怎么连一句也没问？"儿子以一副认真的表情回答："我想问来着，是真的。可是又没敢问。"我说这还有什么敢不敢的，儿子道："我想像爸爸这种人，要是问他的病，他心里肯定不是滋味。"谁让咱铁人当惯了，硬派的后果就是没人同情，所有问题都自己扛吧。

病怏怏地靠在沙发上，看一档"快乐精灵谢娜"的节目，好让自己笑上一笑。古灵精怪的谢娜和几个爷们儿表演了一段"娜娜同学会"，规则是不许说"我、你、他"，谁说就把锅扣谁头上用锅铲一通狂敲。娜娜镇定自若地端出一锅又一锅虚拟的王八汤请客，涉及称谓时滴水不漏，几个多嘴的大老爷们儿屡屡中招，下意识地说"我"说"你"，处罚不断。咳咳，自我意识太强，或是太在意对方了，都不是什么好事。

父亲节说到就到，儿子的期末考也快来到，希望我家老爷子和儿子都好吧。

2007 年 6 月 17 日

心　迹

1. 证明

用行动兑现过的然诺，就是最好的证明。求证完毕，毋庸置疑。

2. 季候

开到荼蘼花事了。一叶落知天下秋。怨天尤人不对，你该知道，是季候到了。

200

3. 恕道

由怒转恕是厚道，也是正道。奴隶不可能如意。一字之差，境界迥异。

4. 懂得

因为懂得，所以慈悲。也可以倒过来说：因为慈悲，所以懂得。慈悲为怀，懂得有望。

5. 存在

我思故我在。我在故我思。存在一天，思量无尽。

2007 年 6 月 23 日

我的 1997

于个人而言，我的 1997 不是香港回归这样的宏大主题，而是艾敬那样微末切身的感受。

那一年，我儿天天出生。附一医院牛年出生的第一个男孩，福州同学下一代中的第一个男孩。春节同学聚会时，想生男孩的同学向我举杯道贺说开了个好头，从此厦门同学再不敢笑话福州阴盛阳衰。

那一年，我终于分到了梦寐以求的套房。改天换地建设家园的豪情在心中升腾，一个人包揽装修事宜，找工人，跑材料，扛钢筋，买家当，监工，搬家。全过程忙下来，连上之前在医院陪产的苦累，掉了 8 斤肉。整个人急剧消瘦，尖嘴猴腮，状如竹竿，傻呵呵地笑。

那一年，我拥有了第一台电脑。笨拙地开始学习全拼打字，电脑写作的第一篇文字《不一样的金钱》因为忘记保存，几个小时的工夫付诸东流。含泪咬牙重打一遍。

那一年，我和住对面楼的兄弟 C 一同遭受了不公的对待。事业受挫的我俩，常在他家铺了灰色地毯的房间里席地而坐，两人心境也灰灰的，化悲愤为酒量，就着二两花生米喝下一瓶白酒，夜深握别。

倏然十年。孩子大了，房子买了，电脑换了，兄弟俩携手共进之后我又退步了。

十年，很多的改变发生了。

2007 年 6 月 30 日

本末表里

有时候，一两句通透了悟的朴素话语，可以让你受用无穷。

昨晚饭后，带儿子出小区散步。穿小巷，上金鸡山，再下山沿晋安河折琯尾街经琯尾弄返回。一路凉风习习，父子俩有一搭没一搭地说说笑笑。山上那个楼盘的名称叫"天水园"，天天走近时不好意思地承认："爸爸你记得对。"公园外一处屋顶上蹲了个人乘凉，天天眼尖，像发现新大陆一样大呼小叫。听我说要请他吃刨冰，他不仅用"有生以来第一次吃耶"这样的语言而且用搭我肩膀的动作来表达兴奋之情。我看他够我肩膀够得有些吃力，笑道："哪天你可以从容地兜我的肩，就说明你真的长大了。"参观完他吃刨冰，路过卤味摊，买了袋猪耳朵拎着，又给他买了个鸡翅膀，看他一路有滋有味地啃回去。

天天对小区周边环境比我熟，一路指给我看小巷里的鲜啤酒桶。从一家家把桌子摆到露天的小店经过，我说："这里像不像扎啤一条街？"穿过这么下里巴人的地界，前边就是阳春白雪的"大明会典"。华贵的黄花梨家具，看的多买的少。忽然想，能把黄花梨摆到家里的人们，是不是就比刚才那些祖胸露背围坐露天喝扎啤吃钉螺的民工快乐？天天今后长大挣钱了，会不会怀念这个夜晚三块钱的草莓刨冰带给他的幸福感？

人往往是幸福越多，幸福感却越少。问题出在哪里？前几天看报看来一句话："很多人其实不是在追求幸福，而是为了别人看起来幸福。"我以为道出了真相，看清了本末。还有一句讲佛经教做人道理的话，看帖看来的，同样让我受用："一个人如果对自己诚实，别人就不可能欺骗他。"

2007 年 7 月 13 日

本末表里

蓝色记忆

一走进厦门环岛路那座蓝色小屋，虽时值盛夏，我嘴里也不由自主地蹦出了海子的诗句："我有一所房子，面朝大海，春暖花开。"订了这间客栈先期到达的兰红同学道："客栈的广告语正是这个。"几位会生活的女同学已交代客栈买菜做饭，在一楼小厅摆了一桌。放下包，我就踏上木楼梯把二楼的茶室和三楼的书吧以及延伸出去的咖啡座平台看了又看。湛蓝外墙，透出个性、品位、小资情调的室内陈设，让我觉得不必"从明天起"就能"做一个幸福的人"。喜不自胜地下楼，对停好车进来的班长老猫强力推荐："上楼看看，这小屋太可爱了！"正盖新厂房准备为同学们辟个 VIP 专区的老猫参观毕，也是赞不绝口。

饭罢，上到二楼喝工夫茶。老猫同学为享受悠长假期的兰红同学、自称"老海龟"的潘委员、广东"冒（茂）油"的远云同学殷勤奉茶，我也沾光。未几，刚给两个月的儿子喂过奶的晓笑同学赶来，进屋就叫学兄。我笑纳，说自己辈分长了，本是同班同学，后来因为比她早一届念厦大 MPA，变学兄了。女同学夸一脸福相的老猫"面若银盘""面如满月"。老猫兴奋地把圆脸摸了又摸："真的吗？真的吗？最近晒黑了。"女同学遂打击他："说你胖你还真喘。黑了更值钱，变藏银了。"

老猫同学下午去看老师。我回房沐浴，躺床上看一会儿《天涯》

杂志，迷瞪过去。半梦半醒之间，听得一个人操椒盐普通话在打听"欧老乡住哪间呵？"我立即清醒过来：生动的兰军同学到了。因为二楼茶室被别的客人占据，我和他"堂妹"兰红就请他到三楼小资书吧泡茶叙话，不久老猫回来也加入。兰老乡前两年在秦岭南面的广元山沟沟里买了个铁矿，过些天准备转卖。他说那地方真是原生态，青山绿水，眼睛都看绿了。当年看某学兄的朦胧诗，有一句"绿色的喷嚏"一直不解。到了那里整天看绿，顿悟"绿色喷嚏"的真义。老猫一心想要晒晒老二兰的早年"艳遇"，兰老乡也很大度，很配合地戏说，大家不时展开合理想象和细节描写，笑翻。话题溇漫，欢笑中也有凝重——人生无常，聚一次少一次，子欲养而亲不在。我说了与儿子在一起的一个体会："爱是陪伴。无论是精神方面的联系还是相处相伴。"大家都很同意。

晚间，又有厦门水务集团的金童杨同学玉女詹同学、南安过来虎虎生风的木易同学加入。一起到对面沙滩上的大戏台吹海风，吃海鲜，把酒叙旧。意犹未尽，脸红脖子粗地转回蓝色小屋三楼平台继续喝。听小我们十岁的客栈老板讲他四月底果断盘下这栋民房实现梦想的经历，一干同学都对他能按自己的个性风格经营小众化客栈表示欣赏。我说："小屋什么都好，就是没浴巾。我下午洗完澡才发现，只好做天体运动。"建议他做个温馨小提示，免得客人尴尬。蓝色小屋可以无线上网，同学们一边喝酒说话，一边集体观赏回味几位同窗写当年趣事的博文，笑到夜半方散。

今天一大早，老猫和几位女同学去演武路吃沙茶面。我在小屋做梦，起来当了回儿童团长。与二楼两家房客的小儿共进早餐，朴实的服务员为小孩不肯吃饭发急，我说交给我吧。向两个小家伙隆重推出罐装肉酱下稀饭，他们居然说："我们只想吃素。"我说你们是大鱼大肉生猛海鲜吃多了吧。他俩点头。想吃素也不见他们动筷，我对厌食的小家伙道："你要能空口吃白饭干掉这一碗，我就佩服你。"两小儿比赛，三下五除二就吃个精光。

老猫退房后，和我一道到厦大走走。看了芙蓉四303和304，沿芙蓉湖走了一圈，又驱车上山，然后停车环情人谷水库走上一遍，抚今追昔，感慨系之：当年没有钱，可是真的很快乐。

在芙蓉四楼前，老猫虽被石头绊脚闪了腰，却也闪出一道灵光："老欧，我准备把写老二兰那篇标题叫《好人老二兰》。"因为知道他会在文末抖出所谓"好人"的包袱，我大笑：好极，好极。

老二兰打过绿色喷嚏，我住过了蓝色小屋，回来就写写蓝色记忆吧。

2007 年 7 月 16 日

理 论 股

多年以前为晚报写"百字小品"，曾写过一则《理论股》——

钱氏夫妇身居陋巷。无炒股之资，有发财之志。每日定时收看股市行情，雷打不动。遇涨则欢呼雀跃，逢跌便顿足捶胸，感同身受。问其所购何股，邻人朗声代答："理论股。"

那天在陆羽茶庄喝茶买茶，女老板问我对茶叶罐的观感。我随兴评点，批判那些花花绿绿的杂色包装，推崇青绿底色造型扁平的龙井茶罐子。理由是包装得适应产品特性，茶是清雅之物，包装宜取纯色；适应目标客户群的审美习惯，平和人生拒绝繁复。归结为一句：适应即是美。女老板被我俨然专业人士的一番话说得频频称是，当即表示下次包装设计样先请我提意见。

207

买好茶，拎着还算顺眼的铁观音罐子出门，猛然想到自己也炒了一回"理论股"，不禁哑然失笑。从没做过包装设计，所说无非是自己的直觉，加之与美编们闲聊积累的些许常识。书刊装帧设计不同于包装装潢设计，但在"适应即是美"这一点上，其理相通。

2007 年 7 月 27 日

闲游散记

罗源是米兰伉俪的老根据地。应他们邀约，周末带儿子坐上老猫同学的商务车，一行八人去那里闲游。

这一趟叫闲游最合适。没有既定的主题，没有非去不可的目的地，一切随兴而定。如果硬要安上个主题，闲散、休闲便是主题。

坐了渡船到罗源湾兜风。天高云淡，碧海波光粼粼。中途上到渔排看网箱养殖的生猛海鲜。米兰兄一高兴，就让主人把跳得最踊跃的一群虾下了锅。不一会儿，池中物变盘中餐。我等为倒霉的虾子叹息一番，也就心安理得地以手抓食。不必蘸任何佐料，鲜虾味道甘美。

中午在当地朋友的引领下，进北山村找吃。行进在巷陌间，一条条大狗夺门而出，冲我们狂吠不已，尾巴却友好地摇个不停。原来是老猫夫妇最好的作品之一（人家厉害，整双胞胎出来，两千金呵）晓晓用她的口技绝活招惹的。我们就在真真假假的"旺旺"声中找到了一家特色店。店外有河，河畔杨柳参差。老猫一见杨树就开始忆苦思甜："杨树叶可以吃的，小时候在山东老家没吃的就吃它了，管它叫'无食忙'。"因为能吃，以"七把叉"自诩的老猫同学打败众多竞争对手讨到媳妇儿的传奇，我也是此次闲游方知。据他媳妇儿透露，当年老猫和她交往，第一次上门吃饭就尽显英雄本色。平日吃省府食堂油水欠缺的他一见好菜就两眼放光，以风卷残云之势一扫而光。老人家那叫一个满意呵："能吃，说明身体好。以后绝对没问题。"

席间吃了些福州难得吃到的海鲜品种。听当地朋友介绍，才知以前从福州特地赶到罗源海上渔排"海边鲜"吃海鲜很可能是吃错觉。因为那家名气大，每天接待百来桌，真正淘小海的品种供应不足，好多海鲜反倒是从福州市场进的货。这消息让人犯晕。

老猫和我本想住山上农家体验生活的，未遂。他们说，现在全球变暖，山上也凉快不了多少，没空调，蚊子多，你们住不了的。还是安排住罗源宾馆。一听罗源宾馆的名字，不禁内心触动。这地方我八年前第一次参加某社选题论证会时住过。那时的我正当而立之年，意气风发，被安排会议发言，崭露头角。没曾想，不出两年我就调任该社，度过了四年永生难忘的岁月。如今的罗源宾馆修葺一新，我也离开某社两年多了。是非功过，时间说话。

米兰兄皮肤黝黑的姨夫是垂钓高手，说农历六月十五水文不好，气温又高，下午不宜钓鱼。他开一辆车头前带路，一行人上山去看碧岩寺。老猫驾车穿行在青山村舍之间，地主情结按捺不住："要是能在这地方盖房子该多好。"据他媳妇儿反映，当年谈恋爱老猫就发了宏愿，将来有钱了就回老家盖房子种地。乖乖女闻言大惊，跑回去汇报，还是老人家高瞻远瞩："你听他说，也就是一种遥远的理想。估计这辈子也实现不了。"如今的老猫创业有成，盖房子早已不在话下，他媳妇儿却再不担心。随着他的父老乡亲源源不断地输入，他回老家盖房子种地的宏愿也就成了迷梦。

巨石包藏的碧岩寺确有奇异之处。从崖顶倒挂下来垂于观音像前的千年古藤焕发新绿；石罅隙间渗出的水滴飞雪般随风飘洒；破石而出坚挺数百年的奇树结出仙果，食后唇齿留香，久之不去。山门前有一摩崖石刻，由"江南滴滴云烟起半山流水响潺潺一树梅花发碧岩春讯到"24字围成一圈，落款"乾隆题诗"。这回文诗是否乾隆手笔无从稽考，但不妨欣赏一下文字游戏："江南滴滴云烟起，滴滴云烟起半山。半山流水响潺潺，一树梅花发碧岩。潺潺一树梅花发，碧岩春讯到江南。"

归途经一海堤，斜晖脉脉水悠悠。大家趁退潮时分去滩涂上搬起石头抓小螃蟹，有中暑症状的我在堤上观望。他们把抓到的小螃蟹放进矿泉水瓶子里全送给了我儿天天。当晚，天天和我就在螃蟹们窸窸窣窣的求索声中入梦。睡前老猫和我们父子俩叫了辆三轮，去往"九大中心"（罗源新区，九大公共管理与公共服务机构齐聚，广场很开阔，夜市很红火）看十五的月亮，喝了米兰伉俪力荐的"八珍汤"（实在是物美价廉，配料十来种，要价仅两元）。我还喝了老猫请的扎啤，儿子则玩坏了老猫抢着买下的可发射且会发光的飞碟。

第二天返程途中，"乾隆题诗"遭遇我儿天天恶搞。当时的情形是这样的——老猫媳妇儿发起少儿才艺表演动议，大家一致鼓掌通过。活跃的晓晓表演了一段流利的英文，我就听懂了"奥运"。矜持的宁宁也不再矜持，来了一首深情的诗朗诵。在班上有"搞笑大师"之称的天天就是不出节目。追问之下，他靠近我耳边一脸痛苦地说："爸爸，我内急。什么也演不了。"随即，快速哼哼"江南滴滴云烟起半山流水响潺潺"，嘿嘿坏笑。好端端的回文诗就这么被解构了，斯文扫地。

2007 年 8 月 1 日

雨男内衣秀

昨天早上出门时，雨霁风细，不冷不热。在当了一个多月的"耐温将军"之后，走路上班备感惬意。

行至中途，桥头一带吧，陡然风力强劲，大雨滂沱。四下没遮没拦的，顷刻间浑身湿透。这才发现满街都是些未雨绸缪的人，撑伞的撑伞，穿雨衣的穿雨衣。没防备的好像就我一人。

其实也不是没防备，根本就是嫌麻烦，懒得防备。从不习惯带伞，带伞反倒不习惯。我的好记性似乎专门对雨伞失灵，偶有带伞出门吃饭，丢失都势所必然。

接送儿子上学期间，一度遭遇雨季，往往是下班准备带他回家时下得特大，只好等待。天天没奈何望着天，长叹一声："唉。我们俩可真是雨男呵。"此后每逢雨天出门，父子俩都互称"雨男"，相视而笑。

雨男既然湿透透，也就省得去屋檐下闪避，索性顶风冒雨，奋然前行。惹来路人惊诧的眼光。我的眼镜已经迷蒙，正好对那些表情忽略不计。鞋子进水袜子湿了，走起路来呱唧呱唧的。一路想起好几首跟雨有关的老歌，悲切如费翔的"就让雨把我的头发淋湿，就让风将我的泪吹干"（《只有分离》），刚毅如高明骏的《我独自在风雨中》，欢快如刘文正的《雨中即景》"哗啦啦下雨了"，哼哼不已。走到金仕顿大酒店，迎面遇一壮士，也戴眼镜也不打伞，嘴里还叼根烟。于是想到《新上海滩》里的镜头，许文强身负重伤，点根烟就能减轻疼痛。雨男也掏烟点上找感觉，没走几步烟全湿了，抽不动了，扔吧。这时候，眼前又浮现出《恰同学少年》里的画面，毛泽东拉上同伴跑出亭子，在暴风雨中登岳麓山磨炼意志。豪情一上来，风雨好像都成了布景，当我笑盈盈湿漉漉地走进尚干依强拌面扁肉店时，老板伙计吃客都把眼睛睁得好大。雨水从面部、短袖衬衫的袖口滴落下来，滴到桌面上。

到办公室第一件事，关门更衣。仅有一件秋冬时节穿了午休的灰色长袖内衣，就是它了。换上之后，发现跟时令和办公环境极不协调，怎么看怎么怪异。这时候就巴望上午不用见人。小戴送报纸进来，我头也没抬。黄编最不该，为了要报送研讨会论文，特来征求意见，一上午进来两趟。我强作泰然，等他说出"您先帮我看看，我回头再来"我才松弛下来。待看完打电话招呼他过来，我一本正经地建议他补充"以兴趣类群来找准读者定位"，黄编也一脸诚恳地点头称是。雨男一想到在他眼里的我该是怎样的一副尊容，他会不会琢磨我今天属于什么"兴趣类群"时，就感到芒刺在背。

好歹熬到临近中午下班，要下楼吃饭了，晾在椅背上的衬衫虽潮总算能穿了。我赶紧关门换上，长舒一口气，结束了历时半天的内衣秀。

2007 年 8 月 16 日

茅兄语录

与茅兄相交六年，于茶几酒桌间时闻高论，不录个几则实在对不住他的洞见。

其 一

不是别人的老婆就好，而是成了老婆就都不好。

其 二

知识不等于见识。最可悲的是有知识没见识。

213

其 三

"朝闻道，夕死可矣。"道是什么？道就是真相。认清了真相，明白了，人才会真正轻松。

其 四

关于角色定位。有的人是将才，有的人一辈子都只能是士。象棋里把士的位置规定好了，士是辅佐，是依附的地位。

其 五

真实本色，表里如一最好。有人外表光明心理阴暗，有人其貌不扬心地光明。外表光明不如心地光明。

其 六

关于知行。人要学习，也要实践，在实践的基础上再学习。你我的实践不同，为什么会有一些同样的认识？因为有学习。

2007 年 8 月 26 日

矜　秋

一个在秋天出生的人，身体对这个季节感觉适应，情绪上亦无悲秋调子。倒是忆起一些遥远的往事。

凤凰花火红火红的，怒放。1986 年的秋天，刚进大学没多久，参加了一场古典文学知识竞赛，通过举手抢答为班上挣了个获奖者。奖品是一本繁体竖排的《淮海词笺注》，古色古香的，扉页颁奖者用毛笔浓墨落款"矜秋诗社"。第二天，一位 84 级的师兄——也就是那个长发飘飘戴棕色边框眼镜的竞赛主持人——来我们宿舍串门。风神俊朗的诗社社长人如其名，姓名谐音"英俊"果然英俊。他跟我们畅谈古典诗词的魅力，矜秋诗社的宗旨是"挽末势于既倒，唱古风于晚秋"，号召我们这些爱好者加入诗社，拿起笔来创作旧体诗词。他充满磁性的嗓音极富感染力，班上好些同学被他鼓动成为新社员。王力的《诗词格律》在班上风行一时，我们抱着这入门书，搜索枯肠，伤春悲秋，平平仄仄吟诗弄词起来。英俊师兄逐一指点修改，有的改定稿几乎没几句是自己憋的，还是署了我们的名儿，在油印刊物《矜秋》上刊发。至今记得我的第一首词作《忆秦娥·八月十五鹭江潮》就是经他改定刊发的。在他的扶掖下，我对古典诗词更加热爱起来，"流毒"所至，创作的两篇所谓小说均以诗句命名：《烟月不知人事改》《黄昏却下潇潇雨》。

才华横溢深为我们敬重的英俊师兄却在毕业分配时受挫，成了全班唯一的赖校生。那个暑假我返校较早，曾去他宿舍探访。英俊师兄仅穿一条裤衩横陈于两张书桌拼成的"凉板"上，窗前壁上高悬他苍劲有力的四个大字"自横山人"。那场景让我酸楚。所幸赖校有个结果，他终于被分到广州一所外贸学院教书。此后音讯杳无。

古典情结因他而坚固。工作后多年只有一间宿舍也要敝帚自珍，从欧阳修的"夜深风竹敲秋韵"句中取名"风竹居"。请书法了得的兄弟题写了，还请友人刻了"风竹藏书"的印章。真个是人以群分，另有两位兄弟曾住楼上楼下，楼下的唤作"听雨轩"（后来在茶艺居咖啡吧等处看到公厕以此命名，难过至极），楼上的名曰"栖雨斋"，都请那位书法了得的兄弟写了裱了高悬。"风竹居"不弄古诗词了也还写散文随笔；"听雨轩"喝酒时给大家上训诂课，比如"文化"两字从何处来；"栖雨斋"把普法文字也整得很骚包。那时候我们都很文艺，现在他们都比我会生活。毕竟，生活高于艺术。

附当年词作一首：

诉衷情

烟波淼淼觅归舟

风雨近中秋

无端月照鸥冷

孤影向汀洲

三五夜

水空流

泪难收

登高临远

相望重山

一醉琼楼

2007 年 9 月 5 日

中年是个什么局

曾写过一篇探讨中年问题的文字《四十惑不惑》，主张下半生顺乎其道地度过。

近读林采宜《棋到中盘》一文，其观点很是激进。作者将中年以棋局的中盘作比，历数中年的诸多毛病，主张当弃则弃，当变则变，不破不立，千万别在中盘走残局。

"中年输不起，一着不慎，满盘皆输，输掉的是后半辈子。"

"有了退路，人在选择变化的时候就显得特别的游移，即所谓患得患失，因为对职业的重新定位和转型必须以'失'为前提，放弃现有的就是'失'。所以，有人说三十五岁到四十五岁是'职业更年期'，尤其对于白领阶层，在笔挺的衬衫领子下面，浮来浮去的都是焦躁、犹豫和彷徨。"

"中年最大的问题就是拿得起，但放不下。放不下一段似乎缠绵的感情，放不下已经拥有的职位，放不下那片尚未平息的掌声……"

"和职位一样，阅历是中年的财富，也是中年的包袱。所以男人到了中年，总是变得格外胆小，性情不敢纵，名节不敢污，权贵不敢忤，'黑白善恶，只宜在心，不宜在口'。"中年毛病多多，患得患失，难以抉择。

人到中年，仿佛走入一个困局。困扰困惑困难。

是被团团围困无奈走残局了残生，还是选择变局变化丰富人生？

中年非得在变与不变之间作出选择。如果选择以不变应万变，或者说被动地适应变化，那么就该望峰息心，死心塌地，再不要不甘不愿。如果选择变化主导变化，那么重新定位与转型就非做不可。变到什么程度什么地步也需细细思量：是改良式的变化，还是根本性体制性的变革？

中年是个什么局？困局危局残局变局？凭借个人选择，总会有个了局。

2007 年 9 月 10 日

蝈蝈叫了

一只小小的蝈蝈，竟可以让父子俩牵肠挂肚，寻寻觅觅，苦苦等待，欢呼雀跃。

昨晚八时许，我正在上网，儿子在宽大的餐桌上对着照片画年轻时代的我，忽闻一阵长长短短的鸣叫声。

鸣叫声从刚进门的配餐台上传来，牵动我的敏感神经：莫不是小小篾笼里的蝈蝈开叫啦？

凑近一听，千真万确，让父子俩苦等一天的蝈蝈原来不是哑炮。当我作出鉴定时，天天笑逐颜开，以一贯的慢悠悠语调说："我想，这只蝈蝈一定是内向型的。"他上前拎起小篾笼，看了又看，然后心满意足地开始转圈。遛蝈蝈。

蝈蝈是前天给他的。天天放学走进我的办公室，没等我开腔，便直奔电脑主机顶上的小篾笼，问："是给我的吗？"我说当然。他大呼："太好了！我一进来就发现了。这两天路边摆了好多在卖，没想到你就送我了。"他端详着笼中青躯褐腿的蝈蝈，啧啧赞叹："好漂亮。是蝈蝈吗？"得到肯定答复还不放心，说："百度一下。"待查看了"百度知道"，确定是蝈蝈无疑，他又饶有兴致地研究起蝈蝈的习性来，比如吃啥喝啥，比如为何叫"百日虫"。突然问我："为什么说新手最好买个直接会叫的来养？"我想了想，说："估计有的一开始是不会叫的，高手大师能把不叫的养叫了。蝈蝈大师。"他摆摆手谦虚道："我还没开始养呢，不能叫大师。"

回家路上，经过晋安河桥头，路边响成一片，天天不禁担心："我怀疑这只是不会叫的。它到现在天黑了也没叫过一声。"

事实证明，他的担心是有道理的。不论天天怎么殷切期盼，临睡还把它放在床边，整夜它也没叫过一声。昨天，因为心里有事，他起个大早，遛到上学也没个成果。他嘴上说："没事。希望我能把它养叫了。"但他一副心事重重的样子，我知道他内心有多失望，暗想要看准了给他补买一个会叫的。等他下午放学时，我说再去买一个会叫的，他一蹦老高："你是世界上最好最不一般的爸爸。"我让他少拍马屁戴高帽，他认真道："我真这么觉得。因为你了解我的心思呀。"这小子改郑钧的"天下没有不散的筵席"为"天下没有不叫的蝈蝈"，一路豪歌。

谁知好爸难当。奇了怪了，路边的蝈蝈摊统统消失。找呵找呵找蝈蝈，居然遍寻不着。我心有不甘，带着儿子兜兜转转，快找到金鸡山脚下去了。天天反倒宽慰我说："别找了。今天就算了。这样也丝毫不会影响你最好爸爸的荣誉。"我说："你以为我是为这个吗?"天天道："当然不是。我知道你是不想让我失望。"天色已晚，父子俩只好无功而返。

怎么也没料到，沉默一天之久的蝈蝈居然叫了。父子俩喜出望外，这时候听着来之不易的鸣叫如听仙乐一般。水土不服的内向型蝈蝈呀，你是被我们感动了吗?

2007 年 9 月 12 日

月圆花好路漫漫

安妮宝贝新书《素年锦时》即出。

她在博客里以《花好月圆》为题，表达了淡淡的喜悦。

"2007年我只做了两件事情，写作《素年锦时》，及决定生养一个孩子。我要的生活很简单自足，也一直在为自己做出选择。如同那一年决定走上去往雅鲁藏布大峡谷的路途，这些选择都只是我自己的，个人的，很平淡的一些事情。"

"而首要的是，在我们生活的底处，做好朴素真实的自己，并以此得到花好月圆的内心。这才是一个人能够获得道路的前提。"

文中的两段话与"路"有关，与"选择"有关。

她当初去墨脱，是在作"选择"，是寻"路"而去的。后来就有了《莲花》。我一直以为，小说结尾处素面朝天、平淡自若的庆昭就是安妮精神上的自己。"她抽烟的姿势大方而落寞，轻轻吐出烟圈吸入鼻腔，再吞入喉咙。"三年前的三月，那个夜晚我和晨骏在三里屯难得的一间静吧里见到的安妮，就是这样的神情。谈话地点是她选的，素净的白房子。她温和淡定地答应自选一本"都市情感小说专号"。

历尽劫波的庆昭最终过上了自由和平静的日子。"早起，侍弄孩子、花园和宠物。去集市买菜，做一日三餐。帮助邻居和社区做些事情。手工制作一些首饰，有一批客户定期来买。不需要靠此谋生，所以只是为兴趣做事。"

安妮在博客里说"只希望安静写作和生活",她选择"花好月圆的安定"。我觉得《莲花》代表一次重生,一种通达,结尾处庆昭的生活态度代表了安妮内心的取向。"仿佛是来自天上的路途,可以超脱人间所有的悲喜和得失而去。"

经历情殇的万般磨折,最终抵达花好月圆的内心。这是我对安妮近十年写作历程的粗略印象。或许,与她的心路历程暗合?没经历过情感震荡,没经见过生死,不可能抵达从容淡定之境。如陈奕迅所唱的那样:"荡气回肠,是为了最美的平凡。"

《菜根谭》认为"心体便是天体":"一念之喜,景星庆云;一念之怒,震雷暴雨;一念之慈,和风甘露;一念之严,烈日秋霜。何者所感,只要缘起缘灭;廓然无碍,便与太虚同体。"我想,要抵达"天人合一"的境界,原本要走很长很长的路。朴素真实是获救的前提,但朴素真实在这尘世间注定要经受许多磨折劫难,才可以达成原初的愿望。

2007 年 9 月 18 日

虚　实

1

行走在乌镇西栅，心里与四年前到过的东栅做着比较。规模更大，休闲设施更齐全，却不复东栅的原味。这里没有茅盾故居林家铺子，也没了原住民，触处皆是做旧与仿造。一路在真真假假虚虚实实中穿行，辨识起来很累人。这乌镇不是那乌镇，所以，我只好叫它鸟镇。

2

乘船悠游杭州西湖。岸边绿柳披拂，湖面细雨微波，有晓风盈袖。"山色空蒙雨亦奇"，正合了我梦魂深处的江南印象。西湖温润了人文，人文提升了西湖。梁山伯与祝英台，白娘子与许仙，浪漫的爱情传奇就该滋生于这样的水土，白乐天苏东坡这样的诗人刺史文章太守就该在这里筑堤流芳。看过"三潭印月"，出了"花港观鱼"，撇开众人，独自到湖边的长椅上小坐，呼吸吐纳，融入画境。

3

归途，卧铺车厢熄灯前，紫色窗帘放下来，杂沓的人声骤息。我在车窗前品工夫茶看王安忆的《虚构与非虚构》。蓦然回首，整节车厢过道空空荡荡，其他人全都归位盖被一动不动。热闹与疏离好像没有任何过渡。当时我很恍惚，这情境到底是真是幻？

4

罗伯特·巴乔做客央视"天下足球"。他认为，人生就像罚点球，因为都是一场挑战。1994年世界杯罚失点球的梦魇整整困扰了他四年（许多球迷悲伤着他的悲伤，在他最痛苦的时刻爱上了他，世事人情很奇妙），直到法国世界杯他选择挑战自我罚进点球才真正走了出来。他说40岁意味着进入了人生又一个重要的时期。留给人的时间一天比一天少，所以，每一天都要过得幸福。段暄问他希望孩子像他一样成为足球明星吗？他笑答，这不重要吧，最重要的是做一个善良的人。赛场上也有人问候他母亲，他选择克制，没有像齐达内那样以铁头捍卫尊严，而是在赛后拿起棍子追打那个出言不逊的家伙。听着他的话语，看着他在节目结束前轻松随意地颠球顶球，我触摸到了他明星光环下的真实。

2007年9月27日

"挖茅坑"现象解读

儿子做作业，基本上算个成功人士。我说"基本上"，是一种实事求是的态度。常规作业，他一般都能在放学前搞定，如遇美术、作文，那尾巴就长了去了。

美术周一布置周五交，他往往要磨到周四临睡前。作文，通常也要挨到最后时限。用一句川人俗语——屎胀挖茅坑，虽不好听，但是很贴切。

自我检讨一下，此类现象在本人身上也不同程度地存在。莫非这东西也会遗传？

每当儿子出现"挖茅坑"现象，我都会自我反省一通。咱们又不是什么事都磨洋工，问题到底出在哪儿？

推己及人，窃以为"挖茅坑"现象归因大致有三：

1. 提不起兴趣又不得不为的

比如，男生喜欢宇宙天体兵器足球，你偏让他画那些花花草草；比如，官话套话空话连篇的应景公文。不情愿就懒得做。

2. 有一定挑战性和难度系数的

畏难情绪使人踌躇不前，能逃避一会儿是一会儿，到最后退无可退，只好硬着头皮上了。

3. 苛求完美，对自己要求过高的

有些事是自己感兴趣也比较拿手的，但也正因为这样，总想着超越自我，拒绝重复，高标准严要求，对自己不满，反倒造成进展迟缓。

"挖茅坑"的人，除非天生慢性子，大抵都摆脱不了一种内心焦虑，心里老挂着个事儿，没完就是没完，偷懒也不安心。那种煎熬折磨，其实更累人。

为消解上述三种症状，我也没什么高招，就想到一个处方：自我奖罚。自己设定一个时限，而不是那个最后时限。按时完成了，奖励喝啤酒看电视上网，完不成就休想。对儿子，也是画个饼给他——按时完工，就可以到院子里呼朋引伴尽情玩耍，否则不要有任何想法。

行与不行，看疗效吧。

2007 年 10 月 28 日

"挖茅坑" 现象解读

人生如寄

夜雨淅沥，惹人秋思。

灯下重温《古诗十九首》，人生无常之感尤甚。

古诗里都写了些什么，让我从青年看到中年？这些诗作，写于东汉末年，离乱年代，文人化的程度已经很高，题材却还是民间的，如人生无常，及时行乐，离别，相思，客愁，等等。食人间烟火的伧夫俗子都可能遭遇，并能心生触动的题材。

明天主要是两件事：参加一场追悼会，然后去荔园参加某培训班。也就是说，死者完成了他的人生使命，生者与他道别后，该干吗还得干吗。死者的悼词，组织上对他会有定评，生者的定评留待以后。我再多想一下，定评可能全面准确客观吗？似乎不能。除了众所周知的一些生平履历，每个个体的曲折幽微，只有他自己或者亲近了解的人知晓的内情乃至隐情，可能揭示出来吗？如果不能，所谓"定评"又能否称为"定评"，或是"盖棺论定"？有的人还可能在身后有颠覆式的结论，乃至颠覆再颠覆的结论。死者身后的一切对他真有意义真有影响吗？阴阳相隔，应该没有。如有意义和影响，也主要是对与他相关联的生者。

"人生天地间，忽如远行客""人生寄一世，奄忽若飙尘"，《古诗十九首》里，不乏人生如寄、人生无常的感慨。也不乏"同心而离居，忧伤以终老""盈盈一水间，脉脉不得语"式的刻骨相思。还不乏"捐弃勿复道，努力加餐饭""不念携手好，弃我如遗迹"式的哀怨悲愤。面对人生的终极问题，古人今人都可划分为两大门派：务实派和务虚派。务实派，或及时行乐，或追逐富贵。务虚派，或重义轻利，或重情悖理。以我愚见，虚实两全，既合情又合理，鱼与熊掌兼得的案例少之又少。

这就引出一个判断取舍的问题，或曰价值观问题。人生既然是一个无中生有，又从有归无的过程，从虚无中来，到虚无中去，人生如寄，人生苦短，不可复制不可再生，每个个体在有生之年的选择，就是自己为人生给定某种意义。求仁得仁，死而无憾。逐利者，以欲望大小为标尺，或满意或不满意。重情者，或为爱而活，或为爱而死，或爱得死去活来而无果。真知道自己是谁、要什么、在做什么的人，算是有福之人。不知道自己是谁、一味从众的人，幸福指数低得可怜。当然，即便闹清了自己也未必能听从内心的人，所在多有，甘苦冷暖自知。

我在想：认识你自己，理解并尊重他人的真理，会不会"寄"得安然些？

2007 年 11 月 6 日

郑钧离婚　溺爱不再

一上"天涯"，网页搜索"郑钧离婚"赫然在目。因为喜欢郑钧的歌，点开看了，像是真的。

40 岁的郑钧，作出这个决定，应该清楚自己在做什么。

他与大学同学孙锋 1987 年相识相知，在一起 20 年。曾经因为音乐志同道合，曾经为她写歌《灰姑娘》，曾经为像极了自己的宝贝女儿出生而"崩溃"。真到了过不下去的时候，分道扬镳仍不可免。柏杨把孩子比作"压舱的"，世间好些婚姻是由"压舱的"保全了。郑钧唱的是摇滚，精神底色是真实、极致，船真要翻的话，"压舱的"也不可能压得住。

世间的婚姻只能说是一种半公开的存在，公开的是夫妻身份和人前的种种表现，不公开的部分则是真实的家庭生活和夫妻感情。这跟冰山的状态比较接近——露出水面的仅为八分之一，另有八分之七藏于水下。婚姻一般不能进行由表及里的分析，人前浪漫卿卿如琼瑶小说的也许正面临危机，人前清淡如水的没准儿倒是恩爱的一对，实情如何，只有自家清楚。

婚姻长久与否可以说明一些问题，但不可以作为判定婚姻质量的绝对标尺。比如离异必定是对一场失败的婚姻作个了断，维持不下去的婚姻当然是质量不高的婚姻，离婚没有赢家。白头偕老的婚姻却不能笼统称之为保险的、高质量的婚姻，卓文君的《白头吟》"愿得一心人，白首不相离"，其实是与司马相如婚姻亮起红灯时所作。这里边混杂了破而不裂的凑合婚姻，夫妻恩爱尽失、离心离德，只是害怕舆论或顾及孩子才勉强维持着，家庭气氛或冷漠或紧张或压抑，这样的婚姻有何质量可言？

其乐融融的婚姻家庭谁不想要？能拥有是幸运，用心珍惜方能葆有。倘若不幸到了恩断情绝的地步，该放开就放开，于双方都是一种解脱。告别错的才可能与对的相逢。汲取失败的教训，一切从头开始，对于往后的生活才真有意义。

2007 年 11 月 19 日

醉·清·风

醉了一场。从酒桌转到酒吧没多久就趴在桌上睡着了。后来的本领更高，在吃夜宵的小摊点，坐在没有凭依的小凳子上继续酣睡。昨天中午醒来，出了一身透汗。打电话了解始末，大汗。不过，大汗淋漓之后冲个热水澡，持续几天的低烧、头痛症状全没了，坏事变了好事。

清清爽爽带了儿子出门，走小路去九龙城。路过上北境道观，惊异于第一次碰见开门了。父子俩就进去看看，供奉的赵天君看不真切，欣赏了彩绘壁画和雕梁，我在"佑我子孙"处驻足凝神，心中默念。走过三角池某民宅，儿子指着挂了一大一小两个"8号"的门牌让我看，父子俩相视一笑。上回路过时，我们曾探讨这家人为何把门牌号放大再做一个，一致认为，因为号码不错，吉利呀。联想到原单位那位拿到火车票座号8号也要说一声"嗯，不错"的长发青年，我对儿子说，这样的人活得比较幸福。绿意葱茏、环境清幽的九龙城，深受儿子喜爱，不意撞见他同校同学，再有电视台"大淘宝"栏目进社区搞活动，他就更爱了。尊重他的意愿让他在院里玩，我一人上楼去茅兄家品茗清谈。茅兄上午刚主持了一个丧礼，死者是他当年进社时所在编辑室的头。倏然20多年过去，谁能想到，当年编辑室的小毛毛今天刚好轮到为当年的头主持告别仪式。哪天我们撒手时，今天单位那些年轻人当中，会是谁来给我们主持？人生苦短，太多计论又是何必？

　　两人正说话间，茅太手持望远镜从阳台奔过来，问我楼下领奖台上穿蓝毛衣的小孩应该就是欧非亚吧？我心想一定是他了。到阳台一看，果然。儿子站在红地毯上，手里攥了个红包。不一会儿，他兴奋无比地上楼进门，上气不接下气地汇报他如何挣到了 50 元现金奖励。原来，他跑到物业随便登记了个房号参与活动，且被抽到幸运观众，答对两题之后，投球进洞，挣来了他此生的第一笔钱。大家笑问他准备拿这笔钱干吗？他不假思索地回答："买个回力镖！"那是他头天晚上在五一广场滑旱冰时看中，后来人家收摊没买成的新玩意。我摸摸儿子的头说："回力镖爸爸买给你。你这辈子挣的第一笔钱，要么珍藏做纪念，要么开个专户存起来。"

　　风乍起时，儿子在五一广场玩起了夜光回力镖。给他额外奖励了一只号称"神舟七号"的风筝。风筝飞起来，飞上了夜空，放线的儿子以纯真的笑脸仰望。我看看风筝，看看清秀的他，指间点燃的香烟在夜色里忽闪忽闪。

2007 年 11 月 25 日

不亦快哉

原单位选题会传来客观公道的声音。关于那一段岁月，关于现在的我。不论有无实际意义，非正常时期宣告结束，总是令人愉悦的。

因为海外赤女潘委员的到来，十余位同学欢聚富黎华。席间爆出尘封20年的"玉华表妹""何姗、程遥"猛料，笑语弥漫。

小股同学相约老百姓土菜馆。适逢原单位几位朋友来访，于是同去。为便于我走动，同学们退了包厢，改在小厅里订两桌。土菜够味，同窗友情更耐嚼。

带儿子一天逛了俩公园。儿子悠悠球水平又上一个层次，再次登临高空索桥纵览榕城也如愿以偿。他罗列了出行的种种好处，最后总结陈词："太开心啦。如果没有爸爸，这一切都不会实现。"我心欢喜，眼眶微润。

2007 年 12 月 3 日

地主梦　何时圆

地主梦，不是我的，是老猫同学的。

周末去往北峰岭头看地的途中，面若银盘的老猫因接近目标而拍打方向盘，大气长舒："我从小学起就梦想种地当农民，终于快要实现了……"话音未落，我和兰老师（也就是"闲锄明月种梅花"同学）异口同声地揭露他："什么当农民，明明是当地主。当农民犯得着这么费劲吗？早实现了。"老猫悦纳批评："地主就地主吧。"

共看了三处地块。第一处，有平畴，有靠山，最喜大片大片种植的黄菊白菊。我说老猫可以"采菊东篱下，悠然见南山"了。我儿机敏，立马改编为"悠然见北峰"。遗憾的是没什么水，欠灵动。第二处，比较有感觉，梯田规整，菜畦碧绿，向上，是一湾池塘，番鸭们白毛浮绿水。再往上，是一大片竹林。好一派田园风光！第三处，掩藏在草树间，一行人都被天然的流泉飞瀑迷醉，啧啧赞叹：有曲水流觞的兰亭感觉。老猫更是欣喜若狂，比比画画要圈上二三十亩地，嚷嚷着除了盖房子，还要种一堆桃呵杏呵，也不怕招蜂引蝶到时候被蜜蜂给蜇了。

老猫开始做起了承包50年当地主的美梦，口中念念有词："50年应该差不多。"兰老师夫君李律师揶揄道："当然差不多了。你那时候可以去莲花峰跟王审知作伴了。"众皆大笑。

谁知好事多磨。第二天下午，老猫同学打来电话说，那地方不能要。你道缘何？他一个人又跑进去攀爬考察周边情况，发现上边的土路雨天肯定会滚落沙石，最要命的是，大家一致看好的所谓流泉飞瀑，其实源头是山村里的臭水沟，边上怎么住得了人？我宽慰他还好考察清楚了，是不是再考虑一下梯田那一块？

老猫何时能圆了他的地主梦，让我们拭目以待。

2007 年 12 月 11 日

234

光合作用

今天，有着 2008 年以来最明媚最温暖的阳光。

窗户大开，把棉袄晒出去，把阳光请进来。

然后，坐在晴窗下，喝茶，晒太阳。

看尘埃舞蹈，直至落定。

看街市扰攘，我心闲闲。

阳光抚摸着我的面部和躯干。

身子热了，脸部烫了。有酒饮微醺的陶然。

就这样坐着，无所事事。

一晃眼，差不多两小时过去了。

想起茅兄的一句妙语："凡浪费的，都是美好的。"

我浪费了时光，可是，没有浪费阳光。

窗外的绿树，光合作用，释放氧气。

氧分充足了，心情也好了。

2008 年 1 月 6 日

合作谁赢

某些人的言行糟践了好好的一句话："合作双赢"。

当他们笑容可掬地说出这话时，我姑且当真。要我信，看过程，看结果。

很不幸，过去的一年，某些人滥用了这句话，当对方是傻的，他们才是聪明的，他们才是赢家。

其实，做一锤子买卖的，跟谁合作就被谁识破，谁比谁傻多少？这些所谓的聪明人又能走多远？

有鉴于此，迈入 2008 年，当我要表达同样的意思时，会下意识地避开"合作双赢"，代之以一个与时俱进的新词汇："互利共赢"。是换词，更是一种提醒。

2008 年 1 月 16 日

九 龙 城

一个四季常青的小区。

一个可以诗意地栖居的所在。

近 30 平方米的超小户型，时仅半月的超快装修，已具备入住条件。

浅黄色调的墙面。白边框的玻璃门窗。黑橡配白的家当。简洁文气的灯饰。

237

温馨精致，但不奢华。

窗外便是葱茏绿树与扶风弱柳，还有鱼池。

仰头可与对面楼的好兄弟相望。

屋宽不如心宽。人居环境加上人文环境，使这小房子物超所值。

生于九龙坡，将居九龙城，像是一种机缘巧合。

将迎来一个新年。

将是一个新的开始。

2008 年 2 月 1 日

许 三 多

一部《士兵突击》，火了许三多。许三多有一句经典台词："人要活得有意义，活得有意义就是好好活着。"他以憨态和傻笑看人修装甲车，看得人直发毛。班长让他试试，他说掌钎没意义，抢锤有意义。于是让他抢锤，结果他一锤下去，正中班长的大拇指。身为装甲步兵却会晕车，做腹部绕杠顶破天才做 27 个，那还得在四下无人的时候。某一日，被先进班集体的荣誉感激发，潜能释放，居然做到了常人所不能及的 333 下。

初五同学会，许同学成为主角，大家改叫他许三多。许三多一直想当班长的故事，经黄老怪演绎变得生动无比。许同学家的辈分有点乱，老爷子和他哥俩同为"金"字辈。老班长 L 君道："班上唯一让我记得住他父亲名字的也就他了。"小魏说："他爷爷的名字你也知道。"众人一愣，小魏笑云："许大马棒嘛。"

为了一遂许同学的平生之愿，猫班让座，L 君推动，发起改选活动。恰逢当年的四位组长有三位在座，远在无锡的阿屠组长经小满同学连线，也表示支持。全票通过！老班长、猫班和在场的三位组长纷纷举杯祝贺。许同学喝得满面红光，把胸脯拍得啪啪响："等了快 20年了，也该轮到了！"许三多荣升班长后有什么好处呢？"酒可以多喝一点""话可以多讲一点"，L 君和戴老咪才帮他归纳了两点，许三多迫不及待地表态："我最关心的是，妞可不可以多泡一点？现在能上

石井不？"（石井乃当年女生楼聚集地）

朋友是老的好。这帮 20 多年的老同学每次相聚都很欢快，什么玩笑都开得。许三多这班长的有效期是多长，我就闹不清了，因为当晚被猫班的搞高了。

2008 年 2 月 13 日

许三多

巧 合

阳光煦暖，天朗气清。出门经过那株曾飘撒一地落英的树，发现它开出了簇新的花。

进到办公室，看见窗前新换了一棵发财树。生机勃勃的绿。

三月三。蓦然惊觉，两年前的同一天，我到这里正式上班。

揭下上周的周历，翻开新的一页。这下更是吃惊。本周的唐诗周历赫然印着《送孟浩然之广陵》："故人西辞黄鹤楼，烟花三月下扬州。孤帆远影碧空尽，唯见长江天际流。"要知道，我刚换过的博客音乐《烟花三月》正是根据这首诗改编演绎的。只是这周历将作者误为杜甫，在译文解释处说对了，是李白的送别诗。编校质量不过关呐。

无巧不成书。想起三年前在某花店，见一小盆景无论盆还是景都合我心意，当即买下。买完才问小妹这叫什么名儿？小妹说："六月雪。"我心头掠过"窦娥冤"，有不祥的预感。后来果真遭遇"六月雪"，冤比窦娥。

天人合一，天人合一。人与自然的盛衰有时，总有契合处。我们所能做的，不过是平常心看待，顺其自然。

2008 年 3 月 3 日

在那最后的日子
——天天创作的剧本

时间：1300 年后的 3308

地点：中国

人物：父亲、儿子；太空探险队；入侵地球的外星人

[一个清朗的晚上，灯火通明的街道上空划过一个神秘的光点。可是人们却浑然不觉，连雷达都没有发现它的踪影。

儿子：（趴在窗前，一手拿着科幻小说）爸爸，你觉得宇宙中真的有外星人吗？

父亲：（哈哈大笑）你肯定是科幻小说看多了，世界上怎么可能还会有外星人呢？你应该把精力放在学习上，别再胡思乱想了。我说你这么优良的基因怎么还有不务正业的成分？这可不像我。

儿子：爸爸，你这才不对呢。宇宙这么大，如果只有地球上才有人，那岂不是浪费空间吗？

父亲：难道你还希望外星人入侵地球不成？

儿子：我只是对这个感兴趣而已。

[第二天下午放学后，当儿子哼着小曲儿走过玉米地时，他惊呆了！就在不到 100 米远的开阔地上，一架飞碟矗立着。旁边有两个身着灰色紧身衣，倒三角形脸、大眼睛、小嘴巴的外星人好像在议论着什么。儿子连忙蹲下，拨开草丛，窥视着。

外星人甲：（以一种人类难以听到的频率说）我们居住的星球太

小了，我实在受不了了。要是能有一个像这里一样的栖身之所就好了。

外星人乙：（同样用一种人类难以听到的频率说）我们此行就是为了这个。我们要把恶心的地球人统统消灭掉，就没有任何绊脚石能阻止我们统治地球了。

〔儿子吓坏了，屏住呼吸，一声不响地爬出玉米地，然后惊慌地向家中跑去。

儿子：（倚在门上，喘着粗气）刚才我在玉米地里看见外星人了！他们要把我们人类全部杀光，然后统治地球！

父亲：（严肃地说）以后不许你再看科幻小说了！你看你，净是胡说八道，连什么外星人入侵地球都跑出来了，还像不像话！

〔接连几天，各种新闻媒体报道了不计其数的 UFO 事件和外星人杀人事件。一开始父亲还不太相信，认为那是人们的错觉，可随着此类新闻的大量出现，他开始有点相信儿子的话了。

父亲：你敢确定你说的全是真话？

儿子：（急切地点头）千真万确。

〔父亲相信了这个事实，儿子说的话应验了，真的有外星人。这时，从电视上传来了这样的征集令：召集 11 名石油钻井工，组成一支太空探险队，乘坐空天飞机前往小行星 375——外星人居住的星球，用石油钻井机在星球表面钻一个 100 米深的大洞，然后将氢弹投放进洞，最后引爆。然而父亲就是一名石油钻井工人。

父亲：你希望我去吗？

儿子：（毫不犹豫地说）当然要去！

〔经过一个月的艰苦训练，11 位伟大的石油钻井工和宇航员们登上了空天飞机。一路上，第一次乘坐空天飞机的石油钻井工人们尽情地享受着太空的乐趣，丝毫没有紧张感。

〔到达小行星 375 表面了，钻井工人们顿时手足无措，刚才的轻松已无影无踪。他们与坚硬的花岗岩作斗争，经过一次又一次失败，他们终于钻出了 100 米的深度，并把氢弹投放了进去。当他们个个汗流浃背抬起头时，疲倦的目光呆滞了。这时，至少有一万个外星人将他们团团围住，UFO 布满了天空。父亲：（向天空望去，地球显得格外明亮，他的眼睛写满了悲伤）再见了，儿子！

[在一阵嘹亮的国歌声后，轰的一声巨响，一切都消失了，换来的是寂静和虚无。

[儿子孤零零地坐在电视机前，脸上布满了泪珠。此时此刻，第一缕阳光洒在了地平线上。

2008 年 4 月 5 日

里 程 表

开完家长会，呼吸着夜雨后湿润的空气，踏过得贵巷的一片泥泞。为儿子茁壮成长的优秀而脚步轻快。忽然意识到，得贵巷改造完就将成为某某路，自己在这巷子旁的大院里，已经行走了 15 年。

昨晚去见北京来客，车在东大路上停下来等红灯。司机小戴指着仪表盘上亮灯的数字兴奋道："这下正好跳到整 7 万公里，下面一行加油清零后的数字是 1868，好啊！"显然，爱车的他在等待里程表的这个数字，否则不会在第一时间播报出来。我笑笑说："快看看这是什么地方。右手是人才市场，左前方就是我们的开户行，有才又有财，好兆头。"

今天是世界读书日，也是我博客建站整两年的日子。两年来的心路历程、人生变化都记录在案了。《开场白》里提到的电视连续剧《霍元甲》，最近正热播新版。曾经的热血青年也将步入不惑之年。人生里程表到了这份上，缺乏慧根的个把还是有不少的惑。不过，已日渐习惯简单过活，日志也写得越来越像周记甚至旬记。

两年里，博客主张"为自己写，给朋友读"却是一直践行着的，并将延续下去，直至停搏关张的那一天，就像车子有个报废年限。报废之前，一如既往地欢迎各路朋友有空来坐，在里程表上留下你们的印记。

2008 年 4 月 23 日

手牵手　大爱抗大灾

　　作为一个生于山城重庆长于川西坝子的川娃子，父母兄弟分别处于德阳、重庆、成都三个城市的川娃子，自5·12汶川大地震爆发以来，心情难以言表。

　　好不容易打通电话、通上短信，得知家人无恙，还是无法松懈。刚刚过去的一天，除了关注灾情，继续与所有可以联系的亲戚、同学通消息，送祝福。对其中一位执着于误读、与我有隔阂的兄长，我也委托老弟转达问候。大灾大难当前，小恩小怨算得了什么？正如兰老乡所言："在天灾面前，除了生命，一切都微不足道。"

　　连日来，我也收到了不少同学、朋友以电话、短信、网上留言等方式表达的关切，备感人间有爱，真情暖心。在此，一并致谢！

　　那一片灾难深重、满目疮痍的土地，与我的生命记忆紧紧相连。

　　电视直播的几个重灾区，都是我18岁前主要生活的城市德阳的近邻。我要么到过，要么从小就耳熟能详。德阳的什邡、绵竹两县，目前死亡人数达到2600多人；绵阳（德阳在1983年成为地级市之前，隶属绵阳地区）的北川更是高达7000多人。都江堰市（原灌县，都江堰和青城山所在地），我高中时春游到过，20年后的2004年开会重到，这座岷江岸边的美丽城市如今面目全非。震中汶川，从成都通往九寨天堂的必经之地，而今已成人间地狱，全面崩溃，死伤不详。目前除小股先遣队到达，一乡镇2000多人生还（其中有1000多名伤员）外，没有其他消息。死者长已矣，这些重灾区还有多少伤者命悬一线，呻吟哀号，还有多少人无家可归或是有家难回？

政府、军方、社会力量正在全力搜救。一方有难，八方支援，众志成城，抗震救灾！

我，一个不能在家乡出力的川人，能为父老乡亲做点什么呢？除了用问候传递关爱这种精神层面的东西之外，总得来点实在的。比如，捐款捐物，比如，无偿献血。我一个渺小个体所能做的，可能也就是这些了。

前两天看狐狸 MM 在《波折就波折吧》一文后的跟帖还觉得姑妄听之，我一个倒头便睡的人怎可能"睡眠失常"呢？还真给言中了。

面对天灾，面对不可抗力，个把的同学朋友们携起手来，为灾区人民做点什么吧。无数个体的真情付出，必将汇成煌煌大爱的雄浑交响！

2008 年 5 月 14 日

246

不规则多面体

　　在龙腾体育商场内挑了红双喜三星球拍（说是与他的水平相适应）的儿子，只选对的不选贵的，像个理财师。

　　午后静谧的陶吧里，光着上身在转盘上制作杯子的儿子，骨感，专注，我美其名曰：上排陶艺师。

　　夜间灯如昼的屏西 A-ONE 绿茵场，因为年龄偏小不得上场的儿子，在场外替一帮中年球员把包袱、矿泉水整理得秩序井然，堪比管理专家。

　　午夜温馨小屋的卧榻上，我怀抱着熟睡的儿子，儿子怀抱着心爱的球拍，嘴角带笑。迎来六一的这一夜，儿子是红双喜三星的爸爸。

　　在恒记坐了露天的条凳吃饭。儿子夹了自己酷爱的京酱肉丝，喂两只可怜巴巴的土狗，临走不忘打包剩余吃食，拿去喂陶吧的狗狗"努比"，宛如狗友。

　　六一里的儿子，念笑话书念得前仰后合的儿子，我且用一句让你笑翻的学究话语送你吧——不规则多面体。

　　可爱的你，就是这样生动活泼的不规则多面体。

2008 年 6 月 2 日

欧洲杯散墨

——0123

0

法国 VS 罗马尼亚，看得我昏昏欲睡。慢热，法兰西的典型症状依旧。难啃，东欧球队大抵如此。场面平淡，要淡出鸟儿来。撑到上半场结束，我关机睡去。早上起床得知，两只眼睛的比分一直保持到终场。睡得英明正确。

1

揭幕战捷克 1∶0 胜东道主瑞士，结果不意外，过程意外。捷克队的那个入球，其实是没有打正外脚背部位，却画出怪异弧线奔向球门死角。瑞士队队长弗雷带球不畅，还被对方球员伤了左膝，上半场都没打满就饮恨退场。这意外的伤害很可能让他离开本届杯赛。他泪流满面的特写镜头令我伤感，不太恰当地联想到类似"出师未捷身先死""有心杀贼，无力回天"的悲剧。

2

狂爱德国，不论其穷达。王者的气度，超迈的意志，值得所有对手尊重。德意志就是他们，日耳曼就这么 MAN。波兰裔前锋波多尔斯基对波兰队的两个进球，都与他的锋线搭档同为波兰裔的克洛泽有关。他俩克制进球喜悦，他俩得意不忘本，忠义之士也。

3

郁金香怒放，钢筋混凝土轰然瓦解，荷兰3∶0击败意大利。这场比赛因为讨厌意队没看，对结果感到满意。本来对意大利没啥意见，可是该队（准确地说，是他们的国家电视台和马特垃圾）2006年世界杯搞出小人行径亵渎了大力神杯，我就不待见他们。什么叫风水轮流转？什么叫"出来混都是要还的"？30年逢意不胜的橙衣军团完胜雪耻，也替我出了一口恶气。

顺带说一下，上述比赛结果均与我赛前预测一致（比分没猜）。有点半仙味道。

2008 年 6 月 11 日

欧洲杯散墨

——马桶与战局

德国 VS 克罗地亚一役，开赛时我中止了以马桶刷（还没配备正选工具）疏通管道的努力。一要赶着看球；二不能让马桶的不通畅影响德国队的球运。

被克罗地亚主控的上半场令我揪心，坐立不安。不安的原因不在于克队的那一脚抢点破门，而在于他们控制了比赛节奏，连续 15 次传球然后破门足见其从容舒展。心爱的德国队再这么被动下去，他们就将遭遇马桶问题。

不是教练，不是球员，干着急帮不上忙。中场休息时，唯有继续疏通马桶。任我怎样发力怎样讲求角度，壅塞状况稍有缓解，但不能根除。犹如我对战局的隐忧。

球赛如同博弈。如果不是实力过分悬殊，抑或球运乖舛得势不得分，主教练的排兵布阵、战术安排，对于战局的控制力可以说是决定性的。克罗地亚主教练形象不佳，在场边又提裤子又跳脚的，怎么看都不如德国队主帅勒夫舒服。但是，上半场强化中场控制的布局，以及下半场以逸待劳伺机反击的变阵，决定了克队与首场比赛判若两队，其战术思想对路而又权变，"人不可貌相"。德国队久攻不下难免焦躁，1：2 的比分临近终场，大将巴拉克泄愤吃黄牌，"小猪"冲动报复被红牌罚下（开赛以来的第一张红牌）。比赛后半段一直站着看球的我，心下明白大势就这么走定了。

都是马桶惹的祸。赛后，我奋力疏通马桶，通了。

但愿勒夫也通，德国队接下来都通。

2008 年 6 月 13 日

欧洲杯散墨

——橙色压倒蓝色

橙与蓝扣人心弦的下半时。

劲爆，激越，沸腾。因为伟大的导演巴斯滕。

在一球落后疯狂反扑的蓝衣法国面前，橙衣荷兰防守吃紧，门前险象环生。

大胆到不可思议的换人调整，上边锋下后腰，这时候的荷兰竟然要打三前锋的攻击型阵容！

主帅巴斯滕，当年世界上最伟大的前锋，激情四射，魄力惊人。

事实证明，他赌赢了，他又一次征服了世界。

换上场的范佩西立竿见影的劲射；罗本技惊四座堪比 20 年前巴斯滕的那一记小到不能再小角度的射门；以及终场前荷兰队锦上添花的远射，让法国队亨利那一个企图振奋军心的入球黯淡无光。4：1，橙色以绝对优势压倒蓝色。

同样被橙色压倒的蓝色还有 0：3 告负的意大利。在此前对罗马尼亚的比赛中，蓝衣意队险些被黄衣罗队拿下（罗队点球未进，抱憾 1：1 的比分）。

橙色的胜利，巴斯滕的胜利，将分获 2006 年世界杯冠亚军的两支蓝衣军团意大利和法国推入绝境。他们为争夺生存权必将死磕，死磕有没有意义还得看人家脸色。他们都得寄望于荷兰最后一场对罗马尼亚的比赛不放水。两战全胜已经提前小组出线的荷兰队，保存实力是肯定的，罗马尼亚为出线必将全力争胜。总之，两支蓝衣军团前景大不妙，要么你死我活，要么双双出局。

巴斯滕的惊人之举，说到底是基于他对这支荷兰队特长的深切理解。以己之长遏制对方，让比赛进入自己设定的轨道，才是变被动为主动的不二法门。"进攻是最好的防守"固然不错，假如荷兰"锋无力"还这么换人，后果就只能是疯人而不是惊人。

橙色令世界杯冠亚军双蓝倒伏，可怕的荷兰队回来了。

2008 年 6 月 15 日

欧洲杯散墨

——当土逆转遭遇逆转王

一场充满悬念的比赛。

一场土逆转遭遇逆转王的比赛。

一场因维也纳断电而诡异莫测的比赛。

土耳其在本届杯赛上凭借三次逆转走到今天。

如果"土而奇"与其他球队遭遇，结果真不好说。

但是，他们遭遇的是我热爱的德国队，德意志论实力论意志都在土队之上，所以，尽管土队先进一球，尽管下半时基本没信号（全球化的恶果啊，瑞士的比赛奥地利来播，又赶上奥地利下冰雹），我也不那么紧张。

不紧张的理由有三：一是实力，土队处于下风，阵容又不齐整；二是意志，大赛史上，德国队是当之无愧的逆转王，1996年我发表的一篇欧洲杯随想《永不言败》说的就是他们；三是概率，事不过三，土逆转该到头了，他们的国名"Turkey"全小写就是"火鸡"，保龄球的"火鸡"也就表示三连倒。

看到土队先进一球，我反倒信心更足了：本届杯赛他们尽玩逆转了，一旦领先反倒可能失措。据统计，他们走到今天，靠逆转领先的时间总计9分钟。德国队在他们仅仅领先6分钟时，就由波多尔斯基左路传中，"小猪"中路抢点一蹭将比分扳平。

当然，出于热爱，出于心理暗示，我在下半时基本看不到转播的情况下，也做了一点"法"——配啤酒吃下了第四袋"豆鸡"（取谐音"斗鸡"之意——斗掉火鸡）。

　　克洛泽头球建功，2∶1。土队86分钟时将比分扳平。终场前，德国队通过前场的流畅配合，由拉姆打入制胜一球，3∶2！（看不到即时画面，后来补看的）

　　当土逆转遭遇逆转王，结局就是这样。

　　王压过土字一头。

　　为德国队挺进决赛欢呼！

2008 年 6 月 26 日

英雄美人演不休

很凑巧的是，看过《赤壁》的当天晚上，又见央视电影频道播放《特洛伊》。

同为战争题材，同样注入英雄美人元素，两片的相似之处昭然若揭。

吴宇森有没有从《特洛伊》搬些什么？

一样的名导明星联袂。

一样的大场面大阵容的对垒厮杀。杀人如麻，血腥冷酷，营造恢宏与凄厉。

一样的英雄美人元素。希腊大英雄阿喀琉斯与特洛伊女祭司布里塞斯的爱恨情仇，东吴大都督周瑜与小乔的恩爱缠绵。

包括将统治野心与红颜祸水牵扯的战争起因。特洛伊战争似乎因海伦而起，赤壁大战也尽量突显"东风不与周郎便，铜雀春深锁二乔"的意味。

在展现男人英雄主义争霸天下的长时间影片中，不弄些调味是不是怕观众瞌睡？

吴宇森怕观众烦闷，还特意安排了一些搞笑台词。

英雄美人演不休，娱乐片商业片就娱乐着看吧。

2008 年 7 月 26 日

想得美与想得惨

再过三个小时，儿子翘首以待的奥运开幕式就要到来。

几天前的一个午后，他枕着靠垫仰卧于橘红色的沙发床上，望着门外的蓝天碧树，说了一番很哲学的话。

"我现在天天盼着奥运，要是真的来了，会不会不如想象的那么好？会不会失望？就像原来盼着看火炬接力，后来真到了现场，也就那么回事。"

257

"我经常想，这世界上应该有第二个人跟我同时有同样的想法，但我不知道他会在哪里。也许，他这时候也在想应该有一个人正和他想着同样的事，但不知道那个人就是我，我在这里。"

这小子的悟性和玄想常常令我吃惊。

很多事确是想得美。最美的事物往往存在于想象中，现实要差一大截甚至落差巨大。海明威成名作《太阳照常升起》里的男主人公杰克，被战争剥夺了雄性能力，精神迷惘，永远只能"想想也好啊"。

当然也有的事是想得惨。周星星有台词云："谁敢比我惨？"其实比他惨的大有人在。山重水复之时，想象不出柳暗花明。

儿子觅知音的想法，令我联想到张若虚在《春江花月夜》中传达的宇宙观和历史观："江畔何人初见月？江月何年初照人？人生代代无穷已，江月年年望相似。不知江月待何人，但见长江送流水。"只不过张若虚设问的时态是过去时和将来时，儿子用的是现在进行时。

　　虽说"人类一思考，上帝就发笑"，但是人总会有想法。区别在于，乐观的人想得美，悲观的人想得惨，达观的人想得恰好吧。

　　最近玩一种逻辑游戏"九宫数独"，按规则找因果推理解题，做做思维体操。

　　但我知道，有些事因为其非理性，理性逻辑也解决不了。

　　那天与茅兄喝茶说话，他提到自己推崇的一副对联："非关因果方正道，不为功名始读书。"

　　茅塞顿开。对那些非理性的人和事，别去找什么因果找什么理由，搁置便了。

2008 年 8 月 8 日

站在全世界的屋顶

奥运。夺金。

这些日子的高频词。

更快，更高，更强。

挑战自我和人类的极限。

人们都在为那些站在全世界的屋顶、傲立巅峰的运动员喝彩欢呼。

没有多少人在意那些跌倒的、伤病的、失意的、落败的倒霉蛋。

不取笑、不鄙视，已是客气。

成王败寇，现炒现卖。这个世界的法则。

现实到家的风气之下，没有多少人去理会盛极必衰、新陈代谢的自然规律。

成功了，酒神狂欢，万众瞩目。

失败了，悲剧收场，无人问津。

所以，有实力还得有运气。

也许你还是那个你，价值一如从前。但有没有那个外在标签，终究是不一样的。

2008 年 8 月 18 日

这些形式主义的东西

素净的便笺纸。

纯色的即时贴。

简洁的平夹。

缤纷的回形针。

横格子的活页纸。

刻有《兰亭集序》的镇纸石。

案头陈列着这些形式主义的东西。

使用它们的时候，

一切都化为有意味的形式。

也因为它们，

原本枯涩的做事都活色生香起来。

2008 年 9 月 5 日

三个片段

片段一：凌晨三点的岳峰大排档

一个多月的时间，赶出一本较高品质的专刊。从组织采写、编校、设计、审定直至印制出版，紧张有序忙忙碌碌。其间有两次与文编美编奋战到凌晨三点。夜色阑珊，三个人坐在岳峰露天大排档喝啤酒吃夜宵。这种拼命三郎的劲头久违了，类似的情形只在六年前全国书市前夕出现过。频频举杯的间歇，心中自问：六年的风吹雨打，可以令我沧桑，但不能摧折我的意志，是不是这样？

片段二：晚十点半的天邑茶庄

专刊进展到关键时段，斜刺里杀出一个棘手的新情况。如果不能妥善处理，将影响整个进程和专刊效用。于是有了那天晚上天邑茶庄的紧急磋商。彩袖殷勤的小妹在一旁冲泡武夷岩茶，对坐的两个人面色严峻。半小时的思想碰撞之后，一个灵活变通的解决方案成型，两个人眉目舒朗，气爽神清，笑呵呵地握别。第二天，变被动为主动，局面完全扭转过来。沟通、碰撞、非单一线性思维，对于破解难题打破僵局是何等重要！

片段三：周五下午的K164次列车

上个周末，福州—杭州—福州，火车去大巴回。千里往返，只为赶赴兄弟的喜宴，没去任何景点。兄弟连称辛苦，我却在旅程中收获了抽离寻常生活的体验。去的路上，压根儿不想十几个小时的车程，在卧铺车厢里用旅行茶具泡铁观音，沿途看山看水看两本不同类型的书，饥则食，困则眠，有点儿孤云独去闲的意思。不以终点为意，随处都是风景，随处都是活泼的性灵。

2008 年 10 月 21 日

寄语四十

中学同学远道而来，以峨眉绿茶相赠。

明明是茶，却取了个酒名儿："竹叶青"。

喜欢它沉静精致的铁罐包装，更喜欢罐子上的那些字。

平常心，竹叶青。

一杯茶，品人生沉浮。平常心，造万千世界。

静胜躁，寒胜热。清静为天下正。——老子

用玻璃杯盛了"竹叶青"，冲泡开来，清气徐徐。

就着"竹叶青"，读了《心理》月刊上的一篇好文——《海德格尔向死而生的智慧》。

海德格尔很喜欢老子的一句话："孰能浊以静之徐清？孰能安以动之徐生？"（谁能使混乱污浊沉静下来慢慢澄清？谁能使枯槁死寂萌动起来慢慢复生？）这里的"孰"，应该就是海氏所说"存在本身"。

海氏这样描述人：人是被抛入世界、处于生死之间、对遭遇莫名其妙、在内心深处充满挂念与忧惧而又微不足道的受造之物。这个受造之物对世界要照料，对问题要照顾，而自己本身则常有烦恼。他/她处于众人中，孤独生活，失去自我，等待良心召唤，希望由此成为本身的存在。唤醒"此在"去成为本真的自己。

曾经为四十惑不惑而惑。

263

再过 36 小时，我的四十就该来到。

以平常心抄录一些语句，静待四十。

2008 年 11 月 11 日

我与某保险公司不得不说的故事

对商业保险不太感冒。所以，时至今日，仅买过一份少儿教育金保险，为儿子。

然而，就因为这么一份保险，我被某保险公司搞得近两个月来很闹心，不吐不快。

这份保险从1997年儿子零岁起开始缴费，连续10年，一切正常。最初是业务员上门提醒、收款、送发票，后来改为银行从专门账户代扣，业务员依然上门提醒、送发票。该保险公司的优质服务令人满意。

正当我为去年缴费发票一直未见而纳闷，准备查询后就存入今年的保费时，电话那端传来该公司一温柔女声："对不起，您的保险已失效，系统已永久销户，只能办理退保手续。"齐秦唱过一首《残酷的温柔》，那一瞬，我的脑海里闪过的就是歌名以及悲情。11年过去了，再有4次缴费，一份盛满亲子爱意的教育金保险就将在儿子高中到大学阶段取现，而温柔女声却宣告一切已成泡影，残不残酷？

急赴楼下银行打印缴费记录。存折打印显示，去年存入的那笔保费"硬硬的还在"。也就是说，该公司根本没把它划走，而我一直认为自己已经履行了缴费义务。再急急翻找11年前收到的那份保险条款，一看傻了眼——那上面规定了缴费时间和一个月的宽限期，称："宽限期满仍未缴纳的保险费，保险合同自动失效，保险人不负保险责任。"乖乖，我去年的缴费日期正好是宽限期之后的第二天，肠子都要悔青。摸索悔青的部位，迅速查摆了造成这严重后果的两大主观原因：一是健忘，竟然不能牢固记住 11 年前的条款规定；二是轻信，该公司前 10 年的服务没话说，我就想当然地以为后 5 年的它也值得信任。在保险业激烈竞争的时代，告知提醒蔚然成风，相信有问题它定会告知提醒，没有告知提醒就等同于没有问题。

本来保险失效还有两年的复效期，可是，由于我对去年缴费成功深信不疑，今年又不慎误过了宽限期，这期间该公司从未以信件或电话方式告知，连复效期都已错过。麻烦大了。

造成这种局面，我有责任，这一点毫无疑问。保险公司有无责任？几番投诉电话打过去，真诚检讨自己的过失，希望对方能看在这份保险关系到对孩子兑现承诺的份上，可怜天下父母心，给予复效。对方礼节性地表示心情可以理解，但只能退保。"动之以情"不成，咱又跟对方"晓之以理"：客观上超出了复效期，但我没有不履行缴费义务的主观故意，问题主要出在误以为去年缴费成功，这一年来公司哪怕有一次友情提醒，就不可能超出复效期。对方又礼貌地表示歉意，说是保险条款没规定公司的告知义务，再说资料上留的住宅电话联系不到我，结果还是不予复效。

是啊是啊，初次投保没有经验，无条件接受了该公司单方面规定的保险条款，那上面的"告知义务"全是针对投保人的。说联系不到我却纯属扯淡。11 年前投保时，福州电话号码还是 7 位数，现在用那个号找得到鬼。该公司真有诚意的话，客服只要问问业务员就能知道我的手机号，证据是我的手机里还储存着业务员今年元宵节发来的祝福短信。即便电话不成，信件总能收到，所以，该公司非不能也，是不为也。不为的原因何在？当年有利可图的买卖随着时间推移无利可图了，该公司已在几年前停办少儿教育金险种。已经投保的怎么办？最好多一些像我这样的倒霉蛋稀里糊涂地违约，公司就可以堂而皇之地退保了事。最可气的是，对方还有脸提出，退保后我可以用这笔钱再购买该公司的其他险种。做梦去吧！

该公司让我生气。生气的我不可能答应它的退保处理。我说，现在不单是钱不钱的问题，而是关系到对孩子兑现承诺的问题，情比钱重。如果贵公司认为自己做得够好了，退保决定不可改变，我一是向你们总公司反映；二是向省保监会反映；如果还不能解决，那就在媒体上披露。对方在电话里说，将向公司领导反映我的意见，然后会在7个工作日内答复。

7个工作日的最后一天，对方答复还是咬定退保。我想找省保监会的师弟帮忙调解，这家伙却不合时宜地去了北京党校学习准备进步，一学还要学到年底。事不宜迟，写了长篇信息说明详情发给他，他再转发给这边的同事，请他出面找该公司老总。过了两天，师弟从北京打来长途，抱歉说调解不成。该公司老总看来是踢球高手，表态说，除非两种情况可以强制复效：一是向总公司报告称他们工作失误，二是省保监会某某书面要求，而他们得向双方的上级组织同时报告。我当然不会让师弟为难，道谢之后，继续准备自救。

先跟几家媒体的朋友打招呼，说了个梗概，到时候可能要劳烦他们。然后，上该公司上级的上级总部网站，准备网上投诉。见鬼，输入合同号注册，居然被告知该区域尚未开通这项服务。我再一次拨通投诉电话，说得对方只好找来一位主管听我说话。我依然保持冷静克制秩序，希望能通过晓之以理、动之以情的方式友好协商。她听罢表态还是说不。"辱骂和恐吓绝不是战斗。"辱骂不怎么会，也不解决问题。万般无奈之下，我只能使出自己同样不擅长的恐吓了。

我的最后表态如下："三番五次的恳请无效，但我仍然希望能够友好协商解决，同意我的复效请求。如果你们觉得对得起公司标榜的服务理念，拒不改变，那么我认栽，损失就损失了，但这事没完。我只好去找能听我说话的地方。首先我会提醒这栋大楼里贵公司的几十家老客户多加小心，他们都是我的同事朋友。然后，我所在的媒体会和其他媒体一起讨论一下这个案例，摆事实讲道理，你们可以说你们的理由，我也可以说说我的看法，让读者去评判。"主管说会把我的意见向公司领导汇报，7 个工作日内答复。

我的最后表态算不算恐吓？也算也不算。又一次 7 个工作日的最后时限将至，我对该公司已不抱什么希望，正准备通知媒体朋友一起行动时，电话响了。是该公司客服打来的，说公司领导同意了，请我尽快去窗口办理复效手续。

听到这消息，我颇感意外。诉诸媒体的表态，我此前就有过，区别在于，原来只是一句话，最后表态比较具体，像是要来真的。我语调平和地感谢他们的谅解，然后挂断电话。近两个月的努力总算没有白费，对儿子可以有所交代了。我感到了一丝轻松。

就在对方妥协的当天，我听说了一位老领导的遭遇。他也是该公司的客户，业务员未经本人许可就以他的名义给他另买了一份保险，通知银行从他的专门账户上划走了 5000 元。看来，怕误过缴费期在账户上多存钱也不太平。

保险并不保险。细说我那累人的故事，意在提醒列位看官对保险公司多留点儿神，万一遇到麻烦也可有个借鉴。

2008 年 12 月 11 日

家有一扇门

银灰色的书法艺术花瓶上，主题词是"家"。

关于"家"，还有几行注脚——

家是一个温馨而甜蜜的字眼

在家可以撒娇

也可以打鼾

可以舒展筋骨

也可以栽培志趣

好字好意好有型。

我没有理由不买下它。

想一想，从武夷带回来近一年了。

粤语演唱的《四季歌》，意境、旋律皆美。

尤爱有关冬季的这几句——

蚂蚁有洞穴

家有一扇门

门外狂风呼呼叫

在喜盈门为新居选门。

对一大片同质化的东西找不到感觉。

直到 TA－TA 木门令我眼前一亮。

个性化的 DIY，可供选择的图与文。

我的家装我做主，为什么不可以让房门站成一道风景？

为什么不呢？

于是有了完全按自己想法装修的简约之家。

于是，家里有了绽放美丽的门。

2008 年 12 月 18 日

看见自己的心

这一年行将终了。

青壮时期，有理想，有抱负，总喜欢在岁末年初憧憬呀期许呀，切盼来年大展拳脚。

人到中年，锐气消减，火气消退，明白了自身的斤两和限度，就觉得最好不存什么奢望。

世事难料。盘点年来国际国内大事，究竟有几件是人们2007岁末可以预见的？

271

变局到来，人们所能做的，不过是应变而已。

来年会发生些什么？大势将如何衍变？同样难以预料。

与其妄加揣度，莫若积极应变。

因应能力如何，倒是值得检验与提升的。

流年似水，意识如流。

大环境和小环境，外部环境与内部环境，都是那样变动不居。

该如何把握，当如何因应？

有心人将"觉悟"二字拆解为"看见我的心"。

要有能力看见自己的心。

发乎本心，应对变局方能有所凭依。

2008 年 12 月 31 日

日新月异

今天，太阳是新的，连月亮也是新的。

连日来，细雨纷飞天阴冷。

今天不同，睁眼就见阳光普照，把 2009 的第一天照得暖烘烘。

待儿子完成了元旦作业，两人晚间出门时，同时发现一弯清亮的蛾眉月。

小区周边的店几乎吃遍，我们相约找一家没吃过的。

一直走到岳峰游泳池边，见一处无名蒙古包排档，类似去三清山前夜在上饶"秤砣"排档吃宵夜的场景，就决定吃它了。坐在红彤彤的蒙古包里，虽简朴却也温暖，边吃边看。前方台阶上，支棱个木架就开播的电视里正放着波澜壮阔的影片《赤壁》，这种反差很奇妙。

周瑜和诸葛亮还在那儿嘀咕呢，父子俩腹犹果然地走出蒙古包，抬头就见月亮变了颜色。儿子兴奋得大叫："我长这么大，第一次看见红月亮！"橘红色的月亮瞧着暖。我联想到吃饭的当儿，连续四次收到一位老兄以"日月横空"起头的祝福短信（估计是喝高所致），哈哈一笑。

从随园那条巷子穿到夜市，货摊沿河一字排开。儿子说："我们买几双棉拖鞋吧。"共买了四双可爱动物鞋，儿子非要跟我买一样的猴头鞋。一回家两人就"履新"了，儿子要我从背后抱着他齐步走，低头看看效果，他乐得不行，故作嗲声："哦嗬嗬，四只猴猴，猴缠树，树挠猴喽！"

2009 年 1 月 1 日

日
新
月
异

虎口脱险

之所以会重温经典喜剧片《虎口脱险》，完全是被儿子天天与小狗乖乖的生动一幕诱发。

中午出门去吃东北菜，儿子用狗链牵了小狗乖乖在前面走。乖乖毛茸茸的，状如狐狸，虽不足 5 个月，却撒欢快跑，动如脱兔。这样一来，天天就跟得比较被动。也不知是天天遛狗，还是狗遛天天。遂想起《虎口脱险》里的哼哈二将化装成巡逻队被狼狗拽着走的狼狈相。饭后，父子俩窝进沙发里，上网在线观看此片。天天还是头一回看到，我当年看的时候也比他大不了多少。如今父子同看，我依然笑倒，天天则笑得在我怀里打滚。

法国人政治外交上出尔反尔，令人生厌。不过他们拍的这部"二战"题材的喜剧片却真是经典——土耳其浴室里哼唱"鸳鸯茶"接头；南瓜当武器将追击的边三轮撞成分体式；环球旅馆里，因门牌号倒转引出的与德国人同床共枕；指挥小老头与高个油漆匠的哼哈逗趣；对眼德国兵瞄准击落自家飞机……

峥嵘岁月里的经典搞笑，带给我们一个快意假日。

2009 年 1 月 2 日

洗出一个洞来

干洗店能将衣物洗出一个洞来，厉害。

前不久，在小区附近的美涤干洗店办了张 118 元的卡。才洗到第二次，卡没用光就出了状况。

因为前一次的价廉质优令人放心，我昨晚仅在袋口核对了物品无误就直接拎走。到家后灯下展开，惊见亮色毛衣的中央居然洗出一个洞来。立即致电该店，小妹的回答就有点闪烁其词。起先说接收时没注意，洗的时候才发现；当我追问如果是这样，为什么当时不电话联系？她又说情况不清楚，现在老板、师傅都不在，等了解情况后再答复。

推诿一出，我就知道他们需要时间商量对策，答复不可能不请自来。早上再次去电，小妹又说，老板下午三点半以后才来，到时候看过衣服才能定。

傍晚带了毛衣上门，在柜台上摊开。动员我办卡时无比殷勤的老板换上一副冷漠脸孔，斩钉截铁地说："不可能是我们洗坏的。"上门只为解决问题，预料到对方不会很干脆，但没想到他否认得如此干脆。这话的潜台词，就是我吃饱了撑的来讹他。平生最烦不认账耍赖皮的，我高声喝道："你的意思是，我拿回去把它戳个洞，然后赖你们，有这么变态的吗？"他怕四邻听见影响生意，赶紧让我小声点，但还是不认，鬼扯什么双方看问题的角度不同，只是我认为责任在他

275

们，又没有当场验证。我怒道：哪是什么角度问题，事实摆在面前还抵赖？没有当场发现，就看你的诚信了。他还是兜圈子不直面问题。直到我说打电话找315来，他才说解决问题，可以绣补。本没有为难他的意思，早说解决问题不就结了？开单时，他还在很不甘愿地嘟囔："绣补也要去几十块钱……"

洗出一个洞来以后，这美涤的表现实在不美的。到最后，老板也没承认过错。认个错，诚心解决问题有那么难吗？

曾经在得贵巷口一家叫作"零伍酒肆"的菜馆喝酒。酒毕走回东湖宿舍门口，发现手机忘桌上了，飞奔进店，桌上已空无一物。年轻老板很负责，自己拨打110，请他们来查问员工，还对我说："都是新招的，我也怕有谁手脚不干净，客人受损失。"110来也没查出个下落，年轻老板跟我一起去派出所调解，他认赔800元。警官私下对我说，这老板不错，毕竟你有离店时间，这段时间手机到底是哪儿丢的无从证明。我很认同，与那老板互留联系方式。后来去生意兴隆的胡思年月酒吧，发现老板是他，两人高兴地坐到一起干杯，我还把他的诚信美名向朋友们播扬。

同为生意人，意外发生后，他们的表现太不一样了。有时间我还要去胡思年月，去会会那个搞美术的小老板。

2009 年 1 月 3 日

鼠辈的幸福生活

子鼠丑牛。天天属牛，即将迎来他的第一个本命年。

天天清秀，很反感"丑牛"的提法，更不消说什么"己丑牛年"了。

鼠年将尽，不丑的牛娃却将鼠辈请进了家门，当他的孩子，做他的宝。

请来的当然不是那种委琐的过街老鼠，而是颇类"精灵鼠小弟"的小仓鼠。

最初在校门口省下坐公交车的一元钱套圈获赠的灰纹"三线野生"，让天天大喜大悲。喜的是，爸爸对他自作主张捧回的小生命没有拒斥，还很欢迎，他可以放胆宠爱嬉戏。悲的是，当他通过"百度知道"了解到仓鼠品种和有关喂养知识，正准备 DIY 一个仓鼠窝的时候，一觉醒来，放在床头柜上整理箱内陪他入梦的小仓鼠却壮烈了。天天面色煞白，仿佛自己也手脚冰凉，一字一顿地说："他——是——饿——死——的……"

处理完"三线野生"，不忍看天天空洞的眼神，他的那种幻灭让我感同身受。他像个唐僧把仓鼠窝的架构念叨了 N 遍，在他的意念中俨然建成，这节骨眼上，主人公却没了。

于是带他专程去花鸟市场，挑了一对身白如雪背上一线金毛的"金狐"仓鼠，又买了一袋糠谷和一袋浴盐，抓了好几把木屑（垫在鼠辈身下保暖用）。天天也像重生一般，"鼠鼠""小鼠鼠"地欢叫起来，后来给它们分别取名为 Merry、Happy。

天天动手能力极强，为鼠辈忙得挺欢。整理箱就是它们的家，钻气孔，装跑轮，杯子做窝，玻璃烟缸做浴室，矿泉水瓶盖当碗碟。大功告成之后，他郑重其事地在即时贴上书写英文"Home of Merry and Happy"，画上小房子，然后贴在鼠鼠的家门口。喂养、嬉戏之余，给它们又是拍照又是录像的，爱得不亦乐乎。鼠辈从上个周末开始了它们的幸福生活。

湖南卫视新年第一期"天天向上"节目里，介绍"益达"广告女孩养了 12 只狗 100 只鸟，女孩说她养小动物是为了安全感。我问天天是不是也为了这个。他大摇其头："不是。我就觉得它们很可爱。"

2009 年 1 月 4 日

278

60 多年前埋下的炸弹会炸不

新闻联播里一则转瞬即逝的小消息称：欧洲某地发现了"二战"时期埋下的炸弹，当地居民紧急疏散，那里当年曾是英军驻地，云云。

60 多年前埋下的炸弹会炸不？想来是会的，至少有炸的可能，否则也用不着紧急疏散。再说了，在被发现的炸弹拆除以前，谁有那个胆继续驻留？当地居民闻讯，不免有几分后怕吧？他们会不会悬想：假如没能发现，假如他们中有人被 60 多年前埋下的炸弹炸到（也许就是他父辈或祖辈的战友干的），岂不是跨世纪奇冤？

如此看来，这一代的事，还不能就事论事，也许需要联系三代。午间去有线电视网络营业厅排号缴费时，墙上多部电视中的一台在播放旅游卫视节目，洪晃和查建英对谈 60 后引起了我的注意。她们说，我们 60 后这代人成长在动荡年代，经历了与社会主义老大哥苏联的断交，经历了与曾经的美帝国主义建交，后来改革开放 30 年走完了欧洲国家的百年进程，从工业化初期的特脏、特破，到现在的高楼林立、物质生活的极大丰富都经历过来了。价值观变化很大，许多人遭遇中年危机，40 岁前后开始重新追问人生意义，离婚率也就比较高，这代人的应变能力也特别强。

关于 60 多年前埋下的炸弹的一番悬想，让我感到她们所谈虽然在理，但还存在进一步深化的空间。《心理月刊》年终附赠了一本名曰"种一棵你的家庭树"的小册子。家庭树，就是用一棵树的形状来表示家庭关系。从家庭树来看，我们对生活的一些选择、梦想或失败，是和祖先的经历关联的。传统家谱一般只记录先辈生活的客观情况，比如寻找或确认姓氏、重要事件的发生日期；而家庭树是利用这些信息来推断他们的行为举止，指出在他们身上发生的重要事件对我们产生的影响。

莫言《红高粱》讲述"我爷爷""我奶奶"的故事能红透那个年代；电视连续剧《闯关东》反映 20 世纪初期的移民壮举能在今天引发轰动；林则徐阐发为官之道时特别提到"留子孙地步"……这些信息都在提示我们，我们不仅是这一时代的产物，我们还是祖辈父辈的延续。

60 多年前甚至更久以前埋下的炸弹，也许真的会炸。

280   2009 年 1 月 5 日

我家的年味

年少时，在四川，对过年的概念是相当清楚的。那时候物质生活不丰富，就盼着过年改善改善。穿新衣戴新帽背个新书包，这便是孩儿们的最高期望值。大人们要搞出点过年的气氛，腊月里就开始准备吃食——灌香肠、熏腊肉。买原料要在寒风中排几个小时的长队，制作起来常常熬到三更半夜。做好一批就挂到窗外风干，谁家的东西挂得多，就显得谁家的主妇能干，日子过得红火。整个正月都有香肠、腊肉割来下酒，便是生活不错、年过得不错的显著标志。所以，当时过年的概念对我来说是再清楚不过的：穿新的、吃好的。如今，生活好过了，休假也多了，过年的概念就不那么明晰了。明天就是牛年了，天天的第一个本命年，红裤衩早给他备好了。买了一对上有金童玉女图案的红灯笼挂在阳台，算是"张灯"吧。将茅兄手书的两副春联分别贴在丰州园新居大门口和阳台门边，算是"结彩"吧。书法古雅，用纸考究，联体修长，横批阔大，喜庆啊牛气啊。

懒人借茅兄的雅意送给常来此地的同学朋友，给大家拜年啦！

其一

水号无形颇润物

春居岁首最骄人

横批：景象万千

其二

龙归大海携时雨
春到人间报新声
横批：时来运转

2009 年 1 月 25 日

有细节的好文章

那天跟天天说到细节描写，举例说明时，翻出《天涯》杂志上王小妮《2007 年上课记》一文中推荐的一篇大学生作业，题为《父亲》。天天看完，也连声叫好，说知道怎么写细节了。

该作业通篇没有什么"好词好句"，没有造作的抒情，纯然白描，朴实细致，却看得人心酸酸。

好文章就该大家一起分享，转载如下：

283

父　亲

火车一路南下。车厢里，父亲把头仰靠在椅背上，眼微闭，嘴微张，发出轻微的鼾声。下午六点许，火车驶进海口火车站，减速时的震动惊醒了父亲，他睁开眼，问道："到了？""没有，在减速，还得等一会。"我说。

在火车减速的过程中，父亲的屁股一直没有完全落座，他的右手一直撑在座椅上，一会看看窗外，一会望望行李架。"哐当"一声，火车停稳了，我说："到了！""这回是真的到了！"说完他便直起身取行李箱。箱子很重。

我看见他憋红了脸，踮起脚，左手把箱子往上用力一顶，右手迅速地把箱子往外一拽，拉了下来。我们就裹在人堆里往门口挤。父亲在前，我在后。他把箱子扛在右肩上，右手紧握着提手，左手扶着箱子的左下角。他会不时地回头看我。有时他想从右边转头看我，但被箱子挡住了视线，他就迅速地转过头从左边看我，看到我以后又迅速地转回头继续往前挤……

2009 年 2 月 3 日

杂 拌 儿

放 逐

仓鼠窝发生血案。爱洗澡、能吃、会作揖的 Happy，咬掉了邋遢、贪睡、笨拙的 Merry 的头，吸干了它的血，Merry 横尸如纸片。原本讨人喜爱的家伙暴露出残忍、嗜血的面目。

实在不能接受它吞噬同类、同伴的恶行暴行。此后除了人道性质的放粮，再不理它，任它臭气熏天。终于下定决心，到小区草坪空地放生，由它自生自灭。

芬 芳

森林公园深处，姹紫嫣红开遍。绯红的、粉艳的、雪白的桃花映着游人的笑脸，点染了这个春天。时有蜜蜂停落枝头，为谁辛苦为谁忙？

繁花近在咫尺，近在鼻尖。闻一闻，嗅一嗅，并无香气溢出。平生第一次对歌词"我们今天是桃李芬芳，明天是社会的栋梁"生疑：桃花美在颜色、姿态，啥时候芬芳过？

静 气

电视连续剧《红日》里的一个镜头。炮火连天的激战关头，常胜将军张灵甫（李幼斌饰）在指挥部里研墨写字，尘土震落，他面不改色。

看到这里，不禁想到另一个镜头。左宗棠部与太平军杭州鏖战，胡雪岩对战局没把握，跑到中军大帐打探消息，却见左宗棠没事儿人一样正与部将对弈。

每临大事有静气。佩服这样举重若轻、指挥若定的将才帅才。要经过怎样的历练、涵养，才能够临阵不乱，气定神闲？

2009 年 2 月 25 日

杂　草

天天的自命题课堂作文。老师要求他们借物喻人。

全班就他一个写杂草的。《杂草》得了满分，老师让他做范文朗读。

我读后也很喜欢，托物言志的文字，很本色。

希望我儿就像他笔下的杂草那样扎实、坚韧、平和，但别被人铲除。

原文转载如下：

有几种植物不论四季都在茁壮成长呢？

有几种植物随处都能生长呢？

有几种植物生来就注定被铲除呢？

唯有杂草，无处不在的杂草。农民们对它恨之入骨但我却欣赏它。

它不会好高，不像那些高大的乔木那样争强好胜，个个都蹿得高高的。只愿自己俯视别人，而不愿被别人俯视。有比它高的树，就背过身来。长久以来，养成了高傲的习惯。而杂草不一样，它们不会攀比，而是团结一心，站在低处踏踏实实地生长。它们与杨柳一样，低低地下垂，不忘本，不忘根。

杂草不奢华，它们也不像那些价格高昂而又难养的所谓"名贵花木"。那些花木依赖着种它们的主人，让主人精心呵护，等着主人浇水施肥，饭来张口，衣来伸手，娇生惯养。哪怕是主人暂时不在家，少浇一次水，就枯死了。哪怕是多浇一次水，多晒一天太阳，它们也同样会枯死。而杂草却截然不同，它们也不知何时，不知为什么就冒出来了。自生以后，从不需要主人一次照顾，就不停生长着。杂草的生命力之顽强，是难以比拟的。

但杂草的生命是短暂的。一生中饱受人类的折磨。人群脚底的踩踏，它必须时时刻刻承受。它有怨言吗？它从未有过怨言。它只会默默地承受。原有的植物娇生惯养地生长在那里，冒出了一棵杂草，杂草出生后便不断努力，结果后来居上争夺到了更多的养料，而原先的植物就枯死了。见状，原先的植物的主人便来报仇，把杂草连根拔起致死。它为什么死呢？只是自己生命力太强罢了。它并没有辩解。

树被砍了，会流出汁液；花被折了，会落下花瓣。而杂草死了，不会留下任何的伤感。杂草就是这样，不给世界留下悲伤。

其实有时人也该向杂草学习，不高傲，不娇气。应该像杂草，踏踏实实，不忘根本，受委屈时不让别人一起难过。杂草就是最好的示范。

2009 年 3 月 2 日

288

三月：病与忙

　　三月冷暖无常，雨一天晴一天的，总免不了人在单位而要加的衣服却在家一类的尴尬。尴尬堆积，病无可逃。感冒发烧来袭，于是倒伏。多年没有生病，病起来就比较不堪。身子冷啊冷得一事无成。那时候就想，妄念真是多余，健康的状态比什么都强。

　　退烧之后，应朋友所托，有的事迫在眉睫，关乎信用然诺，必须全力以赴。咳就咳吧，应下来的事，一桩桩一件件，都要尽我所能，做得像个样子。为时限所迫，有一晚，几乎熬个通宵。

　　闲下来的这两天，觉得自己像个神仙。什么都可以想，也可以什么都不想，做个自然人。那天和儿子骑车到江滨公园，两人坐在北纬26度咖啡吧的回廊，吃冰淇淋配松饼的他问喝喜力的我：爸爸，我们这么辛苦才到这里，难道就为了吃东西？我说：经历了这样的过程吃到的东西，跟你下楼就能来一杯的奶茶味道是不一样的。

　　　　　　　　　　　　　　　　　　2009 年 3 月 28 日

他死于人世倾轧

一个 33 岁的生命消逝了。

离开前，他间隔 37 分钟发布了两篇博文——《我只告诉您三点》《很多假如》。

透过他愤怒、悲凉、无助、绝望的文字，死因似乎不难找到。

大地震夺走了他的爱子，夺走了他的整个世界。

人世倾轧轧死了无望的他。

《南风窗》曾在 5·12 大地震后发过一篇卷首语《让心持久震动》。

文章所虑，绝非杞人忧天。

就在北川那个震得一塌糊涂的重灾区，就在 5·12 周年祭将来未来之际，劫后余生的人世倾轧都不会消停。

那么，不是地震灾区的地界呢？状况可想而知。

这个孤独个体的离开方式，震动不小。

然而，不知道这种震动能带来多少改变，又能持续多久呢？

不敢深想深究下去。

唯愿逝者安息，生者坚强。

他在弃世前那篇愤怒的博文里，提到自己说过的一句话："孤单，是一个人的盛宴。聚会，是许多人的孤单。"

让我想到阿桑唱的《叶子》："孤单是一个人的狂欢；狂欢是一群人的孤单。"

唱歌的阿桑比他先走了一段天堂路。

也许他很喜欢阿桑的这首歌？

也许，他能在那里与爱子相拥？

也许，父子俩能在那里遇见阿桑，听得到她的泣血歌唱……

2009 年 4 月 22 日

他死于人世倾轧

缺什么补什么

老猫同学到乡下盖房子当地主的贼心不死。

上个周末，我又陪他去闽侯竹岐南洋村看地。

途中，带路的眼镜女老师说起她老乡前几年到福州市区买了房子。后来这老乡的女儿考上大学，在闽侯上街的大学城念书。老婆寻思女儿离家太远，就跟老公商量把市区的房子卖掉，在大学城附近再买房。这老乡打死都不干："好不容易进城了，现在又回去？"

人都是缺什么补什么吧。老猫连自己的厂房都盖起来了，还是念念不忘儿时的梦想：要在乡下盖房，要在院里种桃种李种春风。

城里待久了，我比较缺氧。南洋村山明水秀，空气清新，我就大口呼吸吐纳，补充氧分。

村口，有两棵八百年的古榕夹道欢迎。村道上，土狗用淳良的目光和摇曳的尾巴表达友善。村里的炒米香甜可口，村里的秧田一派翠绿。

归途在国道边的蓝国饭店吃土鸭土菜。东西土得地道，厨艺真的抱歉。不过，有老猫小时候偷吃猪油被暴打的故事下酒，满桌都是笑。

2009 年 5 月 22 日

凡事都是自作自受

曾仕强评点胡雪岩，有句话给我印象最深："凡事都是自作自受。"

他发挥道，"自作自受"不是贬义词，而是中性词。从因果关系上讲，福祚是自己修来的，祸根也是自己种下的，怨不得别人。

会唱《胡雪岩》主题歌的 L 君又将上一个台阶。由衷地为他高兴。

一度低迷的他，凭借自身才干与自省意识，一步一步走到今天。

293

四年前的夏天，在白马路萨芭雍，他对受挫的我说了一番话，令我受用至今。

他谈理想主义与现实的结合，谈适应环境、融入大多数。他谈低调、用忍，谈放弃一些欲望。

他注重自省，遇事多从自身找原因，改变言行；多从别人的角度来看待，来接受。

客观看待自己，既不可妄自尊大，也不要妄自菲薄。

由愤怒而平和，由怨天而自省。

改变的不只是心境，还可能是命运。

2009 年 7 月 21 日

记　得

　　看一眼日期，我就毫不费力地记起，今天是我参加工作整 19 年的日子。19 年前的 8 月 6 日，86 级毕业的我到鼓屏路 64 号某单位报到。

　　我会没来由地记得好些日子。比如，中学时仅有的一次班运会是 5 月 6 日举行的，那天我跑接力交接棒出了故障；我辗转 3000 多公里在火车上待了 70 多个小时，9 月 9 日（那天正好是老弟的生日）到厦大报到，人到了，提前托运的衣服被褥还没到；我高中同桌铁哥"李老栓"的生日是 6 月 29 日；大学同组林同学的生日是 11 月 28 日（与伟人恩格斯同一天）；现在北京开疆拓土的老友"雷宝"生日是 4 月 29 日；我到某出版社正式上班的日子是 11 月 21 日；等等。

　　也会不知不觉地记得好些人。大学同学十年聚，约有三分之二的同学到场。在厦门某酒店的天台上，几个同学比赛看谁报全班同学的姓名报得多，我轻而易举地拔了头筹。36 岁以前，见过的人姓甚名谁，几乎过目不忘。

　　近年来，随着年龄增长，精力变得不济，加之经了些事变，想得多记得少了。功力退化，记性大不如前。远的事比近的事记得清楚，要事得靠记事本提醒，刚见过的人没多久就对他们的名字煞费猜想。看来，得多吃苹果改善记忆力了。转念一想，自然规律谁也无法抗拒，只要不误事，能记多少算多少吧。有的人有的事，"不思量，自难忘";有的人有的事,烟云过眼,随风而逝,也没必要刻意记得。

这两天应约写一篇有关读史的文字,幡然悟觉,从前的好记性估计是学历史的惯性使然。

中学时代,我的历史科目在文科班是学得最好的。牢记培根的名言"史鉴使人明智",为了让自己聪明一点,我学得兴趣盎然。把中国历史和世界历史大事年表背得滚瓜烂熟,还能贯穿起来,某某年中国发生什么大事,世界又发生什么大事,仿佛一切尽在掌握中,自我感觉良好。

如今人到中年,自知不够聪明更谈不上智慧,但我丝毫不怀疑培根的论断。自省之下,当年所谓历史学得好,不过是死记硬背得好,关于历史问题的答案也全是教科书式的,只能算个"知道分子"。没有深刻的思考,没有一定的阅历,历史是好不到哪儿去的,智慧也无从增长。也就是说,读史不是简单的背诵记忆,而应该抱着一种思考的态度,认真严谨地去琢磨历史,然后才能真正明智、明理。了解人的本性及社会的本质所在,不断提炼人生哲理,应用历史的经验更好地立身处世,这才是历史教给我们的最重要内容。

2009 年 8 月 6 日

理想大学

再过几天，儿子就是真资格的中学生了。

喉结未见端倪，鸭公嗓亦无征兆，他却总要用稚嫩的童声纠正别人的提法："我怎么还是小朋友？"你若改口"中朋友"，或是参照《大头儿子和小头爸爸》里的"中人"称谓，他这才点头称是。

那天给我家"中人"看了一段林语堂论理想大学的文字，"中人"发出会心微笑。我赶紧补充说："那也就是一遥远的理想，现阶段你先别做梦。"他说："我知道。"

儿子四年级读过《我能考第一》之后，自悟（他自己爱用的词）开窍似乎发生在一夜之间。自觉学习、自我管理的习惯已经养成，学业突飞猛进，连转学、读私立校之类的升学途径他都不予考虑，说："学习主要靠自己，十一中就十一中，一般校就一般校。"开学他将就读七年八班。在这个"杂七杂八"的班级，他若能将优良传统发扬光大，不去"搞七搞八"的话，我相信他的"我知道"就是真知道。

在真知道的前提下，我们不妨一起畅想未来，接受一下大师的熏陶吧——

理想大学应是一班不凡人格的吃饭所，这里碰见一位牛顿，那里碰见一位佛罗特，东屋住了一位罗素，西屋住了一位拉斯基，前院是惠定宇的书房，后院是戴东原的住房。"吃饭所"不是比方，这些大师除吃饭外，对学校绝无义务，学校送薪俸请他们住在校园里，使学生得以与其交游接触，受其熏陶。比如牛津、剑桥的大教授，抽着烟斗闲谈人生和学问，学生的素质就这样被烟熏了出来。

2009 年 8 月 25 日

睡　莲

《茵梦湖》，书里的睡莲，静美超卓，却又可望而不可即，空惹惆怅。

心要似，瓶中的睡莲，静好，安稳，何惧风雨？流年似水，花开不败。

2009 年 9 月 1 日

歌声唱彻月儿圆

国庆前夕，红旗飘飘，大地飞歌。为庆祝新中国 60 华诞，本刊除推出一期全彩纪念专号外，还与《中篇小说选刊》、《开放潮》联合组队，参加局系统歌唱比赛。

比赛项目为合唱，人数要求在 20 人以上。出版社、印刷厂人多，单独组队不成问题，集中练歌也很方便。系统内三家杂志社，每家都不过十几条枪，联合起来也才组了一支近 30 人的队伍。三家单位，各有各的事，集中练歌总共没几次，跟赛前才请到的小女生指挥也就合过两次。于是，乌合之众中的不少人担心我们会垫底。大家对自己的定位很明确，选歌两首中有一首《游击队之歌》，选服装不选正装而选大红圆领文化衫，我们就是一支喜庆的游击队。游击队抽签抽了个压轴，地位很重要，也就是说，我们不唱完就不能颁奖。

结果与我看过各单位彩排后的预测很接近，我们不是垫底，在优秀奖中是唱得最好的，要再发挥好零点零几分，三等奖就有我们的份儿了。这个结果令人满意。颁奖顺序自然是由低往高，我代表游击队上台领奖时，嫌另外三家站在那里好生严肃，就面带微笑，边走边朝台下挥手致意，好像得了什么大奖。这时，期刊方阵爆发出会意的欢呼和掌声，全场气氛顿时被带动得热烈起来。好玩的是，乐声骤起，主持人正宣读颁奖嘉宾呢，福建大剧院四位高挑美貌的礼仪小姐已经越俎代庖，将优秀奖的奖牌塞到了我们手里，然后退下。还没等我们回过神来，四位小姐再度上场，又把我们手中的奖牌抱了回去。台上人面面相觑，台下领导群众笑成一片。等四位颁奖领导尴尬上台正式颁奖时，全场气氛达到最高潮。

歌唱完了，奖也领了，三家杂志社意犹未尽，相约隔天聚会，同饮庆功酒。在山水大酒店某厅摆了三桌，我在开场白中说："今天，我们三家杂志社欢聚一堂，意义重大。首先，共和国 60 岁生日说到就到，我们喝的是爱国酒；其次，中秋佳节也快到了，我们喝的是团圆酒；第三，出版集团马上组建，明天集团领导任命就要宣布，我们三家杂志社将携手进入新组建的集团，大家喝个合作酒；这第四嘛，大家都很清楚了。在我们的共同努力下，勇夺歌唱比赛优秀奖的第一名，庆功酒也是非喝不可的。局里太小气，我们三家单位，奖牌才给一面。怎么分呢？又不像月饼，可以切割。应我们的强烈要求，局里今天终于答应再制作两面奖牌给我们，一家一面抱回家去。"晚宴美酒加欢笑，热热闹闹。

300

适当适时的集体活动，对于凝聚人心、活跃气氛确有益处。在活动中，在生活中，娱乐精神也有益身心。

2009 年 10 月 4 日

呼　唤

　　童年时，住在德阳邮局的小房子里。墙上除了糊报纸，还贴画报彩页，印象中最漂亮的就是音乐舞蹈史诗《东方红》的剧照。

　　时隔多年，共和国成立 60 周年之际，又有了大型音乐舞蹈史诗《复兴之路》。节目没看全，但看到了毛阿敏对于大地震抗震救灾的深情演绎，听见了她发自肺腑的《呼唤》，一声低，一声高……撼人心魂，感人至深。这是大爱的声响，这是灵魂的歌吟。值得珍藏，值得一听再听。

301

呼　唤

作词：屈塬　作曲：王备　演唱：毛阿敏

倾听你的呼吸　感受你的心跳

你在呼唤我　我时刻会听到

你是我的兄弟　我是你的同胞

我在呼唤你　你一定要听到

我在呼唤你　一声低　一声高

你要等着我　每一分　每一秒

哪怕你远离生的希望

也要让你回到爱的怀抱

2009 年 10 月 8 日

人生的半期考

想了又想。不为人生的半期考写点儿什么，似乎对不住自己的艰辛付出。

那就写写吧。写一点只有自己和知情者才看得懂的字。

四天前那个下午的登台亮相，足以改变我的人生走向。

经历过纸上过招的五人（赛制是八进五）PK，竞逐三甲。

旸驱车送我到路口。下车后，正装在身的我握拳对她大声说："我能考第一！"

我结结实实地做到了。

全场最高分，总分第一。德国式的大逆转。

事后方知：掌声最多，反响最热烈。

从北京飞来的两位业界专家和省委组织部的考官甚至用了"震撼"一词。

他们评价：从语言表达到整体性思路再到专业性均好，相当全面。

语言匀速，听来让人很舒服，必答题时间 10 分钟控制到仅剩两秒。

选答题环节最后的"题外话"煽情而又切题，很能打动评委和听众。整体表现让人心服口服……

PK 时考生姓名和工作单位均不得透露。

七大评委来自方方面面。最后，他们记住了这个名字，全场听众记住了这个名字。

他们不知道这个名字湮没无闻达四年之久。

他们不知道这四年我怎样走过。

他们不知道闪亮登场的我内心的沧桑。

旸知道。天天知道（当天傍晚他告诉我，他半期考也拿了全班第一。非亚非亚，名副其实）。

一直懂我信我的兄弟姐妹们知道。

我曾说过：一切用时间说话。

当天时、地利、人和汇集到这一天，我决不辜负。

其实，我要的不多。我只要一种公论，一个可以施展的空间。

管它是平移还是高就。

以后我可能会忙，也许不再更新博客。但博友们的地盘我还是会去。

把我发自肺腑的"煽情"结语记在这里吧。

就在我 41 岁生日的当天，我接到了面试通知。到今年，我参加工作 19 年了。再过 19 年，我就是 60 岁，该退休了。念书的时候，自己的生日前后，通常都是半期考。我把这次杂志社社长的竞聘考试，当作自己人生的半期考、职业生涯的半期考，认真对待，希望能拿出一份比较令人满意的答卷。现在，我可以正式说"答题完毕"了。谢谢大家！

2009 年 11 月 22 日

杂 志

1

为一本杂志的新生奔走。我的出版生涯始于杂志，书籍、音像有如插页，兜兜转转又与杂志重逢。会不会以杂志始，以杂志终？会不会？

2

跑手续流程时，不由联想到一句俗语："阎王好见，小鬼难缠"。任你准备得多么周密，"小鬼"们总能节外生枝。你往"阎王爷"那儿一坐，"小鬼"们就什么都行了。鬼名堂，实在没名堂。

3

经北半截胡同，意外发现谭嗣同故居。街面上外表光鲜的"文物保护单位"，门洞里竟是破败的砖墙和废旧自行车。待要深入观瞧，一条脏兮兮的恶犬狂吠而出。如此"保护"，令人心寒。这才知道，"我自横刀向天笑，去留肝胆两昆仑"的湖湘英豪，戊戌喋血就发生在他家门前的菜市口。国人的麻木，可有改观？

4

在中青报，可以分明感受到一种独有的文化传统，以及对于社会良知的坚守。某主编对我说，她之所以不为薪酬跳槽，就因为舍不得这里的文化。做媒体能做到这份儿上，快意淋漓。

5

经历一番人生顺逆，更觉情义无价。几度搬迁，一直珍藏着两位友人写给困顿中人的书信。在京把酒重聚，感慨系之。

6

手机献给了京城酒楼还是的士，闹不清楚。痛定思痛，尤其麻烦的是，失去了绝大多数人的联络方式。不得不启用北京新号，近期拨打我原号码发现关机的同志们，千万别怪我无情。那些我辗转了解都恢复不了的号码啊，我会不会再也找不到你们？

7

任尔雨雪也罢，干燥也罢，距离也罢，阻滞也罢，终要前行。多走，多听，多看，多思。不忧惧，不妄断，不迷失，不盲动。张弛有度，尽心尽力。

8

杂志，杂记，杂糅，杂七杂八。杂志于愚人节。

2010 年 4 月 1 日

猫版创业

老猫，面若银盘，个头不高，普通话当不当卷舌一律乱卷，跟他的籍贯很不匹配。该山东小汉驾车前来时，乍一看疑似无人驾驶。

老猫自然是有名字的。只因念书时写过一篇魔幻得可以的现代派小说《红色围困》，其中有句雷人的话："老鼠迪克和猫在鲜红的地毯上举行婚礼"，令他声誉鹊起，从此被我班同学统称为老猫。

当年这位采贝诗人常写些让人看不懂的歪诗，他毕业10年之后突然下海做钟也同样让人看不懂。起初，同学们都不忌讳他送钟，只是过一段就发现走不准了。于是，老猫的钟和许大马棒的话、戴二愣的诗朗诵并列本班"三不准"。老猫送钟遭遇投诉，好生委屈，辩称人家老外把石英钟当低质易耗品，电池没用完就扔了再买新的，哪像我们？

老猫不惧嘲弄，将诗意挥洒在钟表设计开发上，拥有了多项专利，茁壮成长。产品全部外销，把公司做成了商务部出口品牌企业，全省钟表出口企业前三位。老猫这样表述生意经："并非最好看的产品最好卖，并非最便宜的产品卖得最多，产品定位最关键。"所以，他瞄准欧美那些天天去超市的普通消费者开发合适的产品，欧美订单做不完，每年去欧洲的次数比到东街口还多。他在政府外事部门上班时，不会外语，一旦自己创业做出口，没两年口语书信全顺溜了，我送他四个字："利益驱动"。

创业需要理性还是非理性？有人说创业者偏理性。但我知道，像老猫这种类型的创业者，之所以下定决心排除万难，是不那么理性的，可以说带着一股子傻傻的勇气。"就觉得要做自己的事业，没深想，也不知前景怎样"，这种冲动造就了他。遥想当年，他毅然辞去公职，很快又放弃了一家家族企业相当优渥的待遇，不带走一片云彩。如果很理性的话，瞻前顾后，左思右想，权衡来去，99％都不能割舍。舍得舍得，有舍才有得。那时看不懂他、觉得匪夷所思的人，现在都说他这条路走对了。其实他当初如果想太多，根本就迈不开步了。老猫有胆，有实现自身价值的狂热追求。

草创时期，身心俱累，信念、意志力最重要。"千万不能怕吃苦，一定要面对，只要大方向是对的，咬咬牙挺过去，就会豁然开朗。"老猫创业的天时并不好，他带着几款新模具到广交会摆摊位时，9·11事件没过多久，受其影响，来广交会的外商锐减，展馆里冷冷清清。老猫茶饭不思，操着"洋泾浜英语"锲而不舍地找人谈，总算拿下了第一批订单。起步阶段，两年里他只在春节休息过半天，忙起来几天不睡。老猫回首往事，说亏得那时年轻身体好，换了现在肯定扛不住。

老猫在桂山租了两层农民的房子就开工了。一边是臭鱼塘，一边是养猪场，臭气熏天；雨天涵洞积水，道路泥泞，行进艰难。曾有一位日本客商看样订货，订单都下了，提出要看看厂子。实地一看，再无后话。受刺激的老猫发狠搬厂，到橘园洲工业园租了标准厂房。

如今的老猫已经有了自己 2 万平方米的新厂区。在空地上做鱼塘，造绿地，大半的树都是他手植的，桃啊杏啊梅啊樱花啊，他兴高采烈地发来短信："过两年要看桃花不必上山，去我厂里就行了。"发起来的老猫依然朴实，老头衫常穿，破手机经年不换，闲时看看书，逛逛园，登登山，在博客里忆苦思甜。

好多人劝他整上市，他说不急，等做强了再说。做企业关键在做强，不要贪大。企业比的是核心竞争力，不是表面的规模大小。老猫以为，好企业的标准是对外有竞争力，对内有凝聚力。企业发展到一定阶段，做人的胸怀最重要。心胸有多大，事业就有多大。千万别把自己看得太高，不可忘乎所以。老板要能容人，包容不同性格、想法的人，让人信服，而非压服。有人格魅力的领导人是企业的灵魂人物，他凝聚工作团队。事业靠团队做出来，真正的以人为本，就得善待人，让员工挣到钱，活得有尊严。他公司里的中层骨干年薪几十万，有房有车；公司还买了中巴接送普通员工上下班，队伍相当稳定。他说，自己不能与那些风头浪尖的成功人士比，还做不到"达则兼济天下"，但努力做到兼济周围的人，就是那些与公司发展同呼吸共命运的人。

据他媳妇儿反映，当年谈恋爱老猫就发了宏愿，将来有钱了就回老家盖房子种地。乖乖女闻言大惊，跑回去汇报。还是她老妈高瞻远瞩："你听他说，也就是一种遥远的理想。估计这辈子也实现不了。"如今的老猫创业有成，他媳妇儿却再不担心。随着他的父老乡亲源源不断地输入，他回老家盖房子种地的宏愿也就成了迷梦。

2010 年 5 月 19 日

杂志何为

周末，与友人茶叙。他从旧书摊淘得一本《电影画报》创刊号，展示。花 2 元购得，1980 年版，定价 0.55 元。杂志封面是当时红星张金玲，封底是明星陈冲，内文刊有《405 谋杀案》等电影剧情，勾起一干人的儿时记忆。

那个年代，"书荒"刚结束，杂志种类不多，民众的阅读需求旺盛，什么杂志都好卖，什么杂志都有大大的发行量。"编辑部的故事"全民争睹，办刊人的幸福指数很高。

曾看过一期电视节目"非常静距离"，嘉宾是慢热闷骚型（据罗西兄概括）明星郭晓冬。他满怀深情地谈起决定自己人生道路的杂志《大众电影》。当年某期杂志刊登了一则招收表演学员的小小广告（那时杂志几乎不登广告），点燃了他的梦想，坚定了他的人生选择。节目结束前，主持人李静拿出当年那期《大众电影》（节目组根据其经历推算，好不容易淘来的）相赠。这份有心之礼弄得郭晓冬大感意外，热泪盈眶。

如今，传媒蜂起，网络勃兴，受众选择多元，中国的杂志多达近万种，竞争异常激烈。杂志何为？办刊人何为？借用张晓风的一句名言："谁想过半死不活的日子，就让他去办杂志。"办刊人普遍焦虑。

我们之所以不怕"过半死不活的日子"，面向特定的"兴趣类群"办这样一本杂志，就是因为我们同样怀揣创业梦想，激情上路。《创业天下》至少包含三层意思：创业是时代之选，我们要为天下创业的黄金时代鼓与呼；要为那些立志创业打天下的青年提供精神支撑；我们要让杂志成为想创业和正在创业的青年人自己的天下。

每期精心策划的专题"沸点"，让创业青年自我展示的"秀·草根"，讲述创业故事、打造青年创业明星的"赢·人物"，力求好看；"战·实况"与"装备"，力求管用，实用服务外加创业文化的心灵武装。既励志，又实战，成败案例可资借鉴。以起步阶段 10 万册的期发量，波及影响数十万乃至更多的创业青年，力争成为大学"创业教育"的常备课外书，成为创业青年的贴身贴心读本。

倘若我们的读者怀揣杂志创业有成，还愿意将"在路上"的酸甜苦辣与我们分享，我们睡着都会笑醒。如此，我们乐于将"半死不活的日子"进行到底。

2010 年 6 月 11 日

抱团打天下

　　身为三国迷和球迷，这段时间的业余生活快哉快哉。因为新版《三国》热播，因为有世界杯可看。不过，小烦恼也是有的，当连续剧与球赛同时段播出时，选谁不选谁就成了问题。毕竟三国故事耳熟能详，世界杯更不容错过，那就在中场休息时换台吧。

　　我的偏好从何而来？年少时，用菲薄的零花钱凑齐了整套《三国演义》连环画，宝爱不已；大学时光，与一帮同学看"三驾马车"扬威意甲赛场，看德国队问鼎世界杯，从此成为铁杆德迷。青春年少回不去，重温当时喜好算是一种替代性满足。

　　罗贯中"尊刘抑曹"的取向不够客观，但是，卖草鞋的刘备自主创业，历尽艰辛，终能建立蜀汉政权，三分天下有其一，确实当得起曹操青梅煮酒所论"英雄"二字。"夫英雄者，胸怀大志，腹有良谋，有包藏宇宙之机，吞吐天地之志者也。"曹操是官宦子弟，社会资源丰富；孙权有父兄打下的江东基业，算是"富二代"；刘备凭什么成为"创业英雄"？"大汉皇叔"虚得很，他践行的"仁义"才是成事根本。仁者爱人，义结金兰，刘备以此聚合了一个超强的创业团队。诸葛亮谋划战略战术，关、张、赵、马、黄等一批干将分工执行，取荆州收益州，成就宏图大业。刘备靠"仁义"赢得人心，获取信任，以此凝聚团队，使团队成员衍生出强烈的归属感，全身心投入，心甘情愿地付出，奔向共同愿景。刘玄德创业成功，源于众志成城的团队力量。

狂爱德国队，无论其穷达。王者的气度，超迈的意志，值得所有对手尊重。德国队的踢法简练、朴实，作风硬朗，观赏性与南美球队或欧洲拉丁派的华丽路数不可比，但注重整体，注重团队协同作战，"绝不是一个人在战斗"。正因为德国队有着悠久的整体作战传统，大赛战绩非常稳定。回望德国队在世界杯上的创业历程，三星德国进入历届杯赛8强、4强、冠亚军决赛的次数傲视群雄，点球大战更是从无败绩。他们拥有的球星或许不够大牌，身价不那么惊人，但二流球星可以整合成一流团队。团队利益至上、舍小我而实现共赢的价值观在德国队中深入人心，内讧、吃独食之类事件不曾发生，他们的强大来自团队发力，他们就是紧密团结如一人的整体。本届杯赛，年轻的德国队4∶0胜澳大利亚，4∶1胜英格兰，4∶0胜阿根廷，战绩骄人。虽一球小负西班牙无缘冠亚军决赛，但年轻一代已经锻炼成长，只要假以时日，积累大赛经验，我相信德国队将"恐怖"十年。

说三国，道杯赛，浓缩为一句话：创业去，抱团打天下！

2010年7月9日

312

知行合一

北大某教授怀想高中时代，说几个哥们儿经常用《茶馆》里的台词穷开心，像什么"我已然不抽大烟了""别把那点意思弄成不好意思""这找谁说理去"之类的，随时都能活用。所以上了北大后，他感觉北大学生的平均水平，比他们班差多了。他勉励名师班学员们说：老师没什么学习秘诀，只要跟着老师读书思考、热爱人生、普度众生，并且知行合一，很快就会超过老师的。

潘石屹是中国最早下海创业人士中的一分子，到今天已经快 30 年了。最近，他把创业过程中的一些体会讲出来和青年朋友们分享。要点有三：创业需要的第一个品质就是团结和合作的品质；诚实是一切发展的基础；学习是永无止境的。他特别强调：理论学习要用实践来检验，创业者从学校里学了很多管理知识、市场知识出来以后，在工作的时候，要把学来的东西尽快忘掉，这也是一个境界。如果一个人毕业后从他的言谈举止看，哪毕业的，学什么专业，痕迹都特别明显，那就说明这个人还没有融入到行动和实践里去。不是说读完 MBA 就一劳永逸了，就可以应对所有工作中的问题了。我们要每天不断学习，学习后再行动。在行动的过程中再检验你学习的内容，才会发现问题，找出不足，再去学习。要行动、学习，再行动，再学习。只有这样，我们的学习才是有的放矢，才不会闭门造车，我们才能不断提高。

某教授从文，潘石屹从商，这两位成功人士都很看重知行合一。他们所讲的道理浅近朴素，运用之妙，存乎一心。兵书摆布阵型有限，客观情况变化多端，为什么有的人纸上谈兵死得很惨，有的人能审时度势用兵如神？区别就在于能否解决主观想法和客观规律的契合问题。仅仅从表面上知道成功规律的人不过是"知道分子"，真正掌握了成功规律并能灵活应用的人，才会取得佳绩。

学无止境，学习力就是竞争力。读书是学习，使用也是学习，而且是更重要的学习。实践、认识、再实践、再认识，如此循环往复，以至无穷，知行合一，将规律性、原则性的东西与实际情况相结合，能入能出，活学活用，竞争力必然跃升。眼见的一个实例令我感触颇深。在大学生竞争力讲习所，来自不同高校不同专业的学生，基于对竞争力的共同兴趣和渴求，聚集在一位 YBC 导师的门下。有充当主持人的，有用英语同步翻译的，有练习电脑速记的，有展示才干表达主张的。讲习所邀请了社会各界嘉宾与学员们分享从业、创业经验，现场互动，你问我答，还安排大家去基层实战演练，等等。内容丰富，而且实在。仅有书本知识是远远不够的，在实战和模拟实战中，他们收获了提升。经过这一番专门训练的大学生，他们对社会不怵，适应力很强，无论创业就业，其竞争力都会高出其他同学一大截。带着问题去学，带着思考去学，活学活用，这样学到的知识才是真知，才能真正化为自己的精神财富。

纸上得来终觉浅，绝知此事要躬行。如今，有创业意愿的青年很多，要取得成功，需要解决好实行的问题。谋定而后动，谋定之后，真正动作起来，学以致用，检验提升，然后才有戏唱。你去开展市场调查行业调查了吗？你去拟定创业计划书了吗？你去实战或模拟实战中验证过了吗？不骛于虚声，不驰于空想。既志存高远，又脚踏实地，知行合一，成功有望。

2010 年 8 月 13 日

创意 ING

BTV 财经频道《名人堂》"寻找梦想行动派"活动组在天涯博客发帖"寻找创业达人",借名人名牌说事儿,很有煽动性:

"李开复说,现在是'80 后'创业的最好时机。

"大部分人都想过当自己的老板,但为什么只有那么一小撮人抓住了时机?说相声的:郭德纲的'德云社'衰了,高晓攀的'嘻哈包袱铺'火了;开饭馆的:老北京的烤鸭没人说好吃了,只有一堂课就餐时间的'80 后主题餐厅'旺了;卖杂志的:书报亭总有压箱底的杂志,韩寒的《独唱团》却一上市就售罄了;卖服装的:不走寻常路的'邦威'基本成校服了,个性小店成潮人们的心头爱了。创业,时机很重要,激情很重要,创意更重要!"

生于 196× 年的我虽非潮人,却对那些创意小店的小玩意儿由衷喜爱。办公桌上,题为"吹牛打草稿专用本"的牛皮纸笔记本让人笑歪:一方面号召"吹牛不上税",一方面又加盖"禁止吹牛协会专用章"。这是在上海城隍庙的"一号创意"店买的。家中有一听不能喝的可乐,上有卡通工农兵图案,还有令网上种菜偷菜人士满意的口号:"一切为了农场;为了农场一切;为了一切农场",可乐罐里装着一件同样印有口号图案的 T 恤。这是在厦门鼓浪屿上的"火柴天堂"买的,同时购买的还有万次火柴、创意扑克。差点头脑发热买下印有"文革"图案和"做一个徘徊在牛 A 与牛 C 之间的人"字样的搪瓷缸，想想自己毕竟不是背个军拷到处乱跑的艺术家小岳那么"潮"的人，于是作罢。有一天晚上，和儿子逛了福州几家大超市的文具货架，专为购买各式特色笔记本。儿子对牛皮纸封面印有"外星人入侵"图文的本子钟爱有加，拿去做《物理》笔记本，惹得同学惊呼"酷哥"。

夜游于鼓浪屿的街巷中，邂逅一家创意小店"阿甘慢递"。北京798艺术区的"由正慢递"取的是"邮政"的半字和谐音，这家小店借了"寄给未来的信"的创意，加入"忠实尽责的阿甘"元素，看着让人放心，我也忍不住试了一把。从这里寄出的信，大多是寄向未来的信。每一封信都意味着一份梦想，或者一份承诺。只要填上详细的地址，并在慢递自制的邮戳上写明，希望这封信将于某年某月某日之前寄达，这封信就会在数个月、数年甚至数十年后，出现在收信人的信箱中，收信人可以是至爱亲朋，也可以是未来某个时点的自己。"慢递"的特点尽在一个"慢"字，它释放和传递出了一种人生态度——放慢生活脚步，学会享受生活，注重心灵感受。

对"闲心"氛围的向往，是置身于当代紧张生活节奏中的都市人诉求之一。当物质供给超过民众温饱需求，市场竞争日益激烈，品牌经营日盛，民众对生活品质的诉求不断提升，欣赏和言说的成分逐渐加入具体物品消费过程，以满足人们心理感受的需求，标志着"心理消费"时代的到来。随着生活氛围中精神多样化需求的增长，创意产品应运而生。"意"字由"心"和"音"组成，"意"为"心之音"，由心声发出的音就是意。换言之，意是由内心思考传导出的有意义的声音。"心性文化"的运作，要深刻体认当今的人与"心"、人"心"与社会"心态"的关系，用民族传统本色的文化情怀与都市时尚文化感受交融，以此激活创造的"心思"，发掘和创造需求，直至用物化的方式去完成"心境"环境的营造，从中演绎出各类符合市场期待的产品，以至于形成创意产业。有这些可人的创意相伴，我们的工作、学习、生活将会更加写意。

　　"阿甘慢递"的"80后"店主对我说："想到了某个创意之后，关键是把它付诸行动。"将创意转化成真正的生意，要诀就是做个"梦想行动派"。李嘉诚今年6月在汕头大学毕业典礼上致辞："我们都知道空抱宏愿并无太大意义……只有在你积极实践与心灵共鸣的行为时，富具意义的体验才可驱赶心灵的空虚，让你享受富足人生的滋味。"

2010 年 10 月 12 日

本色怒放

看央视"星光大道",看到一对农民工组合"旭日阳刚",被他们发自肺腑的歌唱惊动,震撼。

他们以质朴、真诚、忘情投入的歌唱,唱出了草根的梦想与挣扎,唱出了他们的沧桑与坚韧。

假如不知道原创原唱汪峰,《怒放的生命》《北京北京》《春天里》简直就像他们自己的作品,歌唱的仿佛就是他们自己的人生。

搬砖的粗砺的手拨动只剩五根弦的吉他,苍凉的嗓音唱出他们的高亢与低回。他们漂在北京,搬运过无数板砖的手,不知哪天能为自己搭建一个蜗居。他们流浪,他们执著,他们本色自然。上台时手不知往哪儿搁(据说平时唱歌是手搁在板凳上),怯场低头不敢正视观众。一旦进入歌唱环节,他们就找到了属于自己的世界,沙哑沧桑的嗓音震撼全场。忘情歌唱的同时,还不忘护卫昂贵的话筒,生怕摔坏了国家财产。毫无舞台专业演出经验的他们,用灵魂用生命歌唱,击中了人们的内心,击败了台风稳健的四川藏族女中尉,击败了劲歌热舞的莫斯科女孩组合。11月6日央视三套"星光大道"舞台上,就是这对农民工歌手的演唱征服了荧屏内外的观众,沧桑与悲壮的歌子让很多观众潸然泪下,他们毫无异议地夺得周冠军。大拙胜巧,本色胜出。直率热忱的女嘉宾甚至预言他们还将是月冠军、年冠军。

本色绽放,本色怒放,用生命歌唱本真,他们的感染力超强。这台节目，我用点播器回放又看了两次。过后我才知道，流浪歌者"旭日阳刚"对梦想的坚持感染了大学生，经典的《春天里》已经被大学生拍成 MV 放到网上，已经在这个秋天打动了无数怀揣梦想的人们。支持者们自称"钢镚儿"。"旭日阳刚"已成为"钢镚儿"的精神偶像与寄托，他们给了"钢镚儿"未来生活的勇气与力量。

本色可爱亦可贵。《菜根谭》里讲："文章做到极处，无有他奇，只是恰好；人品做到极处，无有他异，只是本然。"风格即人。有梦想的青年，认识你自己，坚持你自己，成为你自己，当梦想照进现实，本色终将怒放。

《创业天下》自今年"五四"创刊以来，一直秉持"为草根谋发展，与创业共沸点"的理念，从"背着书包去创业""颠覆'穷二代'""创意'钱'途""低碳渐入高潮""天使投资""理想是个包""联盟来了"直至本期的"筑梦工厂"专题策划，从"秀·草根""战·实况""赢·人物"到"装备"等板块栏目，无不紧扣草根创业选题组稿。我们所有的努力指向一个目标：青年创业中国强！可以说，《创业天下》就是为那些怀揣创业梦想的青年铺设的一条"星光大道"。在新的一年里，我们期待大家更为踊跃地参与、更加频繁地互动，让我们共同放射本色光芒，一起迎接怒放的生命。

2010 年 11 月 8 日

"温神"之旅

做"特奥会志愿者专刊"时，一张跨页大图需要骚包一点的话语。才女"黄小资"很尊重地请我想想。我明白无误地告诉她："还是你想吧，别叫我。我现在满脑子征订上量，想出来的东西都带铜臭味。"

最近一个多月，为新刊营销绞尽脑汁，四处奔忙，无趣得很。上个月的今天，在泉城济南，走在趵突泉那么李清照的地方，走在大明湖那么"四面荷花三面柳，一城山色半城湖"的地方，我也意兴阑珊。倒是有件尴尬事让我记忆犹新。原本订好了23号下午飞江城武汉的航班，竟然因为台风"鲇鱼"在闽南登陆而影响了远在济南的我们。打电话回家问情况，老婆说福州风平浪静的，没什么影响。我说家里没影响，我们受影响了。老婆不解，我在电话这头笑："我们订的是厦航经停济南飞武汉的航班，因为厦门台风起飞不了，所以取消了。而且下午三点以后，济南再没有任何航班可以去武汉，只好明天坐南航的航班走。"老婆诧异："飞不了还笑得那么开心？"我说："这就叫穷开心。实在没办法了，干吗不让自己开心点？"

能跑出千里之外，却跑不出台风的影响，家里没事，我们有事，而且"鲇鱼"还是新中国成立以来最晚登陆的台风，我们中奖了。

我们，指的是我和一鸣老弟。出差前就有人提醒我：你和他一起出过差吗？我说出过啊，一起去过北京。那人又问：有没有住过同一个房间？这倒没有。那人就提醒我要有心理准备，最好带副耳塞。此行从济南到武汉，从黄河到长江，我和他"同房"一周，充分领教了他名不虚传一鸣惊人的功力。好在我临行前带了本《中篇小说选刊》增刊，每晚我就着他的鼾声雷动，就着这雷人音效，一路看完了五个中篇，实在困倦了也就听不见打雷了。这些年来，从没这么奢侈地看过小说，而且还是"情感小说专号"，实在是拜老弟所赐。

武汉三镇全城修路，简直就是一个大工地，过长江大桥的车分单双号通行，市民怨声载道，参会者叫苦不迭。从机场到洪山宾馆要开两个小时的车。宾馆对面不远处是体育馆，同侧不远是省体育局。接下来的几天，老在体育馆路经行。就想起 N 年前曾在这里工作过的老爹来。那时老爹刚从成都体院毕业，那时他还没调去重庆，那时根本就没我。他一生最大的荣耀就留在这儿了，曾解说全国比赛，曾得过优秀解说员奖，曾有一个印着奖项的杯子为证。若干年后我与他曾经的辉煌近在咫尺，老爹却垂垂老矣，再看不出丝毫运动员的架势。我有一点感伤，我很想告诉他那栋楼还在，只是楼下变成了体彩中心和银行。

办完公事，和一鸣去武大校园走走。16 年前，我曾在这里组稿行走，那时的武大给我壮美的印象。如今重到，武大却给我不事维护、破败萧条的感觉。想起网上曾有过武大、厦大哪个是中国最美校园的争论，那时我的意见是：武大壮美，厦大秀美，类型不同，不好说哪个更美。如今，我可以下结论说：显然是厦大。

穿短袖离开福州，一到济南就得加外套，再到武汉更冷，一周后回福州时，福州也冷了。一鸣说："怎么我们到哪里哪里就降温？"我笑答："我们简称温神。"

2010 年 11 月 21 日

一届学子的青春祭

老友向阳来。聊我们的、他们的毕业 20 年聚。

他看我们厦大中文系的书。我看他们人大新闻系的片。

他们整的纪录片很专业、很高级，解说词也很棒，可以视为一届学子的青春祭。

现转载如下。共欣赏，同歌哭。

我的大学
——毕业二十年返校活动纪念专题片解说词

1986

那一年，是比尔·盖茨正式退学后的第九年，中国恢复高考后的第八年，《甜蜜蜜》流行的第七年，《少林寺》上映后的第三年，中国人拥有手写第一代身份证的第二年，也是在座各位的大学元年。

当这些号称"少考一门上北大"的满怀理想的年轻人们，牛哄哄地拿到了这张成绩单、接到了这个信封儿、贴上了这个行李签儿，从全国各地走进这扇大门的时候，谁也没有想到，他们将会面对的，是中国大学史上最为波澜壮阔的 4 年。

那个年代，中关村还只是个村子；王菲还不叫王菲，叫王靖雯；中国女排刚刚获得了"五连冠"；小平同志也第五次登上了美国《时代周刊》的封面。那时候，能去趟深圳感觉就像出国一样，能出趟国感觉就像去天堂一样。

而对我们中的很多人来说，能够来到北京，跨入这个学府，意味着从此可以告别贫苦的小山村，告别封闭的小县城。

很多人是开了学才第一次真实地看到了立交桥，第一次真实地看到了天安门。

那时候，我们被称为"天之骄子"，所以没有人敢向我们要钱，每个月还有17块钱的补助。大学第一年，我们对吃最有兴趣，也最积极。食堂里，一个素菜1毛钱，一个荤菜4毛钱，一两米饭2分钱。四两米饭一个素菜，就够男生吃一顿，要是能加个小炒，简直幸福死了。

这一年，一个挽着裤腿、爱穿破军装的家伙，在舞台上吼出了一种我们从未听过的歌声，后来我们才知道，那叫摇滚。我们不假思索地爱上了他的音乐。他的吐字不清比今天的周杰伦还要严重，但他的愤怒、彪悍、粗糙和温柔，都让我们为之疯狂。

那时候的我们没有愤怒，却欣赏愤怒。那时候我们也喜欢穿着破军装、挽着裤腿，假装愤怒，并认为这样很酷。然而许多年之后，当我们一次又一次真正感觉到愤怒的时候，才知道那种东西只在心里，不在脸上，更不在嘴上。

那一年，我们召开运动会，参加军训，并且热衷于踢足球。因为现在想起来都不可思议的是，中国的足球队那时候可是亚洲一流的。

这就是我们的大学元年，总体上就是，弹弹琴，踢踢球，期待女生的眼眸。

1987

日子每天继续，有些事儿你可能已经忘了。海峡那边，解除了长达38年的戒严；海峡这边，改革有了一个更高明的解释——社会主义初级阶段。

大街上跑着黄色的"面的"，倒汽车成了一个热门的生意。肯德基开了第一家店，房地产业也开始在这一年星火燎原。

哦，还有这个很会扮帅的家伙，也成为了我们的偶像。（那时候，从宿舍到食堂，每一个窗户里都飘荡着这首《故乡的云》。）

所有的男大学生都感到了自卑，天底下居然还有这么帅的人！而所有的女大学生都似乎找到了自己的梦中情人。

女生的审美标准带动了新的流行趋势。男生们开始梳这样的头型，戴这样的墨镜。每次集体出游时，都会有人扛着这样的音响设备。

那时候，广东、福建的同学总会从老家带回一些从收音机里录下的最新的（港台）流行歌曲，我们对港台文艺界最初的了解，就是从这个渠道开始的。

我们的爱情，也在歌声里开始蔓延。

那时候的交往，大都是循着这样的程序进行的：首先，要经常表现一下这样妩媚和曼妙的造型；然后，要时不时地搞一搞以各种名义进行的集体联欢活动；再然后，溜溜的男他们要经常勾搭一下溜溜的女她们，尤其重要的是，这时候的男女生出游的比例一定要比较奇特；最后，当形成这样比例的时候，就八九不离十了。

那时候，很多女生的宿舍都拉起了小床帘，只能看到奋拉着的两双腿，里面绝对听不到任何声音。那时候，校园里所有隐蔽的角落都很抢手，比今天CBD的停车位还要紧张。那时候，很多男生宿舍都喝过兄弟们的失恋酒。

我们像所有荷尔蒙过剩的孩子一样，暗恋与表白着、甜蜜与失意着、嫉妒与狂喜着、亢奋与惆怅着，被蓬勃的青春和欲望折磨得死去活来、魂不守舍，却乐此不疲。

对了，那一年最红的电视剧也是关于爱情的，现在的人们称之为87版的《红楼梦》。

从二十多年前的校园一直牵手到现在的凤毛麟角，有些人没结就散了，有些人结了又离了。人生在每个阶段都有每个阶段的理由。但是，你们和我们都知道，我们曾经在韶华年月付出的感情，是永远真挚和无悔的。

1988

伊朗和伊拉克不打了，洛克比飞机坠毁了。当这一切发生的时候，我们正在密云植树，忙着把自己打扮成一个农民，时而天高云淡，时而挥汗如雨。

你一定还记得，那里的夕阳很美，香汗淋漓的女生更美。白天，我们男女一组对付一个个树坑；傍晚，我们男女一群观赏空灵灵的天色。

那一年，张雨生唱响了《我的未来不是梦》，而我们，心里真是这么想的。

那时候，我们狂热阅读的，是叔本华、尼采、弗洛伊德，那时候我们热衷模仿的，是北岛、舒婷、顾城。狭小安分的校园似乎已经容不下我们不羁的胸怀，照本宣科的课堂似乎早已束不住我们狂傲的梦想。密云水库边的那群农民，心比天还要高得多。

那一年，我们记住了一个女明星。后来听说她跟这个憨汉子好上了，他还在柏林拿了奖。那一年也被称为"王朔年"，他的四部作品被同时搬上了银幕。他的玩世不恭跟我们内心的狂妄不羁不期而遇，又不谋而合。

那时候的日子是属于我们的，那时候的未来也是属于我们的，没有什么能够阻止我们尽情地放飞。

我们开始逃课，我们继续恋爱。我们打着社会实践的名义，开始在全国各地撒开了玩儿。海南刚刚建省，成为中国最大的经济特区。我们激动之下，做了一件在当时相当轰动的事情：骑自行车下海南。

我们确信好的分数和成绩绝不是我们要在大学时代获得的全部，我们要拥有的，是改天动地的力量和勇气。

但后来，憨汉子和女明星的恋情戛然而止，而我们的雄心，也很快演变成了一场悲凉。

多年以后，当我们再度吟诵起那段诗句：黑夜给了我黑色的眼睛，我却用它寻找光明。眼睛里已经蒙上了一层灰色。

多年以后，当我们再度打开尘封已久的书箱，追寻学生时代的青春时才发现，当年追崇的尼采著作中，最著名的一本叫作：《悲剧的诞生》。

1989

这一年的春天，一个曾经写过"从明天起，做一个幸福的人，面朝大海，春暖花开"的诗人，自杀了。这个不祥的开篇仿佛也在冥冥中向我们预告了这一年将要来临的阴霾和悲伤。

我们无法评论这一年，却会永远记住这一年。

这一年属于我们，又不属于我们。

这一年我们记住了许多，所以忘记了许多。

这一年我们懂得了许多，所以糊涂了许多。

这一年，我们长大了。

这一年的夏天，特别的热，也特别的长，整个中国如同一个闷坏了的高压罐头。当它终于爆发的时候，我们才真正看到了生死，也真正懂得了人生。

我们仍然在唱崔健的歌，那或许是我们至今唯一相信的东西。

这一年忽冷忽热，如梦如幻。（所有的离别都是那样近，所有的生活都是那样真，所有的成长都是那样纯。）

我们都知道，该到了分手的时刻。

1990

苏联解体了，伊拉克占领科威特；基本法确立，上交所在一家饭馆挂牌。和我们今天生活有关的一切，基本都成型了。

这就是 1990 年，一切都眼花缭乱的，一切都在门槛上。

我们也在门槛上。是离家的门槛，也是回家的门槛。

昨夜的风雨淋湿了我们的衣裳，我们都知道，门槛的那边不会是我们想象的完美。

整个上半年，我们都在忙着推销自己，告诉别人我们有多优秀，同时又多听话。

我们中的有些，站了柜台；我们中的有些，当了门童；我们中的有些，匆匆进了工厂；我们中的有些，匆匆嫁了他人。

我们收拾起了费翔、收拾起了齐秦、收拾起了张雨生。但我们留下了崔健，留下了一无所有后也要珍存的嘶吼。

我们收拾起了尼采、收拾起了叔本华、收拾起了弗洛伊德。但我们留下了顾城，留下了一双追求光明的黑色眼睛。

我们要走了！拥抱、哭泣、喝酒、送行。

曾经说过，我们还会回来；曾经说过，我们还会在一起。

这里，有我们纯真的爱恋；这里，有我们不舍的疯狂；这里，有我们珍存的梦想；这里，有我们不变的情怀。

谨以此片纪念我们的青春：1986—1990。

2010 年 12 月 2 日

标签与意义

飞人归来！广州亚运会上，刘翔以 13 秒 09 的成绩成功卫冕 110 米栏的冠军，并且蝉联亚运会 110 米栏三连冠。在飞人夺冠之后，现场的解说员随之高呼："刘翔是天神！"媒体启动"中华亚运之星"评选，根据全国民众投票评选结果，人气最旺的是飞人刘翔。赛前央视对刘翔的关注还闹出了尴尬。在一段切给奥体热身场的画面中，央视的导播本想让全国的观众看到刘翔的准备情况，但是当冬日娜将手指向刘翔时，却发现飞人正走向洗手间。此前一位央视负责人在接受记者采访时曾说会有 6 亿人通过各种方式观看刘翔，也就是说，有 6 亿观众目睹了这一尴尬的画面。赛后不久，刘翔的微博成为全球人气第一微博。

我为刘翔重振雄风由衷地高兴，也为翻云覆雨的世态人情感到无聊。

在 2008 年奥运会刘翔因伤退赛时，唾骂愤怒甚嚣尘上，有多少人能真切体察他的苦痛？

当时我在博客中写下了这样的话语：

奥运。夺金。

这些日子的高频词。

更快，更高，更强。

挑战自我和人类的极限。

人们都在为那些站在全世界的屋顶、傲立巅峰的运动员喝彩欢呼。

没有多少人在意那些跌倒的、伤病的、失意的、落败的倒霉蛋。

不取笑、不鄙视，已是客气。

成王败寇，现炒现卖。这个世界的法则。

现实到家的风气之下，没有多少人去理会盛极必衰、新陈代谢的自然规律。

成功了，酒神狂欢，万众瞩目。

失败了，悲剧收场，无人问津。

所以，有实力还得有运气。

也许你还是那个你，价值一如从前。但有没有那个外在标签，终究是不一样的。

飞人的境遇让我联想到杰克·伦敦。他在成名之前，没有一天的读书和写作少于 16 小时，只要身体状况许可，他便勉强自己劳作 19 小时，每周 7 天决不间断。退稿积案，他不皱眉；典当衣物，他不在乎。他笃信自己的才华，笃信"劳动能比信仰移动更多的山"。青灯黄卷无人问，一举成名天下知。杰克·伦敦借自传体小说《马丁·伊登》表达了对世俗标准的愤怒——主人公在成名后不堪面对可怕的反差，他反反复复地念叨着："你们干吗当时不请我吃饭呢？这是早就完工的作品呀。"昔日情人也改变态度，上门请求重修旧好。马丁·伊登无法接受这变化莫测的世界，最终投海自尽。

成功、荣誉，这些都是标签。价值、内涵，这些才是意义。标签与意义并不等同。标签与意义，哪个重要？前者能给人带来种种现实的好处，被认同受尊重，迅速改善生存境遇。但是，人生顺逆难料，世态炎凉交替，创业之路坎坷跌宕，一帆风顺者少之又少。作为创业者，该如何面对？对于标签，可以"神马都是浮云"的心态观之。"不畏浮云遮望眼"，淡看烟云，涵养内在价值，打造内涵实力，看重存在意义，这些才是快乐之源，幸福之本。

　　曾在一位大姐的办公室里看到她的座右铭，深以为然："浪有高有低，海水依旧是海水；生活有苦有乐，心依旧是心。"淡看标签，快乐着，创造着，抵达人生的意义，这样的活法很自主，也很给力。

　　　　　　　　　　　　　　　　2010 年 12 月 13 日

手心里的过程

编辑部群里新贴了一张图片。画面是一名年轻和尚在算命摊前伸出手，请一位老道士指点迷津。俗人困惑，僧人也困惑？我跟帖："佛高一尺，道高一丈？"罗西接道："笑死。看一个优越一个谦卑。"和尚耷拉着脑袋，一脸迷惘；老道那神情的确透着一种优越，仿佛一切尽在掌握中，因为事不关己，说的是别人的命运。我在想，他对自己的命运是否也那么了然？当他面对自己的命运时，还能不能葆有这种优越感？

331

有个故事发人深省。

一个历经磨难的年轻人去拜访禅师，他问："真有命运吗？"

"有的。"禅师回答。

"难道我的命运就注定是挫折和失败吗？是谁决定了我的命运？"

禅师让他伸出手，然后说："你看清楚，这两条横线是爱情线和事业线，这条竖线是生命线。这些线就组成了你的命运。"

禅师又让他握紧双手，问他："你说，这些线现在在哪里啊？"

那人迷惑地说："在，在我手里啊！"

他终于恍然大悟，原来命运是在自己的手里，而不是在别人的嘴里。

作家史铁生在轮椅上生活了30多年，自称"职业是生病，业余在写作"。他参透生死，用残缺的身体，说出了健全而丰满的思想。

因为心中怀有光明，所以也予人以光明，文字气质积极而明亮，是当代少有的能把灵魂力量展示出来的作家。他的作品饱含生命体验，致力于探究人为什么活着、人如何才能在这世间获救的主题。他以有重量有质量的写作打动了千千万万的读者。他虽然没能沐浴到 2011 年的第一缕阳光，仅享年 60 岁，但我相信他的内心充满光亮，他的精神境界一片澄明。

我一直记着史铁生在《命若琴弦》中讲述的那个故事，并为之感动莫名。老盲人遵嘱弹断了一千根琴弦之后，从琴槽中取出保存多年的纸条。旁人告诉他那根本不是什么药方，只是一张无字的白纸。他终于没能睁眼看看这个世界。这时，他才幡然悟觉以往那些奔奔忙忙兴致勃勃的翻山、赶路、弹琴都是多么快乐！

把握存在的分分秒秒，体验过程的多姿多彩，"永远扯紧欢跳的琴弦，不必去看那张无字的白纸"，也许这便是活着的真谛。参透了生命有限的命题，人们应当更加释然，转而专注于过程的精彩，着力营造有质量的生活。

他在《好运设计》里，设置了种种理想化的好运情境，最终都解决不了人的幸福感和救赎问题。他找到的办法就是用"过程"来对付绝境，用"审美人生"来完成人的救赎。"你立于目的的绝境却实现着、欣赏着、饱尝着过程的精彩，你便把绝境送上了绝境。梦想使你迷醉，距离就成了欢乐；追求使你充实，失败和成功都是伴奏；当生命以美的形式证明其价值的时候，幸福是享受，痛苦也是享受。"

他对算命或曰命运预测是排斥的。一则，倘若对未来的一切都了如指掌，人生就怕十分的乏味了。二则，可预测，但可预防么？倘可预测，便说明命运的不可预防；若可预防，预防是一种干预，那原有的预测也就不再准确（参见《随笔十三》）。

人生就是当日当时生活的连续，人生就是一个向死而生的过程。这连续剧、这过程精彩与否，价值几何，决定权不在神明，不在他人，全在你自己。多一份善意给别人，多一份担当给自己，向着新年进发，向着明天进发，把过程紧握，紧握在手心里。

2011 年 1 月 9 日

梦　得

过年跟茅兄讨春联，已成习惯。

预约时，他说今年还没开张呢。

待他出访欧陆"两牙"归来，时差还没理顺，我又电话追索。

今天，茅兄原创并手书的新桃换了他的旧符。

去电谢他，方知两联来历。

出差期间一觉醒来，他立即提笔记下梦中联语。

才子做梦都能创作，我决定改叫他"茅梦得"。

茅兄一人能扛《林则徐全集》这等大工程，大才也。

他将得意之作——公子——取名其荣，典出《古诗十九首》。

放着九龙城的华屋不住，春节他陪公子在中学对面租住攻书。

愿其荣高中，茅兄凯旋。

愿烟火人间，太平美满。

附：茅梦得原创联语

其一

谨待时令严待己

宽当门面裕当家

其二

觅到百花最胜处

争来大地第一春

2010 年 1 月 31 日

幸福指数

中央电视台近日在新闻节目中，报道了云南省福贡县拉马底村乡村医生邓前堆，28 年溜索横跨怒江为两岸村民解除病痛的感人事迹。李长春同志做出批示，要求中宣部、交通部和云南省把宣传先进典型和解决实际问题结合起来，尽快帮助邓前堆实现"希望村子里修一条能通车的桥"的朴实心愿。据悉，交通部和云南省已决定共同出资，建设拉马底村农用车吊桥。云南省将在"十二五"期间把全省的索道改变为能够通行机动车的桥梁。交通部表示，要加快改善西部贫困山区、边疆地区农村交通条件。

"把宣传先进典型和解决实际问题结合起来"，一语中的。当地的重大民生问题可望尽快解决，相信当地民众的幸福指数也将提高一大截。由这则新闻，不禁联想到公翔兄推荐的励志影片《走路上学》，该片表现的正是同一地域孩子们溜索上学的故事。彭氏兄弟创业有成，不忘心中的电影梦，投资 1000 万拍摄了这部儿童电影，全片的基调阳光而温暖。贫穷、教育、希望、梦想，如此宏大的主题，借助一对傈僳族姐弟的故事缓缓铺陈，不动声色——就像那个平实的片名《走路上学》一样。然而，这部一举夺得中国电影华表奖和金鸡奖的优秀少儿影片，却不被热衷于放映商业片的院线认可。兄弟俩不甘于花 1000 万做一个梦仅仅感动自己，于是成立了自己的发行公司，提出了"先看电影后付款"的观影模式。"爱心观影"由深圳启动，逐步在全国分区域推开，感动了众多家长和学生。

拍摄《走路上学》期间，彭臣带摄制组去一个偏僻的地方拍一组空镜，回来的路上翻车了，险些坠入波涛汹涌的怒江。"要写墓志铭的话，就是：该人死于梦想。"彭臣说，"40 岁以前做事，40 岁以后做梦，做事是委屈自己，做梦是张扬自己，把自己拿出来给别人看，把自己对于世界的看法拿出来给别人看，不是为了取悦别人，而是为了取悦自己。"这段话很耐嚼。

美国经济学家萨缪尔森提出了一个幸福方程式：效用/欲望＝幸福指数。由彭氏兄弟的经历，可见幸福指数因时、因地而不同。在解决生存、发展问题阶段，他们拍广告挣到钱发了财，幸福指数就很高了。这些问题一旦解决，只是拍广告挣钱，边际效用递减，幸福指数也随之下降。实现儿时的梦想，拍出自己想拍的电影题材，才能提振幸福感。为此，哪怕注资千万元不知后事如何，哪怕拍摄要冒生命危险，也在所不辞。以处女作一举夺得中国电影最高奖，那时节的成就感幸福感令人眩晕。之后，影片不被院线认可不能公映，让他俩的幸福指数跌入低谷。"总不能花 1000 万就做一个梦，就兄弟两个一边看一边流泪吧？"这是他俩当时心境的写照。这对湖南兄弟发扬"敢为天下先"的湘人传统，开辟全新的观影模式，终于得到广大观众认可，感动中国，此时，他们的幸福指数肯定上扬。现在，当他们得知"云南省将在'十二五'期间把全省的索道改变为能够通行机动车的桥梁"时，其欣慰之情可想而知。

巴菲特和盖茨联手发动大规模慈善义举的起因，也与幸福指数密切相关。2009 年 3 月初，在奥马哈市的"好莱坞餐厅"里，巴菲特对盖茨说："嗨，比尔！我现在的钱，其中 1％就够我和家人生活用了，剩下的 99％并不能让我更快乐和幸福，我想全都捐出去。"他还提出了一个倡议，希望发动更多的富豪在有生之年捐献至少 50％的财产，盖茨当即表示赞同。一场规模浩大的慈善行动的大幕，就这样被他们拉开了。

2011 年 2 月 9 日

幸福哪儿去了

夜半三更，窗外有淅沥的雨，间或掠过一两下车声。

脑袋异常清醒，有一种莫名的情绪。

无端想起"小崔说事"为《幸福来敲门》做的那期节目来。

小崔说得直白，说就为推介电视剧。

他回答王雪纯关于幸福指数的提问，同样直白浅近。

他只给自己打 60 分。

他说现在的幸福真是个复杂的体系。

忆当年，他说，一串糖葫芦，一辆二八自行车，一件羽绒服，都可以让人高兴很久。

那时候的幸福很单纯。

说现在，他道，好像没什么事儿能让人持久地高兴。

刚开始高兴又不高兴了。

有时高兴起来好像还挺麻烦的。

实话实说，让人点头，又让人想哭。

是啊是啊，如今的幸福哪儿去了？

是谁偷走了我们的幸福，又是谁决定了我们的不幸？

幸福指数为何摇摆为何降落？

是我们要得太多，还是根本就不知道什么该要什么不该要？

是得到的太少还是拥有的太多？

是身在福中不知福还是真的什么都缺？

是泯然众人矣还是遗世独立？

是我们改变了世界还是世界改变了我和你？

说也说不清啊，就像这窗外的雨。

是春夜喜雨，还是凄风苦雨？

2011 年 3 月 7 日

国王如是说

英国史上"最庄重"的国王乔治六世如是说：

"在这个庄严的时刻，也许是我国历史上最生死攸关的时刻，我向每一位民众，不管你们身在何处，传递这样一个消息……为了捍卫我们珍视的一切，我们必须接受这个挑战，为此崇高目的，我呼吁国内的民众以及国外的民众以此为己任，我恳请大家保持冷静和坚定，在考验面前团结起来，考验是严峻的，我们还会面临一段艰难的日子，战争也不只局限于前线，只有心怀正义才能正确行事……"

发表完上述对德宣战演讲之后，国王走出播音室，携妻子和一双女儿走到阳台上，向民众致意，赢得了民众的热烈拥戴。

国王如是说："担当使命，坚持不懈，方法对路，专注投入，我们必将胜利！"

国王的演讲词里，只有本文开头引用的片段，后边的话，他没说过。那是我看过电影《国王的演讲》后，揣测他想通过战胜怯懦和口吃的传奇故事告诉我们的。经"黄小资"推荐看此片时，感觉这是一部叙事风格不疾不徐、细节处理恰到好处的片子，将国王拉下"神坛"贴近平民，符合我们的"三贴近"原则，很励志很精彩。没过几天，得知它获得奥斯卡 12 项提名，并最终拿下最佳影片、最佳导演、最佳男主角、最佳原创剧本四项大奖，就更觉得自己没看走眼。

记得"小崔说事"节目探讨幸福感时，小崔说自己幸福指数不高。电视剧《幸福来敲门》的导演马进给他支招，说有时换个事儿干干会好，小崔点头称是。国王的痛苦在于，他压根儿没法换工作。作为公众人物出席重大仪式、发表演讲鼓舞国民，是他的职责所在，可他自小口吃，怕在生人面前讲话。他不乏管理公共事务的内才，却有着严重的表达障碍。当他潇洒浪漫的兄长爱德华八世（后来以"不爱江山爱美人"名世的温莎公爵）放弃王位甩手不干之后，王室的重任历史地落到了他的肩上，他别无选择，非得担当。

为战胜自我，超越自我，他必须付出异乎寻常的努力。多年下来，遍访名医，方法几乎用尽，硬是没招。

"民间医生"罗格拯救了他。这个经验丰富、方法对路的"老江湖"对症下药，用非学院派的"野路子"治好了他。听音乐朗诵莎翁名句、玩游戏转移注意力、激将法使之暴怒发泄、爆粗口解决发音问题（着实难为他这皇室贵胄），等等。国王经过一次次冲突、交锋，服了他，信了他。跟着他反反复复地练，坚持不懈地练，专注投入地练，终于攻克了顽症。当国王发表重大历史关头的著名演讲时，为克服发音困难不得不稍作停顿，恰与那时的严峻形势和特定氛围合拍，就这样造就了一位"最庄重"的国王。"自知者英，自胜者雄"，他解除了心结，战胜了自我，堪称英雄。

看过"口吃国王"的励志传奇不久，就在《创业天下》即将推出创刊周年号之际，我又看到了央视财经频道与本刊支持机构 YBC（中国青年创业国际计划）推出的五集专题片《创业——我们的故事》。两者似乎没什么关联，但我分明感到，创业成功之道与国王的励志传奇，在很大程度上有着共通之处：创业青年的自强担当、坚持梦想、专注投入，像不像国王的品质？创业导师的引导帮扶，像不像经验老到的罗格医生授人以渔？由公益组织 YBC 扶助的创业项目成功率高达 95％，令人惊叹。假如创业也搞奥斯卡评奖的话，最佳导演奖小金人非 YBC 莫属。

青年创业中国强。创业的意义绝不止于个人财富的累积，更在于推进全社会的福祉。当今中国，是一个创业者的国度。本刊愿与

YBC 一道，与所有真心实意帮扶青年创业的志士一道，全情投入这个群星璀璨的创业时代。

2011 年 3 月 11 日

因缘际会

这一期，有点儿特别。

特别在于，我——《创业天下》——满周岁了。中国的期刊多如牛毛，创业类期刊却寥寥无几，长成我这模样的更是稀罕。所以，我很在意这个生日，蛋糕端出来得对大家的胃口。

特别在于，生日蛋糕的质地和口感奇好。由一直关爱呵护我的中国青年创业国际计划（YBC）和央视财经频道联手提供，名为《创业：我们的故事》。我所做的，不过是些许烘焙和包装。

特别在于，我生于5月4日，一出生就跟青年有缘。因为我的名字，尤其跟那些怀揣创业梦想和行进在创业路上的青年有缘。"时代的性格就是青年的性格。"时代在召唤，你们在召唤，共青团和YBC都相当给力，因缘际会，这才有了我。此时此刻，我最想说的就两个字：感恩。

特别的爱给特别的你。用蜡烛把"五四"这个特别的日子点亮，用杯中酒把你们的面孔映红，尽情分享吧，分享这特制的蛋糕，分享这特别的爱。

这份爱，真切，醇厚，回味悠长。

2011年4月8日

敬天爱人

　　一个慈眉善目、谦和文弱的日本老头儿，年近八旬给日本航空公司这头大象动手术，让这家曾经的世界 500 强，后来破产倒闭的企业在短短一年时间里起死回生。此前，他亲手创办的两家企业京瓷和 KDDI 都进入了世界 500 强。他创造的经营神话令人啧啧称奇，而他的经营哲学要义却可以简单朴素到"敬天爱人"四个字。以至简的哲学理念，成就了不起的经营奇迹，这个有力量的老头儿就是稻盛和夫。

　　看央视"对话"的这期节目时，我就想，稻盛将西乡隆盛的人生格言"敬天爱人"奉为圭臬，以此准则做人做事做企业，而"敬天爱人"哲学的源头何在呢？在中国传统文化里。我们有"敬天崇祖"的古老习俗，我们有儒家"仁者爱人"的古训。敬奉天理，关爱世人，本是我们的土特产，如今却要一位日本老者回赠给我们，感觉不是滋味。但他一生践行此道，不投机不取巧，实在做事，真诚待人，成就了世界奇迹，我们又不服不行。之前，张瑞敏、马云跟他那么有话说，应该归结为"同气相求"吧。

　　在西方商学理论里，股东利益第一，员工远没有那么重要，被视为人力成本，尽可能廉价支付报酬。稻盛的经营哲学完全颠覆了这些法则，他倡导珍视员工，员工第一，员工的幸福第一。他本是一个理想主义者，早年之所以创办京瓷，就因为自己作为陶瓷业的技术人员创新得不到公正评价。他自办公司，只为把这一创新技术推向世界，实现人生理想。公司创办三年后，来了十来个高中毕业生，给他上了一课。他们感觉公司利润不高，待遇太低，找对象都难，没什么前途，要加薪，否则离开。当时他很意外很烦恼，感觉他们怎么不懂他的理想，为此三天没睡好觉。三天后，他整明白了，员工的真正意愿是在公司长久地干下去，过上好日子。他痛快地答应了员工的要求，员工努力工作，公司的业绩上去了，股东的利益也实现了。所以，在股东、客户、员工三要素之间，他毫不犹豫地将员工放在第一位。关爱善待员工，员工人性善的一面被激发，他们更加热爱公司、热爱客户，更加努力工作，产品更好、服务更好，那么，客户、股东的利益也就更大，良性循环得以实现。他接手重建日航后，提出"为日航的员工努力吧"，承诺大家努力几年重新过上好日子，极大地激发了员工的主动性和创造性，服务更加真诚热情。在大的体制没有任何变动的情况下，日航半年左右就实现了1400亿日元的盈利。老板以人为本，"利他"理念唤起员工达成发展共识，他们一起来关心整个公司的经营。"利他者自利"，让员工求实名，得长利，得长久发展，企业也就能得名得利得可持续发展。分享、"利他"的思想还体现在他履行社会责任的行为中：他设立"京都赏"，表彰对人类社会发展做出卓越贡献的人士；他创办的"盛和塾"是一个供中小企业主学习交流的平台，他义务讲课，帮助七千名塾生成长。当然，他不仅50年如一日地践行"敬天爱人"的经营哲学，还懂得精细化管理。把大企业划小经营核算单位的"阿米巴"经营模式，是他解决大企业病，从机制、流程再造上确保经营目标实现的"术"。"道"与"术"协同，经营奇迹就这么诞生了。

2011 年 5 月 8 日

创业好比写长篇

从台下走到台上需要多久？

对这个问题的回答，因人而异。

在以出产"中兴米"著称的台湾最大米业联米企业董事长庄丽珠女士那里，时间是 30 年。

在"九年执着，峰行天下"的九峰茗茶董事长叶济德那里，时间是 9 年。

6 月 13 日至 17 日，海峡青年论坛首次在台湾举办（借用全国青联主席王晓的评价"有着标志性和里程碑的意义"）。在此期间，我随农业分团参访了彰化县中兴谷堡。不仅能将稻米做成大产业，还能造出一座活色生香的博物馆，优雅的庄董让人惊叹。全团人手一杯香浓的米浆奶茶，听身为台湾"青年创业楷模"的她把创业历程娓娓道来。一行人完全沉浸在她描述的情境中，冷不丁被她的一句俏皮话点醒："讲到这里，原则上应该有掌声。"大家这才如梦初醒，欢笑声、掌声四起。中兴谷堡外观为城堡造型，代表蕴藏有关稻米的知识和守护农民之意。博物馆分户外乐活田园与谷堡展示馆，馆内有"联米时光隧道""稻香风云馆""米采之丘""稻香学院""谷堡市集"等 9 区。内有两小袋中兴米和两双筷子外观呈心形的"钟爱一生大幸福礼盒"（连标价新台币 520 都有寓意）、包装精致的米浆奶茶令人宝爱，妙喻人际交往与中兴米特性的广告语"有点黏，但不是太黏"令人称道，而"一粒米的精彩，一百年的坚持"的宣言则令人震撼。庄董说，她和先生一起做米业坚持了 30 年，若要追溯她先生家族做米业的历史，就是 100 年。没有长期坚持，何来此景？"我们想要证明，传统不等于落伍，传统不等于脏乱，传统还是有创新的力量。"

7月3日，在福州西湖宾馆贵宾楼举行的九峰辉煌九周年庆典晚宴上，九峰茗茶董事长叶济德借创业之初获赠的三幅漫画，说危机意识，说夯实基础，说激情专注，真诚、平和地同与会者分享了创业历程。9 年前，他毅然离开电视台，甘冒"成为二、三流老板"的风险，投身茶产业。这位叶董，与我同团参访台湾，在台北士林夜市、高雄六合夜市一起吃过排档宵夜，喝过冰镇啤酒，在返程的航班上并肩而坐聊了一路。他跟我聊读书习惯谈诚品书店，绝口不提自己做得有多好。直到这天晚上这个场合，我才确知他所取得的业界成就：九峰茗茶已在全国发展了近 300 家连锁店，成为了中国特许经营连锁百强、中国茶叶行业百强企业、福建省著名商标、福州农业产业化龙头企业。他表示要一心做茶，不仅要打好百强茶企的地基，更要打好百年茶企的地基，脚踏实地做好每一件事。成功只能代表过去，九峰人要怀有归零、空杯的心态，一切从头开始。

从海峡东岸的庄董到海峡西岸的叶董，创业之道相通，让我更加深切地体悟到"坚持"二字。坚持是什么？坚持是水滴石穿，是绳锯木断，是铁杵磨成针，是路遥知马力，是咬定青山不放松，是决不轻言放弃。坚持就是胜利。

大文豪海明威写作长篇的习惯是，每天写到顺利处、知道往下怎么发展的时候停笔。这样做，创作思路就不会被堵塞。他说：如果你开了一个头就操心第二天能不能写下去，这就好比你操心的是一件无法躲避的事，那是怯懦的表示。你就得写下去。

把你创立的事业当作长篇来写，会不会好办些？

2011 年 7 月 6 日

宽云窄雨巷子深

你若有闲，可以选择悠闲之都成都体验闲散。而成都最悠闲的街区，当推宽窄巷子。

徜徉于宽窄巷子，融入老成都的生活方式，体会此间市井与时尚交织的文化韵味，解压、放松之感油然而生。

宽窄巷子与大慈寺、文殊院一起，并称成都三大历史文化名城保护街区。该区域由宽巷子、窄巷子和井巷子三条平行排列的城市老街道，以及坐落其间的四合院群落组成，是老成都"千年少城"城市格局和百年原真建筑格局的最后遗存，也是北方胡同文化和建筑风格在南方的"孤本"。修葺一新的宽窄巷子由45个清末民初风格的四合院落、兼具艺术与文化底蕴的花园洋楼、新建的宅院式精品酒店等各具特色的建筑群落组成。

宽窄巷子以"老成都的新名片，新成都的老客厅"为卖点，院落文化分为三大主题：宽巷子是"闲生活"区，以旅游休闲为主题；窄巷子是"慢生活"区，以国际化业态的品牌商业为主题；井巷子是"新生活"区，以时尚年轻为主题，创意市集就在此处。

作为老成都的一张文化名片，宽窄巷子能让你触摸到历史的痕迹，也能让你体味到成都原生态的休闲生活方式。宽云窄雨巷子深，似诉蓉城无限事……

2011 年 7 月 14 日

探访流沙河

7月7日，午宴后。

蓉城灼热。

吴鸿驾车，龚明德坐副驾驶位，二兄欲送我回酒店。

一听他们还要到沙河老府上送书，我就执意随行。

上次探访沙河老，已是9年前春节的事儿。

其间沧桑变化，有如烟云。

抢过新鲜出炉的整捆书上肩，有点甘为蜀中文坛泰斗扛包的意思。

走进大慈寺路30号文联宿舍院落，尤其是走到沙河老手植的那棵树下，顿感荫凉。沙河老依然精神矍铄。

他依然用川语趣谈文化文学。

他用红笔勾画出新书的几处差错，首先指认自己的，然后才是编校的。

大师风范令人肃然。

墙上手书的"知还"，省去陶渊明"鸟倦飞而知还"前四字让人猜想。

录王维诗句"雨中山果落，灯下草虫鸣"，见虚静之意。

沙河老，涵养虚静之心，才会有颇类《说文解字》的新著《文字侦探》，对吗？

也许，后脚进屋的《三联生活周刊》记者会提此问罢。

2011年7月16日

换了妆容

9 月号杂志，换了妆容。

对零售商的意见，倾听了，吸纳了。

思考过，分析过，设计过，征求过，测试过，就决定了。

这么做，于市场向度，是一种趋近。

杂志小胜初成，但仍在培育期。

这个阶段，换妆，是必要的尝试。

那就试试。

349

2011 年 8 月 13 日

老板的胸怀

当老板的，通常有腰板。财大气粗、理直气壮嘛，事业有成带来的自豪感荣誉感让老板们挺直了腰板。

不过，仅有腰板是不够的。有腰板还得有胸怀。

胸怀是什么？胸怀就是心中所怀，就是胸襟怀抱，就是对人对事的宽容度和承受力。若说一个人胸怀宽广、胸襟坦荡、虚怀若谷、宽宏大度、雅量高致，是夸赞是嘉许；若说一个人心胸狭隘、气量狭小、小肚鸡肠、斤斤计较、睚眦必报，则是贬抑是看轻。人际交往中，大家都喜欢与有胸怀有器局的人共处，收获温暖愉悦；不愿与狭隘的人为伍，免遭不爽不快。员工们对老板胸怀的期望值更高，因为老板位居要津，大权在握，可以决定资源、利益和价值分配，胸怀问题与能否公平公正决策、用权干系甚大。

有胸怀者能包容。聚才容人，厚德载物，是人与境谐，是春风化雨，何愁没有亲和力？有了亲和力，才谈得上感召力和凝聚力。

有胸怀者知忍让。上善若水，水滋养万物却处柔守弱，与世无争。身为老板，位置高，境界也要相应提高。宽怀大度，一切从大局出发，不拘泥于眼前枝节小事，勇于放弃个人的意见和利益，以德服人，才是应有的气度。

从根源上说，容人之所不能容，忍人之所不能忍，宽阔的胸怀是以强健的内心、高度的自信打底的。《菜根谭》讲得很在理："延促由于一念，宽窄系之寸心；天地本宽，而鄙者自隘；烈士让千乘，贪夫争一文。"

有胸怀者超越自我。欲除烦恼须无我，大胸怀必出自"大我"。无我，忘我，并不是说失去自我或失去本性，而是指忘掉以自我为中心的狭隘想法，把小我升华为大我。为我欲我执所左右，心灵就永远处于一种流浪的状态而得不到最终的安顿，反而会在对自我的迷恋中迷失自我。超越了一己之私的自我，就是与天地一体、万物同根的我："登山则情满于山，观海则情溢于海"，看星辰则心境清朗，看古树则心地质朴，大自然的生命与自身的生命浑然一体。超越了一己之私的自我，才能换位思考，知彼解己，善待他人，宽容恕道才得以实现。雅虎公司有位女老总，本是相当要强的人，对自己要求极高，样样要争第一，对部下也十分严厉。她陶醉于成功带来的花团锦簇，一个晚上没人邀请都会失落得不行。这样并没有给她带来真正的快乐。她偶然看到一句话"人的一生，是在定义自己的性格"，深受震动，幡然醒悟：做一个温暖包容的人才会快乐。当部门经理延误了一个计划，心情沉重地走进她的办公室等待责骂时，没想到一向严厉的她微微一笑，轻描淡写地说了句："我们都是从错中学。"部门经理如蒙大赦，感受到她的温暖和善解人意，工作更加卖力。变得温暖宽容以后，她本人感觉快乐轻松，公司业绩也越做越顺。

老板需要员工和客户的支持，如何赢得支持与拥护呢？胸怀宽广，好好待人，是成功要素之一。平易近人、不为小事而烦恼、不自高自大、充实并反省自己、精神上给人以鼓励，你自然会得到他们的支持。

我相信，一个老板的事业大小，跟他的境界、胸怀成正比。抄录我喜欢的一首歌词作为结语吧："落花有情，流水无缘，春风一过天地宽。红尘有深浅，投石问暖寒，春风一过天地宽。大天大地大胸怀，小恩小怨何处来？得失之中无得失，笑谈里面非笑谈。"

2011 年 8 月 16 日

为发财而艺术的杰作

在南安官桥，竟有这样一片规模宏大、布局严整的古建筑群落。

它们由菲律宾华侨富商蔡资深出资为家族建造，精雕细刻、不紧不慢地盖了近半个世纪，从同治直盖到宣统年间。

主体建筑为硬山燕尾脊五开间大厝，建筑物中多有晚清文人的各种题词。现存较为完整的宅第共 16 座，单体建筑多为三进或二进五开间的布局，计大小房间近 400 间。

蔡氏古民居集中表现了闽南成熟的建筑和雕、塑艺术，又夹杂了佛教、伊斯兰教、南洋文化和西方建筑艺术元素，堪称闽南传统民居建筑的杰出代表。

有趣的是，这一杰作竟是为发财而艺术的结晶。

它选址于传说中九天仙女掉落琵琶处，风水先生叮嘱蔡老板："在'琵琶穴'建房子，只要不断发出敲打石头的声音，就会财源滚滚。"蔡氏房屋建了 40 多年，凿石声声，生意也越来越红火。也不知是应验还是巧合。

看得出，负责解说的老人很为他蔡氏后裔的身份和安居于此而自豪。

他不仅引导我们欣赏其家训和工艺，还得意地宣扬祖屋的抗震、消防、排水等等先进措施。

讲到这里，他提问说：现在的房子这有问题那有问题，难道我们还赶不上古人的智慧吗？

无须我们回答，他立马公布正确答案："不是。从前的人盖房子是给自己住，给子孙后代住。现在的人赶着盖好房子，要赶紧拿去卖，赶紧换成钱。"

2011 年 8 月 27 日

小 怀 旧

在微凉的秋风起时，我总会没来由地哼唱一首老掉牙的歌："我愿我的门前，有棵美丽的枫树。我愿它的红叶，飘满门前的小路。我愿把这片片红叶，珍藏在心灵深处。我愿我们永不衰老，并肩走在这漫漫的小路。"

这首歌老到什么程度？老到我的中学时代。

是否出生在秋天的人对这个季节特适应，特有感觉？

枫叶红了，红叶飘了，飘撒在蜿蜒的小路上，经典意境装点了秋天的浪漫。

这首歌，是根据苏叔阳长篇小说改编的电视连续剧《故土》的主题曲。

苏叔阳的同名小说，我不是读来的，而是听来的。

那时的电台富于文艺性和知识性。

中午有"小说连播"，傍晚有"长篇评书"，晚间有"阅读与欣赏"和"文学之窗"。

一名大学中文系学生的预科熏陶，多是从广播里得来的。

那是一个听觉与意象发达的年代。

我很怀念。

刚上初三身高 1.7 米青春痘勃发的儿子听到这首博客音乐，审慎表态："感觉很古老，像是从留声机里放出来的。"

我告诉他，是很古老，老到近30年前。

那时的我，与儿子现在的年龄相当，这首歌当年算是很"潮"的。

儿子都这般大了，这首歌焉能不老？我焉能不老？

去年参加了大学毕业20年聚，今年回老家碰巧赶上中学毕业25年聚。

这一段，首届MPA班又在筹划入学10年聚。

这么多重有年头的同学会交织起来，我焉能不老？

我缅怀自己的青涩年代，怀旧就意味着苍老。

所幸还有老顽童的一面，还不至于完全OUT。

我可以陪儿子一起看"快乐女声"，也还能欣赏并鼓励他们小团队创作的校园草根漫画。

开学第一天，儿子接到了某少儿出版社编辑打来的电话。

他带着小团队成员同出版社接洽归来，飞奔向我，笑得稀烂。

由他们集体创作剧情、MO人哥绘画的东西，可望被出版社接纳出单行本。

因为我的推荐，据说他们团队成员由此更加崇拜我——他们剧中的"大皮猫"。

我也为自己还能有这般大的几个忘年交而高兴。

今天读报，看到一则《神奇生物》，失笑之余顿感羞惭。宇宙中，有一种神奇的生物，不玩游戏，不聊QQ，天天就知道学习，回回年级第一，可以九门功课同步学，这种生物考清华，望北大，能考硕士博士，圣斗士还能升到黄金、白金和水晶级。他不看星座，不看漫画。这种生物，据爸妈说，名字叫作"别人家孩子"。活了二十来年，一直生活在这种不明生物的阴影之下。

在应试教育的大背景下，我们大多数做父母的，不得不狠心用"神奇生物"的标准来教育孩子，让他们远离所处时代。

稍好些的，也不过是让孩子在符合应试要求的前提下，适当发展一点兴趣爱好。

我某些方面的所谓"开明"，也逃不出总体的应试框架。

一个中文系毕业生，教不了自己的孩子写出应试的高分作文，只好让他假期去上某中学名师的作文辅导班，即是无奈的明证。

2011 年 9 月 3 日

借力成事

事在人为。一个篱笆三个桩，一个好汉三个帮，老板没有三头六臂，要达成组织目标，成就一番事功，非借助众人之力不可。有智慧的老板会用人。

用人之道，说简单也简单，简单到"知人善任"四个字，了解人才的特点，把他安排到合适的位置上。说有多深奥玄妙，就有多深奥玄妙，因为"知人知面难知心"，人性复杂幽微，才具或隐或现，每个人都瑕瑜互见，包括老板自身，"知人"不易。林肯曾说："我的生活经验使我深信，没有缺点的人往往优点也很少。"

"知人"是"善任"的前提和保障。用人之道，知人为先，知人识人是第一要务。拥有自知之明且能博采众长，实为古往今来的成功领导者选贤任能的基础。我敬重的一位老领导常说："破瓦片也能垫桌脚。"在他眼里，才有大小之别，但无不可用之人。他总能量才度用，发掘培养了一大批人才，二十多年过去，他曾领导过的某出版机构社风一如当年。

随着时代的发展，领导与管理的人文意义越来越强。"以人为本""人力资源"成为挂在领导者嘴边的高频词，各种考核评价体系也日趋科学完备。不过，万变不离其宗，真正以人为本、惜才爱才的领导者，打心眼里把人当做资本而不是成本，会不遗余力地发掘人之所长，运用沟通方式来知人识人，了解部属的特点和需要，然后量才

357

度用。

全球著名咨询机构麦肯锡公司对离职原因做过一个调查，结果前三大原因是：工作和成绩得不到充分的认同和肯定、得不到充分的沟通和信息、没有发展的机会。可见，人员离职很大程度上是由于非物质的原因引起的。在薪酬待遇适当的前提下，老板是否愿意花时间与部属沟通增进了解，从而实现知人善任、拴心留人的激励效果，就显得尤其重要。美国管理学家高度重视沟通的作用与价值，甚至提出了这样的公式：领导＝建立关系＝沟通。怎么理解？领导与沟通都是建立关系，领导是建立承诺的关系，沟通是建立了解的关系，两者在现实过程中是相互联系和互动的。因为有了承诺，才有了解的必要和深入了解的可能；而只有深入地了解，彼此才会有真正的承诺。所以，领导和沟通是一体两面，密不可分，两者在建立"有意义的关系"这一点上相互统一。领导工作的四个要点——提出愿景与组织成员分享；取得他人信赖；推动并执行改革的每一个步骤；赋予下属权力，并给他们工作的动机——都与沟通紧密相连。

沟通，从心开始。在沟通过程中，善于倾听，避免过早评价，是成功领导者知人识人的要诀。英国学者约翰·阿尔代把高质量的沟通描述得美妙无比："对于真正的交流大师来说，倾听和讲话是相互关联的，就像一块布的经线和纬线一样。当他倾听的时候，他是站在他同伴的心灵的入口，而当他讲话时，他则邀请他的听众站在通往他自己思想的入口。"此等境界的沟通交流，着实令人心驰神往。

"人才各有所宜。用得其宜则才著，用非其宜则才晦。"用人之道，本无定法。知人善任是用人之道的核心问题，运用之妙，存乎一心。修好知人善任的必修课，把合适的人放到合适的位置上，使之充分施展才干，是老板们成就事业的重要因素。

2011 年 9 月 15 日

358

有 心 人

两个月前的营销会议上，来自浙江的光头客户给我留下了深刻印象。他生得虎背熊腰，加上锃亮的脑袋，貌似粗犷沧桑。细看他的眉眼，其实算得上清秀，年纪也正当壮年。因是异地办会，我们的驾驶员路况不熟，好几次走错路或是开过头，都靠这位光头老弟纠偏。他奇好的目力、插科打诨的本领与他的头部一样突出。感于他的聪明绝顶，我送给他"浙江之光"的称号，他悦纳雅号，举杯相庆。

会后没两天，"浙江之光"通过 QQ 给我打招呼，直接抛出一连串有关我的网址链接，然后说道，偶然听我同事说起我的经历，他就上网搜了我的"光辉事迹"。我打趣他道："在北理工学情报专业的吧？"他说原本打算报考某某学院的，结果那年在浙江不招生，否则也是一个情报老手了。待我感叹完中国少了个余则成，他一改玩笑风格，深沉道："生活只要细心观察，认真聆听，你会发现有很多细节可以记下来。知己知彼，方成莫逆。"我也一本正经地回应："只怕有心人。严重同意。"

四个月前的海峡青年论坛期间，一位山东籍的侯姓老总与我们同团参访考察台湾农业。他为人低调，除了交换名片时的简短称呼，几乎一路无话，几乎让人感觉不到他的存在。但回到大陆不出半月，同团的每一位团员都收到了他的一份心意，无不感动。他将一路默默拍摄的活动照刻成光盘寄给大家，并附上一张粉色纸打印的寥寥数语：

359

"宝岛相识，君子之交，愿友谊地久天长。"同团访友相见，都会提到侯总的有心，谁都把他记得牢牢的。我拿出他的名片细细端详，心下叹赏：能在上海、山东拥有两家跨度很大的企业，能够成为全国青联委员，成功绝非偶然，跟他做有心人的习惯密不可分。

我的大学同学兼老乡兰军，是个喜欢落拓拓走四方的家伙（他毕业后边做生意边玩耍，有自驾游到珠峰插旗的壮举）。他起于草莽，典型的白手起家，不用"创业狼"之类称谓，自比"野狗"，到处觅食，嗅觉灵敏。秉承川人的光荣传统，"摆龙门阵"（闲侃神聊之意）的功力甚佳。他告诉我，那个长石矿纯属闲游偶得，信息来源就是跟软卧车厢里的陌生人喝茶摆谈。靠近成都的另一个项目，是听友人摆谈当地一起群体事件，说者无意，听者有心，他从"危"中见"机"，跟进提出了让政府、群众都满意的解决方案。

身边人身边事，最能让人心生触动。正是他们，让我真切感知了"事事留心皆学问"、"世上无难事，只怕有心人"。多观察，多留意，多积累，多思考，机遇垂青于有准备的头脑，有心付出，必有回报。做有心人的习惯如何培养呢？邓拓对此曾有妙论："很应该向农民学习。你看农民出门，总随手拿个粪筐，见粪就拣，成为习惯。积累知识，也应该有农民积肥的劲头。拣的范围要宽，不要限制太多，不要因为自己只管拣牛粪，见羊粪就不拣。应该只要是有用的，不管它是牛粪、人粪、羊粪，都一概拣回来，让它们统统变成有用的肥料。"我想，积累知识、信息如此，积累机会、财富也差不离吧。

2011 年 10 月 12 日

分明与混沌

又痴长了一岁。

不少世事人情，渐次分明。

因为时间，因为经历，因为积淀。

囿于自身局限，还有许多混沌未开之谜。

不过，对这个人生阶段的自己，似乎再无严相逼的理由。

水至清则无鱼，人至察则无徒嘛。

大可以此宽慰自己。

个体相对于群体，相对于大千，着实微乎其微。

认清这一点，就该知道如何自处。

渺小的是个体，强悍的是命运。

乐天顺命，循迹而为。

恒常有序，变动不居，或许都是某种预设。

天下本无事，庸人自扰之。

是这么个理儿吧？

与个体生命相联结的那些人，那些细节，至为真实。

珍藏记忆，加倍善待他们。

停停走走。走走停停。

个体就在这停停走走走走停停之间过了一生。

行于所当行，止于所不可不止。

分明着你的分明，混沌着你的混沌。

绚烂的是过程，平淡的是结局。

行止有度，当不至大谬。

点亮一盏心灯，照向己身与周遭。

2011 年 11 月 13 日

欢喜就好

新年到，新年好。新年有什么好？欢喜就好。

欢欢喜喜过个年，欢天喜地过大年。欢喜年年。

蔡琴用汉语唱："有情天地，我满心欢喜。"有情有义就欢喜。

陈雷用闽南语表达："问我到底腹内有啥法宝？其实无撒步（什么），欢喜就好。"屋宽不如心宽，心宽就欢喜。

四川方言电视剧《傻儿师长》《傻儿司令》里的抗日将领樊鹏举，江湖人称"樊傻儿"，胖乎乎乐呵呵的。他仗义疏财，大智若愚，动不动就呼朋引伴"欢喜一下"，时不时便召开"欢喜大会"与民同乐，本色生存就欢喜。

从青年创业英雄谢家华（美国网上鞋城 Zappos 公司 CEO）的故事中，我读出了他的欢喜。更难得的是，他还能让顾客、员工和投资者皆大欢喜，他办企业"传递快乐"，同时实现利润。2011 年《财富》杂志发布的美国百佳雇主排行榜上，Zappos 名列第 6 位。从纯商业或是财务角度来看，Zappos 并不是最成功的——它没有独立上市，而是并入了亚马逊，创始人也没有风风光光地去"敲钟"和马上兑现个人财富。但是，从既成功又幸福的角度来看，这位华裔创业青年无疑是一个样板。

哈佛毕业没几年，他和好友把共同创立的"联系交换"企业以 2.65 亿美元的价格卖给了微软，只因这家经营互联网广告的公司已经

363

变得不太好玩。1999 年和好友投资成立 Zappos，用了 9 年时间，将业绩从零做到 10 亿美元，实现了奇迹般的成长，客户体验享誉业界。2009 年，美国在线购物巨头亚马逊以 12 亿美元收购 Zappos，创下亚马逊收购金额最高纪录。亚马逊允许 Zappos 保持独立性，继续做自己的决策、培育自己的品牌和保持 Zappos 式企业文化，36 岁的谢家华留任 CEO。他将看得到的掌控、看得到的进步、人脉（人际关系的数量和深度）和更高的目标视为幸福。

Zappos 的员工们是欢喜的。谢家华认为，作为创业者，首先要具备敏锐的洞察力，尤其是客户服务方面，同时要厘清发展的目标，即搞清楚自己想做什么。由此，他致力于确保专注客户服务的企业文化，明确了通过服务赢得赞赏、喜欢并主导变革、激情和决心、谦虚等十大核心价值。企业核心价值之一是"好玩有点怪"，公司每年举行一次"光头和蓝发日"活动，大家可以把头剃光或把头发染成蓝色，谢家华带头"搞怪"，和员工一起狂欢。他认为，每个人都有"怪"的地方，换言之，都有个性。他尊重员工个性，鼓励员工无论与同事还是与顾客打交道都保持自己的个性，鼓励创造。如果员工有奇思妙想，他通常会说："如果你特别感兴趣，就放手去做。"公司每年都出版一本"文化簿"，汇集员工对企业文化的感受，除了修正错别字，好评坏评都照单全收，以完善企业文化。

客户欢喜，投资商自然欢喜。Zappos 十分看重电话服务这一环节，发自内心地同客户进行互动交流，每周 7 天、每天 24 小时都有人值守，并掌握了电话服务的技巧，甚至堪称"艺术"，在网站的每个页面都显示了免费电话号码，其呼叫中心风趣、机智的接线员，可以为顾客营造轻松愉快的购物气氛。销售代表不会照本宣科，也不会试图推销，如果公司没有客户需要的产品，那么销售代表会真心实意地推荐至少三个竞争对手网站，并引导客户到这些网站上去寻找他们所需的鞋子。这种做法看似有悖常理，但它充分体现了公司通过服务赢得赞赏的理念。针对顾客对网上购鞋的担心，公司提供了免费送货以及退货服务。客户可在 365 天中的任何一天向公司退货，公司的销售中心和仓库每周 7 天、每天 24 小时不停运转。所有这些做法都会带来高昂成本，但公司从根本上将之视作营销投入。Zappos 将大部分广告投入转而用来改善客户体验，然后让客户替公司"打广告"。在互联网时代，顾客的口碑宣传威力巨大，可以通过电子邮件或微博等工具像野火般蔓延开来，瞬间做到被数以百万计的人阅读。事实上，Zappos 最大的增长动力来自于客户的口口相传。

谢家华的欢喜，源于他的价值观——"追逐梦想，而不是金钱。热情会支撑你度过艰难时刻"，以及由此出发的企业文化构建。大企业有大格局，不局限于小事而斤斤计较；在精神价值上不断肯定别人的价值，在物质利益上舍得和别人分享。

从根本上说，企业文化是什么并不重要。真正重要的是这种文化要够稳固，要为整个公司所始终遵循。合适就好，欢喜就好，皆大欢喜更好。

2011 年 12 月 12 日

以中年之实　行青年之事

说到就到的 12 月 18 日于我意味着什么？

实现跨系统转移两年整。

换了系统，换了环境，创了新刊。

不换的是职业定位，不改的是文化理想。

这两年，如果用一句话来概括，我想可以是"以中年之实，行青年之事"。

这两年，如果用四个字来概括，我选择"中年革命"。

一切经历都是财富。

当机缘来临，意义方才凸现。

今年的 12.18，书刊互动尘埃落定。聚合有效资源，"创业最拉风书系"和"青年博览文丛"分别落户两家出版机构。

前者第一辑 10 种、后者第一辑 12 种，均由出版方全额投资。

都将迎接明年 1 月初的北京图书订货会检阅，并可望进入特殊渠道。

前者相当于给所创新刊一个礼包，后者圆了该刊 26 年的出书梦。

能为回不去的青春做点实事，能给有意义的 12.18 添点光彩，我心甚慰。

2011 年 12 月 17 日

有限年华

小区里有户人家，门口贴着一副手写的对联："无边事业心如玉洁，有限年华志比秋鸿。"每次经过，我总不免驻足凝神。上下联对仗并不工整，"秋鸿"对不了"玉洁"。句意却好，好在通透高洁，洗心励志；好在哲思超迈，思接有限与无限。

有限与无限的关系，最是纠结。人本能地眷恋生命，抵拒死亡。生即是有，有一个真实的存在，有酸甜苦辣麻掺杂调和的丰盈体验。死即是无，躯壳灰飞烟灭，思维、感知荡然无存。生命是无中生有，最终又从有到无的过程。人之所以珍视生命，渴望长生不老，恰恰是因为有大限的威胁存在。假如人可以获得永生，可以无限生长，还会这样膜拜生命留恋人生么？

波伏娃写过一部长篇《人都是要死的》，那里边虚构了一个长生不老的传奇人物福斯卡。此人 1279 年生于意大利的卡尔莫那。卡尔莫那这个城市不断发生战乱和政权的倾轧、更迭，长大成人的福斯卡当上了城堡的主人，也就是城市的总督。于是，他便成了许多手下人的谋杀对象。后来，一个巫师给了他一些长生不老药——一种绿色的液体。福斯卡给一只老鼠先尝了一点儿。老鼠吃下之后，当场蹬腿儿死翘翘。可是过了一会儿，死老鼠又活了转来，从此成为不死的老鼠……于是，福斯卡把整瓶药喝个精光，从此一直活着，活过了 600年，直到与女演员雷吉娜相遇。雷吉娜的成名欲望非常强烈，她渴望永恒渴望被人注目，但又不知道怎样才能永恒。当她在一家旅馆见到福斯卡的时候，就对他产生了好奇——他坐在躺椅上，下雨了也一动不动，好像周围的一切与他无关。雷吉娜主动接近他，跟他聊。福斯卡告诉她，自己已经活了600多年了，而且是死不了的。雷吉娜当然不信，福斯卡就用刀片朝自己的脖子上割了一刀，血流了出来，过了一会儿，伤口自动愈合。雷吉娜这下子信了，她觉得，既然他是个不死的人，那么，我在他的眼光中就是永恒的了。她终日和福斯卡厮守在一起，希望得到他的爱。可是，福斯卡提不起兴致，他一再说："总是这样，总是这样，永远是这样。我已经见过多次像你一样美艳的女人。"对他来说，人生已是寡淡无味，因为他活得太久太久，总也死不了。波伏娃评价福斯卡是"长生不死"，但又"长生如死"。

可否这么说，正是个体生命的有限性决定了它的尊贵。倘若个体生命可以无限延伸，看不到尽头，世间的一切都是旧相识，太阳底下无新事，我们还会对永生报以热望吗？我们还能悉心体味生之乐趣吗？死不了的福斯卡这样说："需要很多力量，很多傲气和很多爱，才会相信人的行动是有价值的，相信生命胜过死亡。"波伏娃的这部小说提供了一种反思生死的独特角度——注定要死的人渴望永恒，死不了的人满是绝望。

想象一下长生的局面，再来面对生死问题，我们会坦然得多。生命的价值不在于活着的时间长短，而在于活着的质量。或长或短的人生不以人的意志为转移，生存质量却掌握在自己手中。这质量便是生命活力的蓬勃张扬，人生意趣的开掘播撒，创造激情的鼓荡喷涌。活过，爱过，创造过，此生就充实滋润，大限来时就可笑对死亡。"生如春花之灿烂，死如秋叶之静美。"如此甚好。

2012 年 1 月 6 日

输赢怎么说

有时候，输就是输，赢就是赢，没有疑义。

有时候，输才是赢，赢反倒是输。

有时候，赢了一域，输了全局。

有时候，输了芝麻，赢了西瓜。

有时候，赢了道理，输了感情。

有时候，赢了票房，输了口碑。

有时候，赢了奖项，输了市场。

有时候，输了棋局，赢了器局。

有时候，输了利益，赢了道义。

有时候，输了面子，赢了里子。

有一种胜利叫撤退。

有一种失败叫占领。

争是不争，不争是争。

夫唯不争，故天下莫能与之争。

369

2012 年 1 月 18 日

妙　联

自从有了茅兄的原创手书春联，就形成了一种习惯依赖。街头那些大路货春联全不入眼，没特色、没个性、千篇一律。

年前茅兄特忙，早约的春联直至除夕午前才到。雨天潮湿，墨迹慢干，茅兄还动用了电吹风烘干，骑车送到我家小区门房后才告诉我。这样的情义，就叫作兄弟。

两副联语，我都喜欢，和旸一起动手，分别张贴于大门和阳台。

其一

上联：时雨润万物

下联：大云携春风

横批：如期而至

其二

上联：四时推移如律令

下联：一年行走为谁忙

横批：春潮涌动

吃过年夜饭，茅兄发信告诉我他自家贴了啥，笑煞我也。

上联：小屁孩初成硬汉

下联：大龙年喜迎新春

横批：欢迎回家

可想而知，茅家公子其荣大学的第一个寒假归家见此联，该是何等欢喜。大雅大俗，父子情深。

　　茅兄太有才，不仅会写妙联，平时马蹄声嗒嗒亦多妙语。他把小资型女子唤作"冬妮娅"，把生活中的姐姐谈恋爱带着妹妹唤作"琼瑶小说"，真是贴切。

　　龙年新春，因茅兄而生动。

妙联

2012 年 1 月 23 日

371

尽力任事自安然

人生在世，总得做事。

事分大小主次，事有轻重缓急。

做什么不做什么，是边界问题。

做事做到什么分儿上，是程度问题。

做适合自己的事，尽力做好适合自己的事，是我对边界和程度问题的回答。

"五四"转眼就到，意味着《创业天下》杂志将满两周岁。

"创刊两周年号"特装本、"创业最拉风"书系（10 册）如期推出。

《中国青年报》《中国新闻出版报》《福建日报》《海峡都市报》等媒体宣传均已安排妥当。

福建新闻奖（一、二、三等奖）、福建省优秀出版物奖等全省新闻出版业权威奖项悉数囊括。

《创业天下》团队以这样的方式献礼"五四"，值得欣慰。

"不骛于虚声，不驰于空想"，结结实实地做成事。

尽力任事自安然。

2012 年 4 月 27 日

天下大事必作于细

母亲节那晚，听省府林同学转述了两则有关细节的小故事。

一则是"毛巾"，一则是"钓鱼"。

鲜活案例发人深省。

新毛巾用起来未必舒服，过一水就大不一样。

在号称好多鱼的池塘撒网捕鱼，就因为对两公分口径的轻忽，后果很严重。

汪中求的《细节决定成败》曾风靡一时，书中所举上海地铁二号线和一号线的差距案例予人启迪：

德国人的精细追求并非刻板呆滞，而是科学合理，此中深意也许要拉开一段时间距离方才浮现。

长期从事编辑出版，对宏观与微观、整体与局部、大框架与小细节的关系感触颇深。

有感于汪氏《细节》一书，曾提出一个出版理念："价值决定一切，细节关乎成败。"

统筹、总揽、二八定律与关注细节并不矛盾。

如何有机统一，考量一个人的智慧和定力。

真正意义上的精品，必出于有机统一。

否则，"遗憾的艺术"将不可避免地诞生。

2012 年 5 月 16 日

奈 何 天

父亲走了一个月了。

他走得那样匆促，匆促到不给我们兄弟俩一句交代。

兄弟从成都赶回德阳，不过一小时车程，他已经在市医院昏迷不醒。

5月31日傍晚6时许，我接到兄弟告急电话，决定以最快速度赶回时，却发现当晚最后一班福州飞成都的航班7:45起飞，飞奔到长乐漳港也来不及。而这老远的机场，其实是我第一个工作单位选的址。能赶上的从福州飞成都的最快航班得等到第二天中午。

生死时速，哪里等得？查到第二天早上有厦门飞成都的航班，中午能到，当即找人订下电子机票。而当晚福州往厦门的动车也只剩最后一班20:46开。就这样，匆匆收拾了至简的行李，顾不得吃晚饭，踏上了开往厦门的动车。事实上，两天前的傍晚，我刚从厦门开完会回来。

住进酒店，出来到街对面排档吃晚饭时，已是晚11:30。没吃几口菜，就接到兄弟电话说抢救中。那时候就巴望着父亲能感知我紧赶慢赶尚在半途，能靠着生命意志撑到我回去。再过了一会儿，6月1日0:23，兄弟的短信过来，仅三字："爸走了。"我在厦门马路边，仰望夜空，心悸，泪下，回了几个字："恸！终是没赶上。"

缘悭一面。泪眼蒙眬中，我想到父亲1986年拍板同意我报厦大，由此开启了我 26 年的福建生涯。那一刻，我终于明白，我回去见他为什么得是福州—厦门—德阳的路线。18 岁以后，我正是按照德阳—厦门—福州的路线在生长。将这个流程倒一遍，是天意，也是父亲的意志。

2012 年 7 月 2 日

奈何天

沉静的力量

有位哲学家这样描述人：人是被抛入世界、处于生死之间、对遭遇莫名其妙、在内心深处充满挂念与忧惧而又微不足道的受造之物。这个受造之物对世界要照料，对问题要照顾，而自己本身则常有烦恼。他/她处于众人中，孤独生活，失去自我，等待良心召唤，希望由此成为本身的存在。

376

7月7日江苏卫视"非诚勿扰"节目男嘉宾杨维强的悲情故事，似乎在逐一印证这段关于生存困境的描述。过去的几年里，婚姻失败、儿子白血病、母亲癌症、创办的四家公司相继倒闭等一系列遭际，齐刷刷地落到他的头上。接连遭遇事业、生活的重创，濒临绝境，似乎天塌地陷。乐极生悲，大起大落，泡沫破裂，现实坚硬。他从空中重重摔下，从膨胀到幻灭。

有一天，他上午送儿子去化疗，下午陪母亲做化疗。他忽然觉悟，反倒乐了：低谷低到底了，往后的人生就再不会有比这更痛苦的事了。绝望中诞生，当他参透生死繁芜，笑对困厄苦难时，就脱胎换骨，涅槃重生了。血还热，心还跳，明天还是要继续，只是不再虚妄。黑夜过后，太阳照常升起。他悟得了取舍之道，珍视亲情，脚踏实地，放低身段，从打工者干起，后来做到上市公司的项目总监。屈就方能伸展，低洼反能充盈，是不是这样？

能屈能伸大丈夫。这位东北纯爷们儿意志坚强，历经几年苦撑，终于走出低谷。如今，儿子、母亲的病情都已好转，事业也有了起色。

他轻描淡写地说过往，沉静地，波澜不惊地，因为他经见过大事，于幻灭中重生，一种沉静的力量，由内而外、不事张扬地散发出来，撼动全场。坎坷男，坚强哥，敢担当，打不倒。场上不少女嘉宾被他的坚强深深打动，"半熟女"于冰害怕错过，主动告白，两人牵手成功。

年少轻狂，代价惨痛。所幸他直面人生，自省自励，消了火气，长了阅历，收获了个人成长。年方 31 岁，已经具备 41 岁的思维与状态，沉稳淡定。经历了，体验了，就有了经验。从这个意义上说，教训也可以转化为经验，不再犯同样或同类错误的经验。自助者天助，这就是败仗的含金量。人生也好，创业也好，起起落落很正常，一帆风顺何其稀有，关键看当事人如何面对，怎样调整。

如鱼饮水，冷暖自知。那些远离热闹场、低调平和的人，大抵是有些经历的，甚至沧桑已深。他引用一位兄弟的话，将安身立命之基阐释得很精当：男人而立之年，要立的不是资本，而是要先将自己立好。立好了这个 1，多一个 0，就是你的财富。如果不立根本，再多的 0 相加结果还是 0。

冰山在海里移动很是庄严宏伟，因为它只有八分之一露在海面上，八分之七藏在水下，看不见的才是它最有分量的部分。有内容有底蕴，就有了沉静的力量。

2012 年 7 月 10 日

赤旗汀州

"天下水流皆向东，唯有汀水独往南。"

汀州就是这么个神奇的地方。

这里是客家首府，这里是福建红都，这里是被老外与凤凰并称的中国最美小城。

这里，沧桑变化如在眼前。纪晓岚主考过的汀州试院、福建省第一个红色政权苏维埃政府、宋希濂部关押过瞿秋白的地方，如今的长汀县博物馆，竟是同一个院落。

这里，"水土保持"成了典型。触目皆是"进则全胜，不进则退"。

史上的汀州府，辖八县，上杭、归化（今明溪）皆属之。

7月底8月初的采风之行，红迹贯穿始终，直教人有赤旗汀州之感。

在河田镇吃河田鸡，在建军节当天到了"思想建党，政治建军"发源地古田会址，在五龙村"农家书屋"见到我们办的刊，都不是计划中的事儿，可堪回味。

2012 年 8 月 14 日

烟雨西塘

在西塘的两天，住的是"瓶中时光"，这两天慢时光好像真的装进了瓶中贮藏。

远离了尘劳，远离了程式化的两点一线，在西塘漫无目的、漫不经心地逍遥游，身心融入水乡古镇，别是一般闲逸。小桥流水长廊，青石板红灯笼，烟雨来了又收，白刀鱼大螺丝花雕酒，温润富庶忆江南。

临河喝茶、看书、聊天、打牌、发呆，清风徐来，水波不兴，无所想无所谓，杯中岁月长。

有了这样的慢时光，来时的动车抛锚 4 个半小时，因的士罢工而改坐公交数十站，此类琐屑苦累都变得无足轻重起来。

2012 年 8 月 26 日

数　列

　　那天跟儿子一起看央视"趣味体育"节目，一起笑翻。其中一则笑料是：一场足球赛中，获胜方进球队员的号码如数列般排列有序，分别是11号、22号、33号。画外音响起：下次他们尽遣这等号码的队员上场，11、22、33、44、55、66、77、88、99直至111，该是怎样的大胜啊？

　　本月13号，今年最后一期杂志付印，我也正好满44周岁。联想到这则笑料，不禁追忆自己11岁、22岁、33岁那年发生过什么。11岁那年，五年级，在命题作文《我的理想》中表达了从文的志向；22岁那年，大学刚毕业在第一个工作单位独立承担年终总结任务；33岁那年，受命于危难之际入职海峡文艺出版社。即将到来的44岁呢？未知数。可以确定的只是，我所在的青年杂志社要转企改制成有限公司了。55岁呢？猫班计划为8601盖的养老院该竣工了吧？66岁呢？"80分"中夕阳红？77岁？不敢想。因为搞体育出身的老爹才活到76岁。

　　人生不像等差数列那样有规律，通项公式帮不上什么忙。上个月20号，我们首届MPA搞入学十周年聚。阿满同学主持，让大家向学院领导和老师们报告十年变化。轮到我报告，咱只好说："我这十年，比较折腾。概括起来就是：一条战线，两个系统，四个单位。"当年以缺课最多著称的"坏学生"，居然领命写了关于入学十周年座谈会的通稿发表在《福建日报》上，够幽默。

到了这把年纪，人生态度当如戴老咪同学的微博账号"天人合一8601"。找不出规律，就去感受境界，让主观意愿顺应客观规律。我们会一天天老去，孩子在一天天长大。儿子已长到我一般高，随时会超越我，我念德阳一中，他念福州一中，这就是现实。我的人生几成定局，他的人生尚待铺展；他主动留宿学校准备半期考，我要跟一帮老男人出行开会，这就是最切近的现实。

2012 年 11 月 10 日

岁末录寒山诗

我见黄河水，凡经几度清。
水流如急箭，人世若浮萍。
痴属根本业，无明烦恼坑。
轮回几许劫，只为造迷盲。

2012 年 12 月 28 日